魚の時間

自選短篇集

中山茅集子

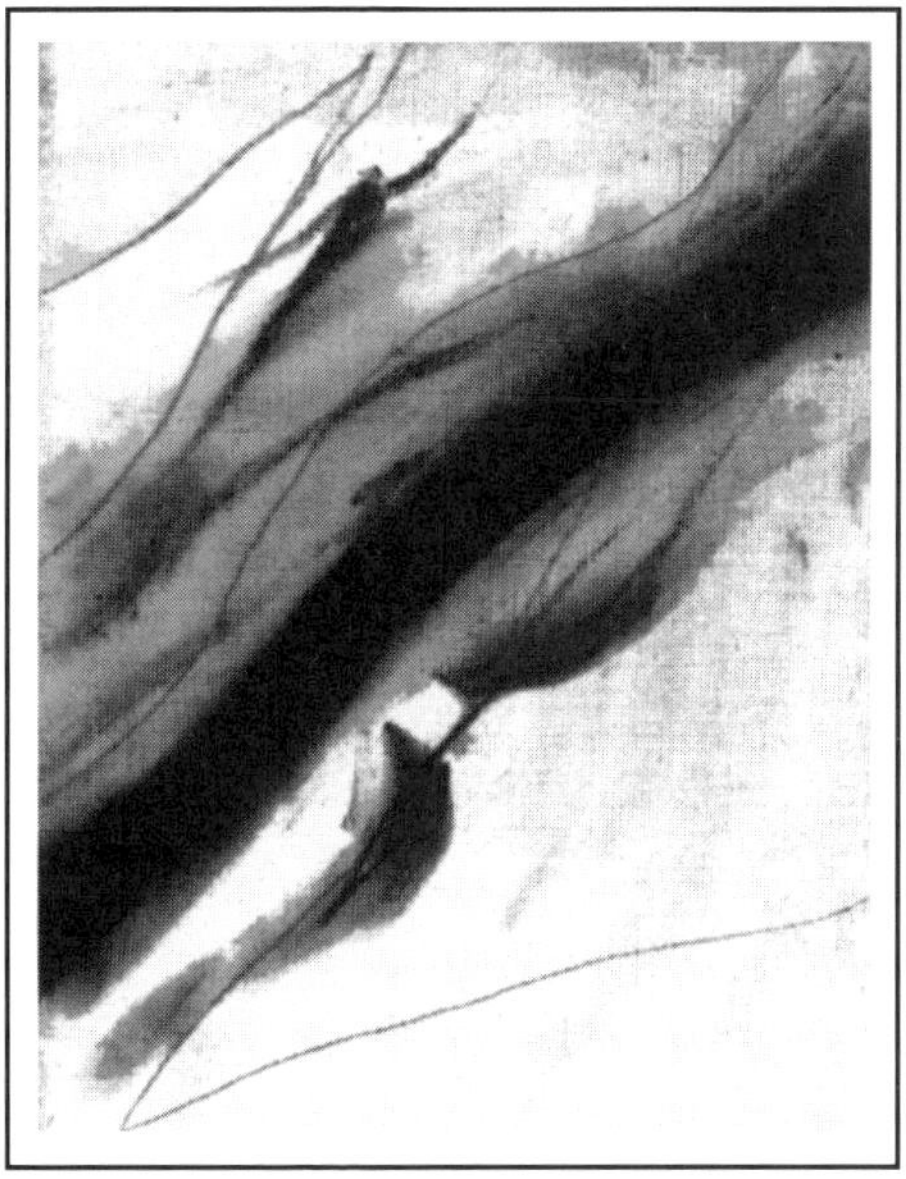

影書房

魚の時間

目次

装丁＝北島成樹

魚の時間

ヨタのくる村

気がつくと炎はすぐそばまで迫っていた。夫と幼い子供ばかりか、思いがけなく老いた両親までもが私をとり囲むようにして倒れている。身を屈めて助け起そうとしたが、すでに息絶えている者、そうでない者も私の呼びかけに何か応えようとして声にはならず、みる間に煙の中に没し去ろうとした。逃げなくては、固く封じられた家の中で、ともかくこうしているのは自分一人であるのを知ると、も早や倒れているいる者に求めるひまは無かった。再び窓という窓、戸口という戸口を血走った心で追いかけふらつく足で試みた。だが、押しても叩いてもあらゆる出口は固く釘づけにされたまま完全に外がわから隔絶されている。こうして家族もろとも封じ込められてからいったいどの位の時が経ったろうか。数時間とも、数日とも、いやもっと遠い年月を遡っての時から始まり、いままさに終わろうとしているかに思われた。〈上意討〉ふいに襲いかかった言葉があった。〈上意討〉は脳天から突き刺さりいっきにつま先まで貫いた。何んのために、誰からの命で。余りの理不尽と恐れに私は炎と煙の中で棒立ちになった。熱い。急に立ちすくんだ体めがけて火勢は一挙に押寄せようと瞬間の輪をつくった時、私の中で思いがけなく激しい欲求がおこった。避けられぬ確かな死を前にしてこの突然の尿意は、絶望と恐怖にたちかわったほどの苦痛できりきりと抉り思わずその場にしゃがみこませた。熱を含んだ畳は苦もなく褐色の液体を吸込み、それに促されて果し続けるのだか、どうしたわけか何時もの爽快さはなく悲しいうしろめたさがつきまとうのに焦った。しゃがみこんでいる足の裏に畳の熱さが耐えられないまでになった時、私は遂に断末魔の悲鳴を上げた。

冷たい暗がりの中で、固く結ばれた体をほぐすようにうごめきながら目覚めた時、しびれたように重い頭のすみに未だ〈上意討〉の言葉は残っていた。体を左右に動かしながらそのどちらの腕も近頃一そう痛みの増しているのに焦れた。ひどく寝汗をかいている。昨夜のテレビニュースで明方の冷え込みを知らされあんかを熱くしすぎた故かも知れない。〈それにしてもこの汗は〉ようやく柔らかくなってきた左右の腕を支えに重く沈んだ腰を浮かしかけて、私は愕然とした。つい今しがたの夢の跡がはっきりとそこにはあり、腰を中心にした広い窪みがじっとり濡れていたのだった。厚地タオルの寝巻はいち早く背に届くあたりまで水気を吸い、腰から下までは生ぬるくももにまつわりついている。謂れのない恐怖が又しても夢の中から崩れこんできて私は暗がりに息を殺した。

夢の中では確かに大声を上げた筈なのに、すぐ傍らの床に眠る夫は幸い静かな寝息をたてている。普段は耳ざとい夫だが今夜の深い眠りは、例の薬を倍量飲んだ上にビールの小びん一本で暗く長い夜を買いとったからに違いない。低い鼾さえ洩れているのをもう一度確かめてから私はゆっくり起上った。素足にひやりと畳がふれ妙に頼りない感触の中で、両手だけは素早く動いていた。端からくるくるとシーツを巻き込み、湿ったあんかの下をくぐらせて裾へ抜きとった。窪みを直に触ってみる。確かに生ま身がもう一つそこに横たわっているようだった。着替えを出すのに出来るだけ音のしないように押入れを開けたつもりが、

「どうしたんだ」意外な夫の声にすっかり冷えて重さの増した寝巻を脱いだなり、幼児のようにその場にしゃがみこんだ。

「わたし、もう駄目」年の瀬の夜気が容赦もなく裸をなぶり、為体の知れない恐怖に向かってつぶやいた。

「何かあったんか」夫の声は未だ眠りから覚めきってはいない。

「どうしたんだろう、わたし、しくじったらしいの、どうしたんだろう」さすがに泣くことはできなかった。泣くことで自分にも周囲にもごまかすわけにはいかない年齢を思った。もっと年老いたらこうしたしくじりも或いは大目にみられるかもしれない。だが、今はありようもない仕儀を私はしてしまった。四十五歳という自信に守られた肉体が一挙に崩れ落ちていくのを乾ききった目でみつめるしかない。

「お前も疲れているんだ。風邪を引くぞ」

部屋の隅にうずくまっている異様な姿を見とがめてか夫は言うと、ふとんを目まで引上げてしまった。ニュースどおりに明方の冷え込みはきつい。乾いた寝巻に急いで肩を滑らすと、もとのふとんにそっと体を入れた。遠い昔に忘れ去ったあの湿っぽい匂いがふと鮮やかに蘇り、冷え切った体を又少

しずつほぐしてくれた。〈疲れているのかもしれない。よほど……〉夫の言葉は少し慰めてくれたようだ。先刻体の中で一挙に崩れ落ちたものが、そのまま音もなく沈んでいる。沈んだ底にはさまざまな顔が写っていた。夫、娘の由良《ゆら》、離れて暮らす老いた両親、今は遠くにある友人達の顔、顔。夢の中で由良は未だほんの幼い子供だったのはおかしい。ほんとうの由良は二十を過ぎて学生生活も終りに近づいている。いけない、由良のことを考えるのは止そう。私は朝までにもう一眠りしたかった。

又、西風が出たらしい。西に海を望んだ崖上に建つこの家から波音を聞くのにもようやく慣れていた。沖合はるか大小二つ並んだ夫婦《めおと》島を一巡してから規則正しい波頭を見せて、防波堤に積上げられたテトラポットにぶつかるさまを思いえがいてみた。昼間はさまざまに変る空の色を映して美しい海上も、今はただ不気味な暗色に押包まれ、幾尋《いくひろ》とも測りしれない水底から重い咆哮を突き上げている。どおん、どおんとひびく音が、私の中で積り積った更に重いものに共鳴して、ついさっきまで写していた顔、顔を又奥深く沈めてしまった。

すぐにも眠りに引込まれようとしていながら、そうはさすまいと抗う何かに私は怯えている。それは、さして離れてはいない由良の部屋から冷たい廊下を伝って執拗に流れこんでくるようであった。暗がりに横たわった正体のない由良の中から、ふいにもう一人の由良が起上って、私と夫の眠るこの部屋に踏みこもうとしているかに思われた。夢の中まで入りこんできた為体の知れない怒りと恐れを、そのまま由良に結びつけるのは間違いであるにしても〈上意討〉とは又なんとも奇妙な、それでいて闇に乗じて姿を現した強《したた》かな正体に思われた。そして、今はもう覚めきった頭の中で、今日はどうあっても去って行くに違いない娘の由良自身が、抗いようもない強靭なものに操られているのを思わないわけにはいかなかった。


由良と並んだバスの中で私は今朝から何度も同じ言葉を繰り返した。

「お正月はこっちでしなくてはね」

由良は黙ったまま右側の車窓越しに海を眺めている。明方の西風が少し弱まって海上は一面飛白《かすり》のような小波が立っていた。空も海もすっかり同じ青さだ。バスは左右に緩いカーブを描きその度に新しい海を見せてくれた。三方を険しい断崖に囲まれた小さな入江には姿のいい島が連なり、島と島の間は引潮には歩いて渡れる程の浅瀬になっているのか砂の色が透きとおってみえていた。何度目かのカーブをゆっくり廻った時、突然視界が開けて海に向かったなだらかな傾斜にゴシック風の白いホテルが現れた。

「ああ。新婚旅行にはああいうホテルがよさそうね」何を話しかけてもうるさそうに首を振っていた由良がようやく重い口を開き、

「そんなこと」と濁しながらも目はずうっと後に逃げていく白い建物を追った。

「とにかく、暮れまでには戻ってきてね。お父さんだって旅先のお正月だもの、淋しいのよ。それに、親子水入らずのお正月も何時終りになるか……」

バスは下り坂に沿って始まった町並の間をスピードを増し、かなりの乗客達はてんでに荷物を持っ

て腰を浮かし始めた。広場でいったんバスから降りたが乗り替えには充分間があった。仮住居のある港町からバスで十五分程の位置にあるこの堂ケ島は、西伊豆でも著名の観光地なので冬場でも訪れる客は絶えないらしく、外人を交えた幾組ものグループが至る所にたむろしては気ままな方角を眺めている。岸辺近く点在する沢山の島々の中には、島全体が洞窟になっているのがあり、小型遊覧船が二、三十分毎に客を満載してはスピーカーのけたたましいメロディと共に出入りしていた。

「遊覧船に乗ったことある?」

黙って海を眺めていた由良からふいに聞かれ、まさか、と笑ったが何がまさかなのか自分でも妙な返事をしたものだ、と正気づいた。遊覧船はその名の通り屈託もない行楽客を積みこんでは青黒い口を開けた巨大なほら穴に向い滑り込んでいく。若しも私が、今あの船に乗っていたら永遠にほら穴の中を彷徨うに違いない。迷路のように交錯した闇の水路を、出口を求めて狂い廻るだろう。出口などありはしないのに。

「今度きた時に乗ってみたいな」

遊覧船から目を離さずに由良が思いがけない晴々とした声を出した。そうだ、若い由良にはすぐに出口は見つかるだろう。

「あんな所から出てくる」

案の定、船は若い由良の暗示にかけられて無事出口を見つけたようだった。海上から吹上げる西風が強くなり、にわか造りの店先に立てられた色とりどりの幟が一さんに舞い始めた。上り三島行の急行バス停には長い行列が出来ていった。

「いいこと。お正月までにはきっと帰ってくるのよ」

広場に並んだ幾台ものバスの中からするするとこちら側に向ってくる一台を見つけて、私はこれきりと力をこめてささやいた。

「なるべくね、だって暮れは切符が買えるかどうか」と、由良は不安気な私の顔につぶやいた。


東京に一人残してきた由良が冬休みを待ちかねたようにして西伊豆の仮住居を訪れたのは十日程前であった。ここ一年余り殆どうちに寄りつかなくなっていた娘が始めての土地を訪ねてやってきたことで私も夫の草平もあとさきなしに喜んで迎えた。鉄道の無い西伊豆では新幹線から乗り継いだバスか海路を船で三時間余もかかってこの港町に着くのである。半島の半程《なかほど》にある小さいが活気のある漁港であった。両腕にすっぽり抱かれた格好の円い海が町のどこからでも見ることが出来た。折重なった山々がすぐ背後に迫っているので家並は海岸からじきにせり上り、細く曲りくねった石段が面白いように入り組んで器用に家と家とをつなぎ止めていた。町の両端に長いトンネルがあり、バスが勢よく風をおこしてくぐり抜ける。その一方のトンネル近くに住む私は買物に出かける度にくぐり抜けなければならず、バスの巨体が半身すれすれに通り過ぎる不気味さは一向に慣れる気配もなかった。

その日、暮れ始めたバス停にスーツケース二つ下げて降り立った由良を迎えての帰り、巨大な電気うなぎのように両腹を光らせたトンネルをくぐっていると運悪く上りのバスが追いついてきて、かまぼこ形の壁いっぱいに吸いついている二人の横を圧しつけるような重量感を残して過ぎ去った。

「嫌な感じね。ほかの道はないの」

案の定、由良は茶色のコートの衿を立てながら不機嫌な声で言った。海沿いの道があるにはあるけど随分遠廻りになるから、と言いさしてふと前方に夫が立っているのに気がついた。トンネルの出口に、例のためらい勝ちな前屈みの姿で二人の近寄るのを待っていたらしい。

「あんまり遅いもんだから」

一人待っているのに耐えられなくなったものだろう。いいわけのように気弱い微笑を浮かべている。バスは二十分近く遅れていた。

「どうだ、疲れたろう」数ヵ月ぶりで会う娘に充分な労わりをこめて言うのに、その時も由良は「小さな町ね」と、父親から目をそらしてつぶやいた。

草平も私も、このまま由良は留まって正月を共にしていくものと思っていた。でなければこんな風に重いスーツケースを二つもさげてわざわざ私達を訪ねるはずはない。トンネルを出てからすぐに海とは反対側の山に入る石段があり、草平を先に由良を挟んで後に続きながら、私の右手にずっしりこたえるかばんの重みから娘の情感を測っていた。

「七十二段もあった」登り切った時、由良は子供のようにハァハァ息をはずませ、入口前の鉄柵によりかかると正面の沖合に垂れ下った薄紅の雲を見下ろした。くくれた頤の幼さに較べて、茶のロングコートから出ている細い足首が妙に疲れた表情で石段の途中にいる私の目を掠めた。

バスは丁度行列の前に入口を定めて止まった。扉が開かれると客はそれぞれの指定券を見せて乗り込んでいく。入口際で振返った由良に、気を付けて、と母親らしい声で言ってからスーツケースを手渡した。あの日、バスから降りたった時両手がしなう程の重みに耐えて下げられていた二つのスーツケースは、いま軽々と一つだけになってヒラリとバスに舞上っていった。〈海がわの方を〉と、頼んでもらった指定券のお陰で、由良は私の立つ海がわの座席にすわった。チラとこっちを見たきりすぐ又遠い目つきで海を見ている。ガラス越しに写る幼児のように柔らかい頤の上に意志のないゆるい唇が紅をくわえていた。茶っぽく彩られた睫毛がくるりと巻上がり、陰をはらった大きな眸がも早や海を越えた更に遠いところを見つめているように思われた。

バスが動いた。由良が私を見た。もう一度しっかりと視線を捕らえようと乗出したが、バスは思いの外の速さで過ぎ去った。由良は又、再び手の届かない処へと逃げていったのだ。さっき手渡したスーツケースのあの軽さはどうだろう。あの軽さが本当なのだ。海がわの席にすわる由良を乗せて、バスは最初のカーブを大きく廻ると見えなくなった。

「娘さんはもう発ちなすったかい」

石段の途中で管理人のおじさんに出合った。この辺り何軒か建てられた〈海の家〉の世話をしているが冬場は暇で毎日パチンコへ通っている。そんな季節外れの今時分に迷い込んできた夫婦ものを不審がりもしないで、パチンコで暇を潰したあとは丁度頃あいの話相手が出来た楽しみようで顔を見せるのだった。

「堂ケ島から三島へ出たんだけど、あそこは風がきつくてよほど寒いですねえ」

「ああ、ここよかうんと西風がきついだでね」それから今朝息子が戻ったので、又かつおの刺身を持って行くから、と言い残して石段を降りて行った。この町の漁師が誰でもそうするようにおじいさんの息子もかつお船に乗込みフィリピン沖まで出かけて行く。月一度か二度の下船にはぶら下げたかつおが首を長くして待つ家族へのみやげだった。石段に続いたゆるやかな石畳を行くと両側にサフランやゼラニュームの鉢が何列も並べられ、その後にひっそりと漁師の勝手口が覗いている。道はすぐ二手《ふたて》に別れて一方は山あいに入り、もう一方は右に折れてから更に急な石段になった。この最後の石段をひと息に上がるのは今の季節でも楽ではないが、登りつめて〈海の家〉の前に立つと辛さは一ぺんに消し飛んだ。

海は丁度真正面に見下ろされた。左手にトンネルのある山一つ隔てて船着場こそ見えないが、正面から右手の遠い岬にかけて白い防波堤とそれに続くベージュ色の海岸線が大きく弧を描いている。海とこの家との中ほど、やや右よりの目と鼻の近さに青黒い森が弧の一部をかくし氏神が祭られてあった。これらはもうすっかりなじみの風景になっていた。

「あれは本当に正月までには帰るのかな」

私の帰りを待ちかねて夫は同じことを聞いた。

「さあね」私自身同じ言葉を何度由良に言ったことだろう。それなのに今又それを夫の口から聞いた途端、妙に依怙地になった。

「ひょっとして切符が買えないんじゃないかって言ってたわ」

「帰ってくる気があれば、どんなにしても来れるさ、誰だってそうするんだ」

二人共それぞれ自分に向っていっていた。午後になって、案の定おじいさんはやって来た。何時も薄いゴム草履をはいているので石段を上ってくるのが分からず、急に入口の戸が開けられ驚くことがあった。

「先生、刺身持ってきた」絵を描くのが仕事だといってからは〈旦那さん〉が〈先生〉になった。すたすた茶の間に通ると透明な薄紅を盛った皿を差し出す。

「こりゃあうまそうだ。おじいさんの作る刺身は格別だからな」夫は手放しで喜んでいる。

「娘さん帰んなすったってね。どうせなら刺身食べてもらいたかったね」

おじいさんはこたつの何時もの場所に坐りながら律気に言ったが由良は刺身が嫌いだった。海から上がったばかりのつややかな肉塊に、まるで自分の分身を見るような眉のひそめ方をした。もともと好きな食べものなどあったろうか。

「正月までには又戻ってくるんだ」

尋ねられもしないのに草平は大きな声で言う。もっともだ、という顔で頷いてからおじいさんは例の身の廻りの細々とした話を始める。ぶっきら棒で決して饒舌というのではないが、そうした話題には困らない。

「上の孫娘が婿をとることにしたよ」白すぎる義歯がにっと現れおじいさんは上機嫌だ。へえ、と夫婦は互いの顔を見た。

「そりゃお目出たいことだね。すると、おじいさんの所は三夫婦揃うわけだ。大したもんだね」

草平はしきりにおじいさんは幸せもんだ、と繰返す。

「百万はかかるって話だ。まあ、俺の知ったこっちゃないだがね」百万が千万でもおじいさんの幸せは変るまい。一つ家に親子孫夫婦まで一緒に住んで、それが平和にやっていけるなんてまるで現代の神話ではないか。年内には結納を交し、年が明けてすぐ式を上げる予定だという。同じかつお船に乗り込んでも婿殿は無線の仕事というのもおじいさんは鼻が高い。やがて下の方で呼び声があり、話半ばの顔で「そんじゃ又」と石段をひたひた下りて行った。

「もう着いたろうな」窓から見送っていた夫はそのまま暫く海上に目を止めてから遠い声を出した。バスの遅れを見越しても四時間余りあれば行ける。由良はもうとっくに駅に下り立ち歩き始めているだろう。軽いスーツケースはぴったり脇に寄りそってついて行く。足早に、ここでは一度も見せたことのない張りつめた顔をして。でも、どこへ向って足を速めているのか草平も私も知らなかった。

庄太が友人と一緒に勢よく石段を駆上ってきたのはクリスマスの前日で、この〈海の家〉へ逃れてきてから始めての訪問者でもあった。正しくいえば、勿論最初は由良であるが彼女を訪問者と呼ぶのは当らない。由良は未だ私の娘なのだ。二人の若者はつむじ風にあったように髪を浮かせて入口に立った。

「や、こんにちは」少しも息切れのない声音で二人は同時に言った。「まあ、何時ここへ？　よくこが分かったわね」私のはずんだ声に促されて草平が現れた。

「どうしたんだ、突然じゃないか」その声は幾らか咎めているようにも聞こえたが顔は笑っていた。同じようなショルダーバッグを肩から外し、これも似たような厚手の綿コートを脱ぎながら、

「防波堤の前に空地があったんで車を駐《と》めておいたんだが、いいかな」と庄太が言う。

「なんだ、車でやってきたんか。あそこは埋立地らしいがいいだろう」

草平もあの空地にちょくちょく東京ナンバーの車を見ていた。新幹線からバスに乗り継いでようやく辿りついた思いのこの町に、苦もなく追いかけてくる車のあったことに足もとを掬われる思いがあった。

「由良、来てるんだろう？」

茶の間に通るとすぐに庄太は障子のガラス越しに廊下の奥を覗きこんで声をひそめる。

「ああそうか。お前、由良のあとを追いかけてきたってわけか」草平の目が柔らかく和んだ。

「それも半分。あと半分は純粋に旅がしたくなったんだ。なあ」庄太は悪びれずに友人を促す。髪をのばし始めた彼とは反対に、タクオと呼び捨てにされた友人は五分刈り頭にニキビのあとが濃く、二人に共通しているといえば旅の気ままさからか、頰から口の回り一面の和気《にこげ》だった。

「あいにくだったわね。すれ違いだったようよ」釣られて軽く言ったつもりが、自分でもはっとする程声がぬれていた。あ、咽の奥深いところで庄太は驚きを上げ、呆然とタクオを見返った。

「正月は伊豆でするって、確かにそう言ったよな」

「冬休みに入ってすぐの夜、だったたな。原宿のカストロで会った時さ。そう言ってたな」

タクオの言うこともうそでは無さそうだ。

「じゃあ、それからすぐにあの子はここにやって来たのよ。勿論そのつもりでね」

だが、由良はもうここにはいない。首のつけ根まで重いものがびっしりと詰ってきたが、首から上で私の声は潤んでいる。

「当り前じゃないか。あれはすぐ又ここに戻ってくるんだ。そう言ったんだ」

ふいに横合から草平が怒ったように言い、その声の激しさに皆な黙ってしまった。

庄太らが加わって久し振りに賑やかな夕食のあと、草平はさすがに疲れたかごろりと横になりすぐに軽い鼾をかき始めた。若い二人は私を相手に四方山話をしながら時々草平の寝顔を見ている。

「さっき僕が言ったことだけど、おじさんやっぱり絵が描けないんだね」庄太が何気ないようすで言う。黙っていると、

「ここへ来て未だ一枚も?」と重ねて聞いた。

「ここへは描きに来たんじゃないわ」と私は言って、ふと庄太の背後に彼の父親を見たような気がした。草平の数少ない友人の中でも最も心を分かち合える間柄であり、同じ道の途にいながらいまこ

うして穴の中に自らを閉じこめている草平を誰よりも案じているのだった。息子の庄太は由良と同じ大学で油絵をやり、いわば草平のはるかな後輩でもある。その彼が又ぽつりと言った。

「彼女、ほんとのほんとに正月までに戻る気かな」

それには返事をしなかった。今度こそ騙されまいとする気構えとうらはらに、あれだけ念を押したんだからと頼む気持ちがせめぎ合った。静かだな、煙の輪からタクオがぽつりと言った時、トンネルを隔てたあちら側にある漁協から船の安否を知らせる声が聞こえて来た。毎夜八時きっかりに始まるこの声に、人々はテレビの音をしぼって耳を傾け、無事を知るや一せいに雨戸をしめ始める。一日が終ったのだ。深い夜の其処此処から閉め出された安堵と嘆息がひと塊となって暗い海原へ押し流されていく。高い崖上に建つこの〈海の家〉から、私はそれらの気配を残らず吸いとり幸福のおすそわけにあやかろうとした。

眠りから覚めたあとも、草平はぼんやり片手を瞼の上に当てたまま暫くは誰の顔も見ようとはしなかった。私と若者達の遣りとりを遠くの方で聞いているふうであった。話の中に時々、周知の名や画廊の名や友人の近況を語られる折にも何んの反応も示さなかった。そのうち誰からともなく食べものの話になって、どこそこのおでんは何時喰ってもうまいな、など懐かしい赤提灯の店の名が出た途端、むっくり起き上がって仲間に入った。

近頃草平はたった二つのことしか殆ど反応を示さない。食べること、と由良のことである。僅かな荷物の中にはもとより絵の道具は入っていたが、アトリエ代りの一室に荷造りされたまま放り出してあった。嵩んだキャンバスや絵の具箱も見ようともしないばかりか、わざとその部屋に踏込むのを避けているようにさえ思われた。そこに入り込み、あの箱の蓋を開けるや地獄の業火が噴上がり、頭といわず体といわず瞬くまに焼き尽くすとでも恐れているように。その部屋も又他の部屋と同様、終日壁にくっきりと海がはめこめられ、箱は無言のまま海と向き合っている。

草平は急に饒舌になり、庄太とタクオを相手に美味いものの話を始めた。ひどく熱心な顔つきで、私も思わず知らず釣り込まれる程生き生きとした話しぶりだった。

「ここのおじいさんの作ってくれるかつおの刺身は確かにうまい。生きが違うんだ」

若い二人は、草平の話を結構楽しみながら水割りを飲んでいる。やがて夫は何時ものように寝酒にビールの小びん一本を飲んでいて、その最後の一口を含んだ中にポンと薬を放りこんだ。

「駄目よ」思わず大きな声が出た。草平は一瞬、あの咎める目つきになりごくりと一気に口の中のものを飲み下した。

「ビールと一緒にその薬飲むの止した方がいいわよ。それをするようになってから何んだか様子がおかしいのよ。自分じゃ気付いていないらしいけど」

「何が、どうおかしいんだ」険しい目付きをして立上がると、手洗いにでも行くのか廊下に出て行った。

「どうしたのさ」庄太がけげんそうに尋ねる。答えようとして顔を上げた時、ばたんと、大きく倒れる音を聞いた。

手洗いの戸が開け放されたまま廊下に上半身を見せて夫は仰むけに倒れていた。私や庄太がかわるがわる呼ぶのに、

「大丈夫だからあっちへ行ってくれ」ああいい気分だ、とはっきりした意識の中から強がったが、妙に言葉が間遠い感じだった。

「だから言ったでしょ。明日からあの薬飲むの止してね」とっさの驚きが引いて、ゆっくりと腹立たしさがこみ上げてきた。目の前にあって、顔中の筋肉がたるみ薄赤く濁った眸をあてどなく天井へ向けたなり転《ころが》っている夫に、何かを求めてすがりつく気はもう無くなっていた。

庄太らを休ませ、遅い風呂に入ったあとも相変らず草平は平常の寝息を立てて眠っていた。並べて敷いた床に就きながら、これで今夜も又夫は暗やみから逃れることが出来たわけだと、先の腹立しさにかわり哀れさがついて出る。〈夜がこわい〉と口ぐせに言い続けた夫には何ものにも代え難い今の眠りに違いない。だが明日からは、いくばくかの眠りの代償にこうして夫のすべてを与えるわけにはいかない。医師の処方によることで信じて疑わないあの薬を、明日は思い切って海に捨ててしまおう、と私は眠れない頭で思いつめていた。由良が突然ここを発つと言い出した夜、思いもよらぬ悪夢が現実のしくじりとなってから、私は深い眠りに入るのが恐ろしかった。いま、こうして夫婦並んだ床の中に、一方は眠りにすべてを託し、一方は眠りを恐れている。さすがにあの夜のしくじりを繰返すようなことはその後無かったものの、夜が明ける迄に幾度となく目を覚まし、その度にこわごわ腰の下に手を当ててみるのを忘れなかった。私より遙かに年上の、然も病いに憑かれている夫にさえ同じ過

ちは未だない。とすれば、女の生理の過敏さが若しやそうさせたのであろうか。私はふと、傍らに眠る夫の息がかすかに片方の耳をくすぐるのに気がつき、そっと暗がりを透かしてみた。何時の間に寝返りを打ったのか草平はこっちを向いていた。二人が体を合せないようになってからもうどの位になるだろうか。日頃夫と向かい合っていては殆ど忘れ去っていることも、暗がりは容赦なくあばき、何かを誘い出そうとする。さっき手洗いの前にでくの棒のように転っていた醜悪な男の姿は消えて、かつての日熱い体を寄せてきた逞しい男がそこには眠っているのだった。そよぐほどに耳をなぶった感触は思いがけない速さで背筋をかけぬけ、私の中の泉を汲みあげた。

　由良のいない奥の部屋に、今夜庄太とタクオが旅の疲れで死んだように眠っている。吸上げられた泉につかり息を殺して待つ私の目に、暗がりの一部がふいに裂けて二人の若者の起上がる姿が写った。二人は音もなく冷たい廊下を渡り、この部屋の前に立つ。向かい側の風呂場の戸が鳴り、パジャマを脱ぎ捨てた二人は並んで中に入った。それぞれの手の中に黄色のスポンジが握られ、体中くまなく洗われていく。お湯を浴びると真白い泡は消えて湯気の中から二つの見事な彫像が現れた。若者の出て行ったあと、私はひっそりと起き出し風呂場に立った。青い体臭がもやうなか、ぬれたタイルの上に黄色のスポンジが置かれていた。手にとると、まるで植えつけたような生ま生ましさで突立っているものがある。無数の剛毛であった。あきらかに夫のものではない若い二人の剛毛は、一本ずつ指先に力をこめても容易に抜けるものではなかった。

　先刻、風呂を使っていて全身泡だつ怖《おぞ》ましさでそれを引抜いた同じ私が、いまこの暗がりでは息を殺して何かを待っている。夫とも庄太ともタクオとも分からぬ何者かが戯れ闘《せめ》ぎ合いして、私の中に入ってくるのを息を殺して待っている。

朝、洗面所に立って庄太らはキシキシいわせながら歯を磨いている。

「クリスマスに雨とはオツだな」

タクオのむせるような笑い声。何時頃から降り出したものか、朝の支度にお湯の出が悪いので調べてみると、石油ボイラーの小屋に雨がもるのか床がびしょぬれになっていた。早くボイラー屋へ連絡しろ、と草平がわめいているのを見かねたか庄太は何やら小屋の中で手を汚していたが、出てくると、

「おばさん、スイッチ入れて」と言う。台所からスイッチを入れるとゴオと快い音がしてボイラーの窓に勢いよく火の燃えるのが見えた。応急処置だよ、と笑っているのがこれ迄の草平と由良の暮しの中では知らない驚きだった。二人共昨夜はぐっすり眠れたといって爽やかな顔つきでいる。一夜明けてみると草平にも格別のことも無かった。

折角来たんだから、と三人は雨の中を出て行った。水平線とおぼしい辺りも遠く右に突出た岬をようやく残して空と海の分かちなく重い乳色に煙っている。三人はどうやら岬の突端まで行く気らしい。草平の好きな道である。

三人を見送ったあと、私は昨夜からずうっと思いつめている企てのために同じ石段を下りた。トンネルのあるバス道を横切り、すぐ向かい側にある宮の森の下道を真直ぐ海岸へ抜けた。潮の匂いが立

ちこめた埋立地にポツンと一台車が置き去りにしてあった。縦横に区分された道の一つを防波堤に向う。背丈より遙かに高いコンクリートの白い堤が海岸線に沿って延びている。所々に石段が設けられているのはよく見かける磯釣りの便をはかってのことだろうか。晴れた日には、堤を越えた海側で無数に積み上げられたテトラポットに腰を下ろして太い釣竿を手にした男達を見た。草平と始めて堤の上に立った時、巨大なテトラポットに打寄せて飛沫を上げる波の音と、果てしない海の青さに足が竦み一歩も歩けないでいた。いま、堤の上に立つと雨とも波しぶきともつかぬ水滴が西風に混って顔をぬらす。私はそれ迄固く握りしめていたものをコートのポケットから取り出し、ひときわ高い飛沫に向って力いっぱい投げつけた。一瞬白い塊りは宙を舞い、すぐさま波をくぐって見えなくなったかと思うと、思いがけなく遠い海面に浮かびあがった。胸の奥に鋭い痛みが走り、それから徐々に悲しみに変った。夫の眠りを捨てた妻の夜叉のような顔を思い身ぶるいした。


「くすりを捨てたって?」草平の怒りが真直ぐに私を射た。四人が囲むこたつの上にはビールびんやコップ、それらの中心にクリスマスケーキの残りが崩れた猥雑さでおかれてあった。

「海に捨てた。だから本当にもう一粒だって無いのよ」

「なぜ、そんな勝手な真似をしたんだ、あれを飲まないと眠れないこと位知らんはずはない。夜眠らないのが一番悪いって医者も言ったんだ。あのくすりがよくないっていうが、だいたい医者が毒になるくすりをくれる筈がないじゃないか」草平は一気にまくし立てると興奮の余り咳込んだ。ビールで染まった顔が一そう赤くなり、不意をつかれた驚愕に身もだえしているように見えた。

「この間からさかんにテレビや新聞でもいっているじゃないの。あのくすりを長年飲んでいると色んな副作用がおきてくるって。あなた何年になると思って？　もう四年も続けてるのよ」

長年不眠に悩まされていた夫は、飲み始めた頃の効きめの確かさをその後も信仰のように持ち続けてきた。口に放りこまれる小さな緑色の粒が、内臓を一巡してからやがて血管の隅々までいき渡り仮の眠りを誘い出してくれることで、安心して夜を迎えられると信じて疑わない。

「もう随分前からそうじゃないかって気がついてた。あなたを見てると、あのくすりの副作用というのがそっくり当てはまるんだもの」怒られるのは覚悟の上だった。怒れ、怒れ、もっと怒れ。私は全身を盾にしながら心の奥でけしかけた。

草平が日を追って気力を失い、身辺のあらゆる事柄に対して次第に怒りを忘れていくのも、今はあきらかにあの薬の故に思われた。昨夜、手洗いの前に転がっていたぶざまな姿を、出来るものなら夫自身の眸に焼きつけてやりたい。

それ迄黙って夫婦のやりとりを聞いていたタクオが、ふいに唄い出した。思いがけない澄んだ優しい声で。

「きィよォしィ、こォのよォるゥ」と大きな体を左右に傾けながら真顔だ。

「ほォしィはァひィかァりィ」

庄太が加わり、二人はそこで一寸休んでからおもむろに続けた。

「きィよォしイ、こォのよォるゥ」よォるゥと妙なアクセントをつけて〈星は光り〉まで唄うと、矢張り同じように休んで又始めからやり直しだ。どうやら二人共それから先は知らないらしい。私はぼんやり聞きほれていた。タクオの少年のように澄んだ声と、庄太の張りのある低い声がうまく合流して唄の文句などどうでもよかったからだ。二人の声が又もとに戻り、きィよォしィとやり出した時、草平が呆気にとられる程の大声で仲間入りした。若い二人はコーラスの合間にビールを煽り、草平はといえばすでに泡の消えたコップを前にして吼えるように首筋を立て唄い続けた。

明け方、私は犬の遠吠えを聞いたような気がして目覚めた。四隅に未だ暗がりの澱んでいる部屋は、夫の寝顔だけを仄じろく浮かび上がらせている。永い空白のあとにようやく自らの手で招き寄せた眠りが思いがけなく深いものであるらしいのに私は安堵した。どうやら夫は眠りの底にいて夜っぴて唄い続けていたのだった。

起きぬけに窓から覗く海も空も一夜の内に濃いブルーに塗り変えられていた。久し振りに見る透明な光が右手の岬を近寄らせ、向かい側の宮の森が深々と冬を包み込んでいるほかは遙かな水平線を遮る一隻の船も見当らない。西風が強い故か海上は一面の白波だった。

存外に早起きした庄太らが急に旅立ちを決めたのも今朝の透明さかららしい。二人は来た時と同じ綿コートにショルダーバッグを引っかけた姿で石段を下りて行く。

「今朝は途中で富士がよく見えるぞお」草平は先に立ちながら大声で言う。

「うん、それが楽しみなんだ」東伊豆から下田を廻って来た二人は、このまま西海岸を三島に出ると言った。石段を下りて細い板橋にさしかかった時、横合いの道からおじいさんが現れた。「先生、今朝はよたがくるでよお」と白い義歯で笑い、同じ口もとで一行を見ると、「お帰りですかな」と言う。

「ああ、若いものは思い切りがいいんでね」足を止めた草平に、又昼から一寸お邪魔するでよ、といいおき足早に下りて行った。

「何さ、よたって」若い二人は聞きとがめたらしい。今朝の海を見たろう、ああいうのをよたがくるっていうんだ、と草平は説明する。西風の強い日は挨拶代りになった。

埋立地に着くと庄太らの車の他にも数台駐車してあり、見ると防波堤近く派手なアノラック姿がちらほらしていた。

「ひやあ、こんなよたがくる海で釣れるのかなあ」波音に敗けまいとしてタクオが調子外れの大声を出し、それがおかしいといって草平はケラケラ笑い出した。車に乗り込みハンドルを握っていた庄太も笑い、私もあとから笑い転げた。窓から二本の腕がのびて振られ、忽ち小さくなっていったあとも、残された二人は笑い続けた。涙の出る程のおかしさの底に昨日放り捨てた薬がよたにもまれて舞狂っていた。

今年もあと一日を残すだけになり、石段の上り下りに見るおじいさんの家は日増しに活気を帯びてきた。何時もは早寝の家に夜更け迄人の訪う気配が〈海の家〉まで伝わって来た。おじいさんは相変らず日に一度は顔を見せてこちらの気持にはお構いなく婚礼の支度の滞りない様子を語ってくれる。

町はすべての船から下りた男達で急に湧き立ってきた。潮焼けした生ま臭い男達を迎えて漁港の女達も張りつめた肌を惜しげもなく晒して忙しく立働いていた。海の男にとってたっぷりひと月休める正月は、女達にとっても年に一度の安息日になる筈だった。

師走といっても西伊豆は朝霜を見ることもなくて時たま強い西風が吹上げるぐらいの穏やかな冬であった。庄太らの帰った翌日あたりから草平は毎日出かけるようになり、三、四時間は戻らない。尋ねると、「なに、一寸その辺りを散歩しているだけだ」と言うばかりだった。クリスマスを雨に終らせたあとは晴天が続き、家に閉じこもっているより外は確かに快い。私も正月用の買物をするのに遠廻りを承知で海岸を歩くことが多かった。

夕方近くなっておじいさんが餅を運んでくれた。

「お手伝いさしてもらうつもりでいたのに」とすまながると、「なに、わずかばっかりのこと。これは草だんごを、ばあさんから」

搗き立ての餅にまじった草だんごは一口食べると早くも春の香りをいっぱいに含んで舌に甘い。入れ替りに草平が少し疲れた顔で戻ってきた。ごろりと横になると暫く餅を眺めていたが、

「今日はずいぶん歩いた。おおかた堂ケ島の辺りまで行ってしまった」と私を驚かせた。

「バスで通った時にはよく分らなかったが、歩いてみると面白い風景があってね、つい先へ行ってしまったんだな」

台所に立って、私は一言も洩らすまいと聞いていた。心の中に流れこんでくる何かを懸命に受け止めていたのだった。

〈お正月までにはきっと帰ってくるのよ〉

波止場の見えるバス停で、私はもう一人の私に向って何度も念を押している。広場のバスの溜りからやがて朱色の大型バスが一台、時間いっぱいに滑りこんでくると長い行列は端から順に吸い込まれていき、もう一人の私もスーツケースと共にひらりと舞上った。

〈お正月までには……〉薄青い排気ガスを撒き上げて走り出したバスの中に、残された私の叫びは届いたのだろうか。

〈きっと帰ってくるのよ〉小さくなったバスの中で、果たしてもう一人の私は無表情に海を眺め、ゆっくりと振り返った。背後の窓の真中あたりぽつんと黒い影が写り、見えなくなった。

〈これで一人だけの私になれる〉私は、ねじ曲げていた顔を前方に戻し再び海を眺めた。明かるく蘇った表情と棚の上に置かれた白いスーツケースが、同じ海の色に染まりようやく一つのものになり始めていた。

バスが走り去ったあと私は白いテトラポットの一つに下りてみようと思い立った。長い防波堤はゆるい曲り角の処だけ殆ど同じ高さまでテトラポットが積み重ねられ、巨大な三本の脚を楔形に突出した姿は、水底から引揚げられた怪魚に似てグロテスクだった。無雑作に投込まれたなりの不規則な重なりは、普段は磯釣に格好の足場となるのだが、昨日に続いて今日も又誰もいない。

若しもあの一つに跨ったなら、怪魚は再び蘇って水平線に滞っている正月に向い突走ってくれるかも知れない。私は今日という最後の日を一足飛びに正月に渡したかった。今日一日が終れば、もう由良を待つこともない。午前の日差しを浴びて怪魚の肌はあらくぬるんでいた。窪みに深く跨り真直ぐ水平線を目ざしたが、冬を孕んで粉っぽい空と研ぎ澄まされた青さで広がる海の境は、引き裂かれた傷口のように鋭く光り、迫りくる誰をも拒んでいるようであった。

昼過ぎ、昨日搗いてきてくれた餅を切りに大きな俎《まないた》と包丁まで下げてやってきたおじいさんは、草平の留守の間に用を終えると、自分で作ったというしめ飾りを入口に打ちつけ、

「先生らもとうとうここで正月を迎えるだね」と人なつっこく笑った。

「ついでに暖かくなる迄おじいさんのお世話になるわ」私は漠然と春を待つ気になっていた。春が近づく頃には草平も再び自分の穴から這い出してきはしないだろうか。夫の暗く蝕まれた心の中に、近頃徐々にではあるが、自然を迎え入れようとする素直さが感じられた。

今日も夫は出かけていてなかなか帰らない。窓を開けると、向かい側の宮の森がすっぽり夕闇に落ちこみ、その両側を海が未だ昼間の色に暮れ残っている。〈海の家〉と崖下のバス道との半ばほどにある狭い窪地にかたまって灯りがつき、大晦日の夜を迎えるざわめきが流れてきたが、中で一きわ明かるく華やいで見えるのがおじいさんの家である。その明かりを横に受けて石段の下に人影が立った。草平であった。

「おくさあん、娘さんから電話だよお」

テレビの歌合戦が始まったばかりで出場する男女の歌手が画面に勢ぞろいした前で、二人は弾かれたように互いの顔を見た。草平の顔が白く変った。下からもう一度おじいさんの声がした時、私は懐中電燈を手に飛び出していた。

戻ってきてこたつを挟み草平と向かい合っても私は未だぼんやりしていた。

「どうしたんだ、由良からじゃないのか」

さっき見た妙に白っぽくこわばった顔のままで草平は肩を怒らせた。肘を張り、五本の指をいっぱいに開いた掌で固くこたつ板を押さえている。

「由良が、結婚するかもしれないって」

出来る限り静かに、何んでもないふうに私は言った。一瞬、草平の瞳は張り裂けた。

「由良が、結婚するかもしれないって？」と同じ言葉をなぞるように言う。

「お正月が過ぎてから一度戻ってくるそうよ」

「何をしに戻るんだ」

それは、と言いかけて呑みこんだ。何をしに戻るのか私にもよくは分からない。由良の電話は一方的で、結婚するかもしれないといい乍らさして弾んだ声とも思われなかった。

「どっちにしても、これきりというわけにはいかないでしょうからね。あなたの具合も尋ねていたわ」

「ふん。今さらなにを」草平の固い表情がいくらかほぐれ、

「それでも電話をよこす気になったとは少しは気にしてたんだろう」と吐息をついた。

「あれだけ念を押したんだもの、気にならなければどうかしている」私はようやく笑顔をとり戻し、つられて夫も苦笑した。

再び見出した歌合戦も終り、番組はやがて各地の除夜の鐘を流し始めた。一旦浮かしかけた腰を下ろして耳を傾けた時、突然異様な気配を感じて立上った。

「どうしたんだ」鐘の音に呆然と引入れられていた夫が驚いて私を見上げた。すぐ近くで速い太鼓が打ち鳴らされている。異様などよめきはその辺りから始まっていた。窓辺へかけより一気にカーテンを引き開け、あっと声を上げた。

何という光景だろう。何十、いや何百という群集が、この〈海の家〉と向かい合った森のきざはしを埋めているのだった。森を挟んで右からも左からも人波は絶えまなく続き、きざはしの下で合流すると一塊りになって登り始める。重なり合った足音と互いに言い交わす声がどよめきとなって森全体をゆさぶっていた。

暗い森の中心からふいに火の手が上り、夜空をあかあかと染める中に社《やしろ》が浮かび上がった。篝火を焚く盛んな音にまじって太鼓は次第に重くゆっくりと打鳴らされ、窓際に立ち竦む私を解き放つかに思われた。

「元日だな」思いがけない近くに夫の声を聞いた。不覚の眠りから覚めた時の、我れと我が身を確かめるあの重い呟きに似ていた。

「もう由良を待つことも要らないわ」

「うん」

草平は短く答えた。二人の目前に、炎は盛んに闇を溶かし続けた。隠されていた海が、オレンジ色に隈取られて森の両脇に現れ、新しい西風を送り込むと、炎は大きく左右に傾きながらこちらに向かおうとした。思わずぎょっと振り返った草平の顔が朱に染まっている。夢の再現であった。今こそはっきりとその正体を見届けようとしたが、次第に衰える火勢の中で社は再び森に没し始め、私の命の中に〈上意討〉は何時果てるともみえなかった。

蛇の卵

ベルが鳴った。厚いガラス窓の向うで母親に抱き上げられた衿子が、二誕生を迎えるばかりの小さな掌をひらひらさせた。ホームに立つ支野は、たとえ叫んでみたところで決して届きそうにも思われぬ車中に向かい、「ばいばい、またね」と口いっぱいに動かして見せる。若い母親は目敏く読みとると子供の耳許に囁き、衿子は何やら不安気な眸で、

「ばいばい、ばいばい、またね」

おうむ返しに言ったようだった。聞こえる筈の無い孫の声が、すでに長い尾を曳いて走り出してからも彼女の耳許に残り何時までも未練らしく手を振り続けた。

新幹線のだだっぴろいホームを見送人がぞろぞろ引上げてくる。だが、何んと長い乗物なんだろう。こちらへ向かってくる人の流れを小さく遮り乍ら、彼女は遂に待ち切れなくて腕を下ろすと、未だ尾の先を現そうともしない列車に逆って歩き始めた。三階ホームは右手の広いガラス越しに城の全景を見事に映し出している。長年この町の象徴であった城を、人々はみな見上げるものとばかり思ってい

たのに、ここでは全く対等にすぐ傍らに肩を並べているのが支野には何がなし裏切られた思いがあった。裏切ったのが当の城であるのか、こんなばかでかい鉄とコンクリートの建造物を町の真中に押し立てた破廉恥な連中であるのか、それをまた断乎として止めようともしなかった自分らであったかは分からない。むろん彼女にしてもあの当座、町の真中を通り抜けようとする新幹線工事に少なからぬ憤りを感じて反対の署名運動にも進んで加わった。あの時の分厚いサイン帳はどうなったのだろうか。町内会ごとに各家庭に廻され、さまざまの筆跡とインキの色に埋められた揚句はひとからげに市役所に運び込まれてその筋の役人達の前に小山をなした筈である。吹き込んだ一陣の風が苦もなく小山を崩し蹴散らしてしまったものか、それとも陽の当らぬ倉庫に放り投げられたままか、知らぬ間に工事は進み町ぐるみ呆気にとられて見守る中を遂に完成して半年が経っていた。この国では初めてという二重高架は三階ホームに新幹線が発着する仕組みで、人々はたまさか此処にやってくると今更のように工事の巨大さに肝を潰し、こんなふうに城と肩を並べて競い合う下克上におののかずにはいられない。

支野はこの町に生まれたわけではないが、三十年近くも連れ添っている夫の多一が生まれ育った土地ということで他人ごととは思えぬ愛着がある。多一は城の近くで育ったというから眼下に見えるあの辺りだ。然しその町内でさえ彼の生家もろともごっそり戦災に会い、全く新しい町に生まれかわっていた。

彼女が一足遅れて流れに追いついた時、エスカレーターの降り口では一寸した珍事が持ち上がっていた。丁度下り列車の入ってくる時刻で、並び合ったエスカレーターの登り口からは次々に乗客が立ち現れホームに足を掛ける。ところが下りる方の遙か下から夫婦者らしい二人連れが懸命に登ってくるのが見えた。一階の改札口に降りようと集まった者達は呆気にとられ流れは見る間に滞った。勢い余った若者が舌打ちして踏み込んだ時、

「いま降りちゃいけんでえ、わしら登りおるんじゃけえのお、いま降りんでつかあさいやあ」

大声が突き上がった。

若者は気圧されたように二、三段飛び上がり、もとのホームに立つと、

「おっさんらあ違う、反対じゃあ、こっちは降りる方なんぞ」

面子《メンツ》を無くした腹癒せに身を乗り出して怒鳴り返す。

「いけんでえ、いま降りることはならんでえ」下からは前にもまして必死な声が上がった。厳《いか》つい肩にしっかりと荷物を抱えこみ空いた手を一段下の女に貸している。女の腰も背も屈めた体つきから土を相手に老いた年の頃が察しられた。片手を思い切り男に引っ張られ乍ら懸命に段を踏んでいる。和服の裾が乱れて色のはね返る中から膝頭が見え隠れした。長いエスカレーターの中ほど迄来た頃には夫婦ともさすがに顔をしかめて開け放した口から荒い息遣いが伝わるようだった。始め途方に暮れて人垣から覗きこんでいた支野も、次第にいたたまれない息苦しさに、

「誰か、何とかして上げて、上から引っ張り上げちゃどうかしら」

思わずさっきの若者に訴えた。それがええ、それがええ、何人かの同意が上がり、若者は苦笑すると赤いジャンパーの背をふくらませて再び駆け下りる。地響きを立てて電車が入ってきた。その時に

なって、駅員がようやくこの珍事に気付いてやって来たが、今しも若者は老夫婦を連れて最後の段を踏み越えたところであった。

「やれやれ、どうもすんませんでしたのう、ああ間に合うたぞ」

前後してホームに立った二人は、紅潮した若者やその辺りの誰彼なく頭を下げてあたふたと下り列車に乗り込んで行った。どちらも同じ日焼けした顔に白髪まじりの生え際が汗にまみれて、たった今果した難行を疑うでもない朴訥さに、降り口で待たされた人々は笑いを忘れて見送った。支野も何やらほっと一息入れた思いでエスカレーターを降り始める。三階から地面までの眩暈のするような急斜面を降りていきながら、いま出合った老夫婦の滑稽な努力に何度も苦笑がこみ上がり、半ば身につまされもした。自分だって似たような事をどこかでやっているかも知れないのだ、まるであべこべの道を大真面目に而も懸命に歩き続ける姿は、周りの者から見れば全く馬鹿気ているだろうが行きつく先に待つ幸せの有無までは分かるまい。何れにしても、あの夫婦は間に合ってよかった。ゆっくりと沈む階段に身を任せながら彼女はようやく別れてきた娘と孫に思いを馳せた。東京に待つ夫の許へ一月ぶりで帰って行く娘と、初孫の衿子が盛んに手を振っていた薄赤い掌が交互にひるがえって暫くはうっとりした。

駅前のパン屋さんで久し振りの食パンを買うとバスを待つ間がもどかしくてタクシーに乗った。二、三年前から急造された山の手へ向かうバスは三十分毎しか無い。何時もはそれくらい待つのにも慣らされていたが、今朝は少しでも早く我が家に落着きたかった。朝の内のパンは未だ仄かな温もりが残っていて、ニットのスカートに包まれた膝からじんわり伝わってくる。焦げたイーストの甘ずっぱい匂いまでいっさんに車の中に立ち始めた。

娘の由子が子供の頃からパン嫌いで、一月余りの里帰りの間中それ迄の食習慣を曲げて三度米の飯をつき合わされ、多一はとうから音を上げていたが、支野もさすがに胃の具合がおかしくなり始めている。朝毎《あさごと》をトーストと紅茶、果物の軽い食事にして何年になるだろう。由子が東京で学生生活を四年間過し、卒業と同時に恋愛結婚してそのまま住みついて三年になる。だから自分たちのパン食も都合七年間の習慣になってもうすっかり胃になじんでしまっているのだ。それは何も食習慣ばかりではなく、生活のすべての運びが何時の間にやら夫婦だけの密度になっている事かも知れない。

タクシーの止まる音で、玄関先の鉢植に水遣りしていた多一が振り返った。

「無事に発ちましたよ。衿子ったら、ホームに上がった途端におしっこがしたいいうて、由子がじゃけんに手を曳いてまた下へ逆戻り、ほんとにはらはらさせられたわ」

この夏、支野が珍しく早起きを通してせっせと水遣りをした故か足許に並んだ観音竹が例年にない濃緑に滴っている。多一は残り水を傾けながら、

「由子の奴、なんでああ衿子に当るのかな、あれはもっと穏やかな娘だったが」

「子供が出来ると女いうてそうも静かにしてられんのよ。何せちょっとの間も目が離せんのだから、お陰でこっちまでいい加減くたびれてしもうたわ」

「長かったなあ、今度は。あれで亭主は文句も言わんのかなあ、時には電話もかかってたようだが、

おかしな夫婦だ」

「あなたは格別気の短い方でしたからねえ、私なんかからみれば羨ましいぐらいのもんだわ」

「そんなもんかね、俺には分からん」

茶の間に向かい合ってからも夫婦はいっとき弾んだやりとりをした。そうした事もこの一月余りの余韻かもしれなかった。互いの胸の内に、前触れもなく里帰りした娘の一向にはっきりしない本音と、ともかく夫の許に帰って行った安堵が重なり合っていた。

「衿子がおらんのは妙な具合だな」

ようやく多一はあたりの静けさに気が付いたふうだ。心許ない顔付きでわけもなく廊下の向うに気配を探している。若い母と子が残し去った声高な呼び声や泣き声、たまさかの笑い声や怒声が一塊りになってみる間に小さく縮んでいく。それは衿子が始終もてあそんでいたゴム風船のように、初めはぱんぱんに脹れ弾んでいたものが次第に弾力を失いしわんで見るかげもない切れはしになるのと似ていた。のび切ったゴム風船はたとえまた息を吹込んでも途中で破裂するのがおちだ。飛び散ったゴムの切れはしが当ったように支野は眉をひそめた。

「ねえ、お昼はパンにしましょうか、駅前で焼立てを買うて帰ったのよ」

多一の顔が晴れた。まるで子供騙しのような他愛のなさでこちらを向かせた事に、彼女は一寸ひるんだ。

パンと紅茶の簡単な昼食を久し振りに機嫌よく済ますと、多一は何時ものように午後を書斎で過している。長年高校の教師を勤め上げたあと英語の講師として週に三日私立の短大に通うだけで他は殆ど家にいて翻訳ものを手がけていた。楽しみといえば月に一、二度若者たちの演劇グループに引っ張り出される事であった。彼の生まれ育ったこの瀬戸内沿いの静かな城下町も十年程前から海岸を広範囲に埋め立て大手の鋼管工場が入ってからは急激に人口がふくれ上がっていた。何よりもめざましいのは文化面で様々の若者のグループが芽を吹き活動し始めた事だ。多一はそうした中に進んで入っていく事で老いの垢を洗い落すチャンスを得たようである。

支野の目にも夫がそうした生きのよい若者達に触れる事で忍び寄る老化を最小限に喰い止めているのが感じられた。いや、ことによると彼女の中にも夫をくぐった若いエネルギーの余波が流れ込んでいるかもしれなかった。それは血を分けた親子が互に探りながら遠ざかっていく疎ましさとは真反対の、懐しく素敵な贈りものに思われた。

台所に湯気が立ちこめ、銀杏のまろやかな香りが広がった。銀杏とゆり根をたっぷり入れた茶碗蒸しは多一の好物である。香りを見はからい乍ら支野は久し振りにゆっくりした気分で夕食を調えていた。足許にうるさくまつわる孫の姿もなく、壁もタイルも未だ汚点《しみ》の無い台所は小ざっぱりと片づいている。すべてが手順よく捗《はかど》った。皿に煮魚を盛り付けていて、ふと手を休めた。玄関に誰か訪ねてきたらしい。いち早く多一の出ていく気配がして、矢張り大場らしかった。多一より三十近くも年下だが互いにうまが合うというか近頃よく現れる。若いのに似合わぬ如才の無さが何時の間にか支野の心までやんわりと摑んでいた。だが、今夜の彼女は内心眉をひそめている。(こんな時間にやってくるなんて）彼女は折角出来上がった茶碗蒸しを鍋に入れたまま火を止め、茶の支度にかかった。

応接間へ案内する多一の機嫌のよい声が響き、続いて大場の高笑いがした。ばたんと大きな音を立ててドアが閉まった。建売でこそなかったが予算いっぱいに建てた今様の家は、ドアも引戸も開け立てする毎に空洞を響かせるような音がする。盆を持った支野は出合い頭に危く多一とぶつかりそうになり慌てて台所へ退った。

「お茶はいいよ。今からすぐ大場君と出かけにゃならんのだ。帰りは分からんから先に食べていてくれ」

多一はいいながら、もうそそくさと支度を始める。つい今しがた迄腹が空いた空いた、といっておきながらけろりとしていた。

「折角茶碗蒸しが出来たのに、少し待ってもろうてそれだけでも上がったら？」

だが彼はこたつの上に並んだ眼鏡や煙草の類を忙しく上衣のポケットに突っ込み、

「悪いよ、待たせちゃ。もうみんな集まって俺を待っとるんだそうだ」

「でも、急のことなんでしょう？」

支野は未練がましく後を追う。多一を待って大場は童顔にあふれんばかりの愛嬌を湛えていた。

「僕の連絡が遅れたもんで先生には突然のお願いになってしもうて、でも、もうグループの連中がすっかり顔を揃えているもんですから何んでも来て頂かん事には」

言われて、支野は一寸鼻白んだ。彼の何んとなく底の方で若さに甘えている物言いが胸につかえ、一向に気に止めぬふうの多一までが腹立たしい。

二人を送り出したあと、彼女は今一度温め直す気にもなれずぬるんだ茶碗蒸しを食べ始めた。ほろ苦い銀杏とゆり根の穏やかな甘さがうまく溶け合い乍ら咽に流れていくのが少しは腹の虫を押さえた。昼間のパンのようには多一をこちらに向けさせる事は出来なかった。子供のような他愛無さで一度は自分をひるませたが、今は少しの未練もなく若い仲間達の許に飛び立って行った。支野には何やらはぐらかされた心許なさが残り、それは今朝がた娘と孫を見送っての帰り、ふと城を眺めて思ったのに似ていた。体の奥深く有無をいわさず握りしめていたつもりの相手が、突然自分から逃げ去り、気儘な存在に甘んじている。あの言いようのない憤懣であった。半ば無意識に箸を動かしている前で、テレビは、新興国の一隅でたった今勃発したらしいクーデターの模様を映し出した。小さな画面いっぱいに激しい銃声と悲鳴、敵と見方が入り混って争う中から血腥い熱気が溢れて茶の間を浸し始めた。解説者の苛立つ早口が、さっき迄多一の占めていた空間を埋め尽くし支野を取り囲む。テレビに映っている画像は遠い未知の国の出来事であるにも拘らず、人と人との憎しみ合いから生じた悪意が、それを見守る者の中にまで突き通り犯すように思われた。支野は、自分が本当に何者かに脅かされたように身震いした。すぐには信じられない未知の、たけだけしい情念が内から突き上がったのである。これまで多一という唯一の男によって呼び醒された女の情念の、すべてを汲み尽したあとにひっそり取り残され、眠り続けていたものであった。茶の間を独占した悪意が、彼女の闇の部分にひそんでいた老いを容赦もなく摑み出してみせた。不透明な色に曇り、醜怪な形相を持った〈老い〉は、この同じ時間に別の空間で若者と呼吸し合っている多一を呪った。それは、共に積み重ねた歳月を置き去りにして独り青春の中に浮かび上がろうとする男への明きらかな嫉妬であった。

「こんなに長い髪を持つ女がいるなんて」

と男が言う。

「ちっとも長くはないわ、生まれた時からいえば数え切れないくらい幾度も切り捨てているんですもの」

若い女は、水の中をくねくねと泳ぎ廻り乍ら、豊かな髪を海草のように絡ませ波打たせている。

「だから女って不思議なんだ。女の髪は切っても切ってもそれ程長く伸びてしまうんだからな、全く怖いようなものだ」

男は嘆息混りに言うが、その指は逆に愛しそうに女の長い髪に触れ、巻きつけたり引っ張ってみたりして楽しんだ。

「女はね、死んでからも未だ髪が伸びていくんですって。きっと、髪だけは死なずに生き残るのね」

若い女が首や細長い手足をくねらす度に筋肉も骨もなんの抵抗もなくしなやかに従いて廻る。その動きが次第に激しくなり遂に水の中を転げ廻るとくるくる長い髪に体を巻きつけていった。

「ああ、それでもう君は死なずにすむってわけだ。そうやって髪の毛にくるまって自分だけ生き残る魂胆なんだ」

際限もなく紡ぎ出される髪の糸は、女の全身をくるんで瞬く間に黒い大きな繭を作り上げた。闇のように黒い繭の中から女は眸を光らせて勝ち誇った。

「その通りだわ、私ひとり生き残るのよ、もうこれで決して死にはしない」

取り残されて怒り狂う男の前で女は更に、

「いつも私を一人にしておいた罰だわ、さあ何処へでも行くがいい」

あの、狂気の眸は私のものだ。同じ水の中に漂っていて支野は思う。嫉妬が紡ぎ出した繭の中にいるのは私だ。彼女にはその闇の中で我が身の自由を失い、再び男の愛を取り戻す事もなく老いさらばえていく姿が見えた。

やがて怪物のように肥った繭の中は、しゃれこうべ一つ残る隙間もない闇一色に塗り潰されてしまった。水の中に漂う支野は、からからと何かの打合う音を聞いた。それは、彼女自身の骨が砕けてぶつかり合う音であった。


東の山の端が淡紅色に染まり始める頃、岡の急斜面に一人の男がぶら下がっていた。めっきり冷え込むかわりに風らしいものもない中を、男の体は大きく左右に揺れ動き、その度に片足を直角に山肌に突っぱると慌しく両手を綱に絡み直した。其処は岡の東に面した荒地で疎らな竹藪に続いた山肌がかなりの急勾配で落ち込んでいた。途中わずかばかりの窪地に荒神さんの小さな祠が祀られてある。

そこからは長い石段で下のバス通りに繋がったが今は未だ人影も無い。

男は荒神さんを三方から取り巻くメタセコイヤの林の中に下りようとしていた。この辺り一帯が未だ戦災に会わない前には見事な松林だったそうだが、今はてっぺんを無惨に飛ばされた老松が二、三本、一抱えもある幹を残しているだけである。メタセコイヤは数年前に氏子達が苗木で植えたものらしいが、カナダ生まれの促成の木は早くも林を形づくっている。夏の間爽やかな浅緑に密生していた葉も深まる秋と共に燃え立つような緋に彩られた。

（何をしているんだろう）支野は起き抜けにベランダのカーテンを開けようとして、手を止めた。メタセコイヤの林は、東に向かって張り出されたベランダに頂きをのぞかせてこの辺りから始まり、山肌に沿って大きく左手に半円を描いていた。すんなりとした若木は幸い未だ粗い木の間越しに男の姿をはっきり映し出している。男は次第に慣れてうまく調子をとり始め、手際よく地面に下り立つと林の中に屈みこんだ。支野は多一を呼ぶつもりで振り返った。カーテンを閉ざしたままの仄暗い中に浮かんでいるのは、薄青い疲労を瞼に溜めて深い眠りの中にいる顔だった。思い直して再びさっきの男を探すと、ものの三分もたっていないのにもう登り始めている。今度はさすがに要領よく片手を綱に絡ませ、もう片方は手当り次第に灌木や雑草を捉え乍ら登っていく。（あれは？）男の腰にくくり付けられた人の頭ほどの円いものに目をこらす。籠のようにも見えるがよくは分からない。同じものが下りる時にもあったかどうか覚えてはいなかった。こんな時間に妙な場所から下りて行く男の様子にこだわっていたのだ。あそこへは下のバス通りから石段を上がり祠の裏手へ廻れば雑作もない。それをわざわざ苦労して上から下りた事に秘密の匂いを嗅いだ気がした。男はまるで其処に何かがあるのを見届けていたか、或は何かをしようと企んで人目を避けたのではなかろうか。どちらにせよ、いちはやく目的を達して引揚げにかかっている。支野の見つめている前でメタセコイヤの林がいっせいに輝き始めた。男は晴れがましい程の陽を浴びて岡の上に立つと、続く竹藪の中をあっという間に走り去った。

「おかしいと思わない？　あんな所から下りるなんて、だってバス通りから荒神さんの裏へ廻れば、苦労しないでしょうに。それをわざわざロープで上から下りるなんて」

さっきから支野は何度も同じ事を繰返している。目前に男がぶら下がっていた早朝の光景が鮮やかに浮かび上がり、その姿が、朝日を受けて燃え上がった林の中に一際勇壮に映ったのを説明しようと躍気になっていた。

「一寸したロック・クライミングだったのよ。ああ、あの時すぐに起すんだった。夢でも見たんだろうっていう顔ね」

多一は黙ってパイプをふかしている。時々煙の出具合が悪くなるのか二、三回たて続けに強く吸いこみ、眉をひそめた。

「やっぱり由子がくれたパイプはうまくないな、いや、まさか朝っぱらから夢を見たとも思わんがね、どうもおかしな話だ」

「でしょう？　あそこで何か隠しごとをしていたに違いないわ、それに上がってくる時に見たんだけど、腰に何か円いものを下げていたからひょっとして」

　支野は、夫がどうやら自分の話に乗ってきたらしいのに力を得た。それに多一が朝からパイプを吸うのは何か考え事をしている証拠だったから。だが彼はそれきりまた黙ってしまった。パンの焼ける匂いが立ちこめ、勢よくトースターからはね上がった。支野は二人分の紅茶を入れ午ら久し振りに朝の茶の間が懐かしい匂いに満たされるのに心安らいだ。テレビは朝のホームドラマを映し出し、何時もの賑やかな顔ぶれとコミックな会話、その上爽やかな音楽までサービスしている。この同じテレビが昨夜は血腥いクーデターの中に誘いこみ、今こうして他愛もない話に熱中している女の中から思いもよらぬ老醜を引きずり出したとは、当の支野さえ忘れているのだった。

「紅茶が冷めるわ」

　彼女はようやく多一の様子が何時もとは違う事に気が付き、紅茶もパンもそのままにしてゆっくりパイプをくゆらしている白い頤を眺めた。六十を幾つか出てからは、あれ程ごわごわと実っていた髪が目に見えて柔らかく頭に添い始め日増しに色を薄くしていったが、それでも未だ半々折合っているのに較べて、頰から頤にかけてはうっかりすると殆ど白いものに覆われていた。言われて多一はパイプを置くと、話はずうっと聞いていたという顔で、

「どっちみち大した事とは思えんな、いったいあんな場所に何があるんだな、松林なら松茸でも生えるという事もあろうが」

　と美味そうに紅茶をすする。支野は拍子抜けのした思いで、そうね、と曖昧に答えた。内心では夫

の気持がもうそんな所に無いのを察していた。案の定、多一は急に晴れやかな調子で言い出した。

「ゆうべは全く驚いたよ、あの娘《こ》があんなふうになっとるとはねえ。君は知らんだろうな速水ユキっていう娘、高校時代に一、二度うちを訪ねた事があったそうだが、俺にも覚えが無いぐらいだからねえ」

多一が高校に勤めていた頃、よく男女生徒が出入りしていたが、数人のグループでやって来る事が多く、支野には誰もみな同じような印象しか無い。

「知らないわ、聞いた覚えもない名前ね」

と、すげなく答える。さっきからそんな事を考えていたのかという反感もあった。松茸だなんてうまい具合に逃げられた気がした。

多一が昨夜大場に連れていかれたのは、この夏新しく発足した演劇グループで、殆どが高卒だけで働いている若者の集りであった。稽古場を図書館内に置いている事もあって近頃大場は熱心に世話をしているらしい。他にも幾つか面倒を見ているグループはあったが、平均年齢が最も若い上に全くの初心者ばかりで、彼に言わせると、

「盲へびというのはああいう連中ですよ」

然し、それが彼の老婆心をくすぐっているのも目に見えていた。グループは男女合わせて二十人程で確かに大場の言はあてはまりそうに思われたが、多一にはかけがいのない情熱と映った。週に三度通っている短大の教室では全く感じられぬエネルギーが彼らの中からは激しく打ってきた。その中で

多一は速水ユキを見たのである。彼女はたしか未だ在学中の筈であったから一瞬自分の目を疑ったが間違いはない。高校生だった頃の速水ユキは理数科の得意な生徒で、彼女自身の志望であった工学部へ男子生徒を尻目にパスして職員室の話題となったのを覚えていた。幾らか陰気な故もあってそれ迄は成績簿の上でしか知らなかった名前を初めて当人と見比べ納得したものである。真面目で誰の前でも妙にしゃちこばっていた娘は、相変らず肩を怒らしてはいたが、生まれ変ったほどの鮮やかさで多一の目を捕えたのだ。

「例の大学紛争でね、彼女の行っていた大学は東京でも最も激しかったからね、それに巻き込まれた揚句に中退したんだそうだ。ノンポリだったとは言うとるがどうかな、その後組合活動にも首を突っ込んでたというから怪しいもんだ」

パイプの煙が多一の顔を隠した。

「その人がまたどうして?」

支野は熱の入らぬ相槌を打つ。さんざん耳にしてきた話題のようで別に珍しくも思われない。だが多一は眸を輝やかしていた。

「今度こっちへ帰った理由が、なんでも同棲していた男と別れたからだそうだ。勿論大場君から聞いた話だがね、それにしても彼女が演劇に興味を持ったとはねえ」

あの当時の学生運動のさ中、同志である事を口実に簡単に同棲を始める男女学生の多かったのを支野も身近に聞き知っていた。彼らの仲間でこそなかったが、卒業と同時に呆気なく結婚してしまった娘夫婦にもいずれ似通った気風はあるに違いない。

「近い内に訪ねてくると思うがね、なかなか面白い娘になっとるよ。女も一度男を潜ると随分変るもんだねえ」

どう変ったのか多一は言葉を探しているような遠い目付きをした。互いのうちに湧き上がる思いがいっこうに咬み合わないもどかしさに、早朝の男の影は急にぼやけたものになっていった。

暫く姿を見せずにいた大場がひょっこり松茸を手土産に訪れた。由子らが東京へ帰って半月経っていた。家の中にようやくもとのたたずまいが戻り、孫の衿子が持ち出した母親のナイトキャップが玩具と一緒に応接間に忘れられている不様《ぶざま》もなくなった。あの時も多一は、

「結婚すると女は変るね、あれはもっと几帳面な娘だと思うとった」

とひどく不機嫌になり、それが衿子の仕業と分かってようよう眉を開いたものだった。結婚して変るのは何も女だけではないのに、と支野は男の虫のよさを見せつけられた思いだったが、一方自分にはすでに失われてしまった女の萌芽を、多一がどれ程か愛しく我が娘に託していたかを思い知らされた。松茸は荒目の小さな籠の中に行儀よく並べられ、芳しい匂いを放っていた。多一は何よりの好物に大喜びで迎え、

「暫く姿を見せないんでどうしているかと思うとったよ。旅行にでも?」と尋ねる。

「とても、とても、それどころじゃありません。もうなんだかんだ引き受けてしもうてから飛んだ

目に会うとりました。昨日は休みだったんでようやく田舎へ帰りましてね」

彼の両親はこの町から車で一時間余りの山間で百姓をしていると聞いていた。旧地主で田畑は僅かだが松茸山が残っており、毎年秋になると松茸狩りに人を呼んでいるらしい。

「今年は秋小口《こぐち》に雨が少のうて出来が悪いらしいですよ、親父さんも当てにしていた小遣がふいになったいうてこぼしていました。まあ、匂いだけでもと思うて」

支野も何やら貴重なものを受け取ったようでいそいそと台所へ茶の支度に入る。この前彼が現れて夕食時分の多一を引攫って行った恨みなどとんと忘れていた。再び応接間に引返した時、二人は盛んに例の演劇グループに就いて話合っていた。

「思うたとおり彼らなかなかやりますよ。年は若いし、大体彼ら本物の舞台も余り観た事は無いんでしょうが、とにかく押し切るんですなあ。考えてもみて下さいよ、ウイリアムズの『ガラスの動物園』とはよくぞ選んだもんです。まあこれも先生の助言あっての事でしたがね」

多一は、いやいや俺なんかと照れながらも熱心に耳を傾けている。大場は矢継ぎ早やに、「昨日かららいよいよ稽古に入りましてね。何しろ皆仕事を終えてからの二時間余りなんですが、これがすごいんですよ。いやあ恐れ入ったなあ、僕なんかもうとてもついてはいけんと思いました。それに、あの速水さん、彼女今まで学生運動をやっていて演劇なぞ初めてだと言うとるんですが、どうしてどうしてなかなかのもんです。ローラの役にしちゃあ、ちいっとばかりグラマー過ぎる嫌いはあるが」

多一はいっ時笑ったあと、

「そりゃよかった。まあ最初から難しいものに取組むのもいい事だよ。あれは知ってのとおり肌理《きめ》の細かい劇だからねえ、それだけに成功したら大いに自信がつくだろうさ。速水ユキにしたところでもともと頭のいい娘なんだし、今の彼女の心境からすればローラは嵌まり役だったろう」

「ああ、じゃあ矢張り速水さんは此処を訪ねて来られたんですね」

大場は何のためらいもなく言って多一を覗き込む。反射的に多一は椅子の背に身を引いた。

「いや、うちへは来んよ、何時だったか偶然町で出合うて立ち話はしたがね、そうだな、あの折も近い内に訪ねるとは言うとったがそれっきりになっとる」

「速水さんは先生のファンですからね、演劇グループに入ったのも案外そういったところかも知れんですな。ま、これは僕の感じだけど」

ちら、と支野を見て、

「先生ぐらいになると若い娘も安心して心を開くんですなあ、あやかりたいもんです」

「御自分じゃ結構独身貴族を認めておられるくせして、欲ばりですよ」

支野が珍しく半畳を入れる。傍らで多一は知らん顔でパイプをひねくっていた。何んだかんだと言いながら由子のくれたパイプは使いこまれて美しい木目を見せている。いっ時話がとぎれ、再び熟れた匂いがふわりと三人を包んだ。大場はふと思い付いた顔で、

「先生、先生は蛇の卵を食べた事がありますか」

呆気にとられている多一に、

「実はね、最近僕の友人に蛇の巣を見つけた奴がいましてね、十幾つの卵を持って帰ったらしいんですよ」

「蛇いうて君、あれは今時分卵を産むのかね」さすがに驚いた顔で聞き返す。

「まあ蛇にも色々あるんでしょうが、友達の言では周囲の状況から推してそれ以外考えられんそうです。鶉《うずら》の卵よりはひとまわりほど大きゅうて、白い奴だそうで恐らく相当大きな蛇が産んだものだろうと言うとったですよ」

「食べたんかね？　それを」

多一より先に支野の方が自分の口を覆う。

「実に美味かったそうです。鶏の卵より遙かに濃厚で、そりゃ近頃の卵ときたら全く水くさいですからねえ」

「蛇じゃあ蝮《まむし》が美味いとは聞いとるが卵を喰った話は初耳だな」

「味もさるものですが、彼が言うには一卵千金の値打なんだそうです」

「何んだ、そりゃ」

「ホルモンのエキス、強精剤というところでしょうね。効き目の絶大さからすると、若しかして、はぶのような猛毒の蛇かも知れんと言うとりましたよ、あれは長生きすると山のぬし見たような大蛇になるそうですからなあ」

大場の童顔は知らぬ間に凄味を帯びてくる。夫婦ともごくりと唾を嚥んだ。

「そういえば思い出したよ。俺も子供の時分に一度蛇の交尾を見た事があった。ひどいもんだったよ、まるで縄をよじったようになっていてね、何時迄経っても動かんので死んどるんかと棒で突いたら急に二匹が鎌首を上げて絡みついたんで一目散に逃げた」

「そんなにすごい卵なら僕も探しに行こうと思うて聞くんですが、奴なかなか教えてくれんのですよ、絶対の秘密だといって」

「そうだろうな」

何やら多一まで残念そうに相槌を打つ。

「蛇ならこの辺りにもいるらしいけど。ほら、この家が建つ時だってよく長い抜け殻が落ちていたじゃないの?」

何気なく言って、支野はあっと思った。そうだ、あの男かも知れない。この岡の東の斜面にロープでぶら下がっていた男、一瞬、メタセコイヤの林が頭の中で燃え上がった。

「そうよ、きっとそうですよ、あそこなら蛇が住んでもおかしくないわ。巣のありかを見つけておいて、気付かれんように上から下りたってわけですよ」

ふうん、多一の煮え切らぬ返事をとって大場が躍り上がった。

「まさに、絶対ですよ、彼ならそのくらいの冒険はやりかねん。何んせ強引な奴ですから、然し、愉快だなあ、これで彼奴《きやつ》の秘密を握ったようなもんだ」

未だ半信半疑でいる多一の前で大場は無邪気に喜んでいる。支野は二人を眺めながら、若しそれが本当なら自分も何時かこっそり蛇の卵を見つけたい、と思うのだった。

翌日午過ぎ、長い上り坂を自転車を押してやって来た大場は、鬼の首でも取った勢いで二個の卵を差し出した。坂を上って来た故か、ようやく手にした卵の故か、彼の顔こそ赤鬼のように染まっている。丁度多一は朝から学校へ出ていて支野が一人庭いじりをしているところであった。

「奥さん、大手柄でしたよ。あれから帰るとすぐ奴をつかまえてとうとう白状させました。ほら、見て下さいよ、これがそうです」

分厚い掌に、卵は二つ可愛らしく並んでいた。それは思いがけない美しい卵である。支野は恐る恐る、蛇の卵なの？　と念を押す。

「友人がそう言うのです。なに、蛇の卵だって卵に変りありませんよ、然し、黄味の色がすごく濃いんですよ。実は三つ貰いましてね。これで最後だからやらんというのを、場所を言いふらすぞとちょっぴり嚇したら惜しそうにくれましたよ」

と手柄顔だ。

「で、どうでしたの？　大場さんはもう試験済みでしょう？」

「僕？　でも僕は未だ独りもんですから」

支野は思わず噴き出し、続いて大場もこらえ切れずに笑い出した。

一人になってから彼女は掌に納まった二つの卵をしげしげと眺め、上べは何んの変哲もない、いや、それどころか寧ろ美しくさえ見える殻の中にあの嫌らしい蛇の精子が生きているのかと思うと、とて

も食べる気になぞなれない。夕方、学校から戻った多一は、着替えもしないで卵を眺めていたが、

「ばかにきれいじゃないか、これがほんとうに蛇の卵かなあ」と疑い深い。

「でも大場さんは司書でしょう？　こういう事にはくわしいんじゃないのかしら」

「うん、それに彼は田舎育ちだから蛇の卵は何度も見て知っとる筈だ」

「それじゃあ間違いないわ」

支野はけしかけるように言う。

「どうだ、一つぐっと飲んでみようじゃないか」多一は唇を引き結んだ。支野は慌てて、

「私は止すわ、本当ならよけい薄気味が悪いじゃないの、蛇だなんて」

「未だ絶対的とはいえんが、どっちみち美味いもんなら結構じゃないか。命に別条ない事だけは確かだ」

だが、支野は蛇の卵など食べては自分の中に住むらしいもう一匹の仲間の怒りを買うのではないかと恐ろしい。女は誰しも生まれた時から一つずつ蛇の卵を隠し持っているような気もする。彼女の断乎とした調子に多一は気勢をそがれた様子で卵をテーブルの上に戻す。未練らしくはあったが一人で試す勇気はないと見えた。結局、卵は二つとも冷蔵庫の中に収められた。此処でならまさか蛇に孵る事もあるまい、と思われた。

ベランダの上に立つと、すっかり黄ばんだメタセコイヤの林が迫って、荒れた山肌は一面落葉に隠され所々柔らかそうに枯れ細った下草がのぞいていた。こう秋も深まっては蛇も地下に潜ったとみえ

てその後卵探しに現れる男も見かけない。どうやら大場と友人の約束は守られたようであった。

そうした土曜日の昼すぎ、例の演劇グループの稽古を見に行くと出掛けた多一が夕食時分になっても帰らない。その内に何か連絡があるだろうと、支野はぼんやりとテレビの前で待った。一人で食事するのも億劫で、もう一寸と思っている間に九時近くなり、諦めて重い箸をとり上げた時電話が鳴った。何んだかひどくざわめいた中から動物園がどうのこうのと言っている。

「何だかよく聞えないわ、動物園ですって？」苛々して聞き返した。何を言っているんだろう？

「そうじゃない、ガラスの方だ、え、分かるだろう、ガ・ラ・スの動物園」

多一は少し酔っているようだった。こんな事はもう長く忘れていた。彼女が戸惑っていると、またひとしきりざわめきの激しくなった中から突然大場の声になった。

「今晩は。先生は大した御機嫌でしょう？　われわれは今祝杯を上げていましてね、いや、公演は未だずっと先の事で、やっと稽古に入ったばかりですが、いうなればそのお、意気投合という奴です。現代に生きる若者、いや僕らは全てガラスの動物であるという理念に達したんです。殊に速水ユキ女史はローラの役を得た事で生まれ変ったと、たった今表明しました」と声を詰まらせる。

再び多一がとって代った。

「どうも彼は口ほどになく酔うたらしい。なにね、例の若い連中と飲んでるんだがね、あと少しで帰るから飯は済ましてくれ」

何を今頃になって。酔いを押さえた多一より先に支野は受話器を置いた。今迄待ったのが急に馬鹿馬鹿しくなり、そうした事でわいわい楽しんで酒を汲み交わす男達の世界が生き生きと想い描かれもした。中でも彼らに混じって華やぐらしい速水ユキの存在が妙に鮮やかに浮かび上がった。あったこともない姿かたちを追っていると不思議に娘の由子に重なり、どっちがどうか区別もない。似かよった年頃というだけで若い女をひとくくりにするのは笑止だと思いながら、干草のように甘い体臭とか、体重を感じさせない身のこなし、思いつめた眸の色とは裏腹に何時でもとんぼ返りのバネを持つ強靭さが、互いの中にそっくり当て嵌められるのだった。それは、すでに失われて長い己の青春でもある。今夜、多一の傍らにいる幻影が、娘の由子であり、教え子の速水ユキであり、かつての自分であると思う事で、支野は再びあの夜の艶めく闇の中に落ちていった。

「ただいま」入口の戸が開いて、出ると見知らぬ若い女が立っていた。左手に下げた萌黄色のスーツケースに見覚えがある。

「おばあちゃん」女の背後から衿子が走り出た。長いおかっぱ頭を振り振り笑いかける。由子じゃないの？　え、由子でしょう？　女は黙ったまま、片手で衿子の頭を抱き寄せようとして、するりと逃げられた。衿子！　思わず差しのべた支野の手には見向きもせず、子供は表に飛び出して行く。

「衿子！」女の鋭い声が追った。由子の声だった。特長のあるヒステリックな声が子供を追い掛け、支野を釘づけにする。泣き声がした。衿子が転んだのだ、早く行ってやらなきゃあ。泣き声は次第に激しく半ば喚くようにして遠ざかっていく。その時になって女はようやくスーツケースを足許に下ろした。すると、支野の体は呪文が解けたように軽くなり泣き声に向かって走り出そうとして入口に立ちふさがる女とぶつかり合った。一瞬、肉体の打ち合う重い衝撃と包み込まれる快感が走り、気が付くと女は支野の背後に前と同じ姿勢で立っていた。くせの無い濃く豊かな髪を長くたばねた後向きのままで。支野はとっさに自分は女の体を潜り抜けたのだと思った。不思議な感覚だった。自分が産んだ娘の体からもう一度自分が生まれ出る、そうした重い快感だった。更に奇妙なのは、そのまま泣き声を追って走る足取りが少しずつ軽く引きしまってくる。いや、両足ばかりか腰も胴も、冷たい風を切って振られる腕も、両の頬さえ生き生きと弾んでくるのがはっきりと分かった。ああ、自分は今逆に年を減らしているんだ。娘の体から生まれ変った時を境に、いっさんに過去へ向かって走っている。周囲の光景が目まぐるしく移り変り、すれ違う男女が見上げるばかりの背丈になっていく。あれは、大人たちに違いない、支野は遠く恐ろしいものに出合ったように身を縮めて先を急いだ。泣き声は少し弱まりあと一息で追いつけそうである。入り組んだ暗い林を通り抜けた時、彼女はふと大人達の股間であったような気もしたが振り返らなかった。そうだ、彼女は走り続ける長い道のりで唯一度も立ち止まり振り返ろうとしなかった。泣き声だけが確かであり、あとは全て、自分さえも刻々に移り変る不安なものでしかなかった。やがて、行く手に光が薄れ始め暗闇が見る間に彼女を取り巻くと、走り続けた両足はその場に深く折れ曲がって二度と立ち上がる力を失っていた。泣き声がした。すぐ近くだった。もういくらも離れてはない。彼女は暗闇に息を殺し、あろうことか自分の中から洩れてくる確かな声に聞き入った。

支野は重い瞼を開けた。胎内を覗いたような深い澱みの中に二つの光る眸が近々と迫り、多一と分かってからもいっとき夢の境に溺れていた。由子のスーツケースを下げた見知らぬ女は、速水ユキだったかも知れない。会った覚えもない女の幻影が多一の肉体を潜って自分の中に映し出された事にこだわらずにはいられなかった。

師走に入って間もなく、夜の八時を待ち兼ねたように由子から電話が入った。

「今度のお正月、どうしようかと思うの」毎年今時分になるとかかってくる電話である、が、今夜は何時もと違う含みがあった。

「二人目が出来たらしいのよ、だから」

支野の奥深く、ずん、と手応えがあってうろたえた。由子の声が弾んで大きくなる。

「お母さん、聞いてるの？」

「らしいっていうのは、どうしてなの？」

「もう三ヵ月にもなるんですって。それが昨日初めて分かったのよ、未だ人ごとみたいで」

電話の向うで少し含羞む。

「三ヵ月なら確かなもんじゃないの。お正月に帰ってくるのは諦めるのね」

「でもね、近頃は流産止めの注射もあるっていうし、もう一度先生に相談してみるわ」

由子は何んとかして帰りたい口振りだ。変った、と支野は思わずにはいられない。

「お正月なんてこれから先いやという程あるけど、子供はそうはいかないからね」

電話のあと、多一は非難めいて言った。

「ああぴっしゃり言わずとも。第一あれにはおせち料理も作れんのだろうからな」

「女だからって、誰も初めからおせち料理をうまく作れる者はいませんよ。由子もそろそろ実家の正月から足を洗わんと」

「由子の奴、とうとう二人の子持ちになるのか」

多一の声は飾らぬ明るさで支野の胸を打った。由子の胎内に再び新しい命が芽生えたのははれやかなことに違いなかった。この季節の初め、突然の里帰りであれこれ思い患っていた胸の内がようやく拭われた。

数日後、再び由子から電話があり矢張り今年は諦める、というのであった。夫婦共何んとなく気落ちした一方では、ほっと肩の荷を下ろした。嫁がせた方も、当の娘も、相変らず同じ歩幅で甘え合っていた事に気づかずにはいられなかった。これでどちらも一歩ずつ退く事が出来たわけで、風の通りがよくなったともいえる。それは、親子の縁が薄くなったというものではなく、互いの生き方を許し合える最良の距離を持った事になる。支野は、自分の心の中にまで或る広がりが出来、呼吸が楽になったような気がするのだった。

そうした日の早朝、珍しくあたふたと大場が現れた。かなりの坂道を一気に自転車で踏み上がったのも若さにまかせての事だろうが、さすがに肩を上下して、苦しかったのか多一と向かい合ってから

も一寸のあいだ口もきけずにいたが、早口で、

「彼女は、ローラの役を下りましたよ」

色白の多肉質の顔は、不断とぼけて見えるほど屈託もないのに、今朝は煮凝《にこご》りのように不透明な怒りに震えている。

「彼女って、速水ユキの事かね」

「そうです、あの売女《ばいた》め」

多一はぎょっとした顔付きになった。

「大場君、一寸そりゃ不穏当じゃないのか、売女はひどい」

傍らで支野も呆気にとられた。一体彼らの間に何が起ったのだろう。

「先生、あの女は別れた男の許へ帰って行きよったんです。男がこの町にやって来たとは僕も聞いていましたがね、当然振り切るものと思うとりました」

「同棲していた男というのは、かなり急進派の活動家だったらしいじゃないか。ああしたタイプの娘は理詰めで迫られると弱いのかも知れんな、なまじ頭の良さが仇になるというわけか」

終いの方は低く独り言になった。今朝はパイプの具合がいいらしく、上向き加減に目を細めている。ゆらぎながら昇っていく煙の陰で多一は妙に頼りない顔になっていた。向かい合って思い切り肩を怒らしている大場とはひどく対照的に見える。

「売女とは無茶な言い方だ」

多一は背を立て直すと屹《きっ》とした口調で言う。今度は大場が黙り込み、その分だけ狂暴な目付きで煙を追った。

「彼女は、僕と出直す筈でした」

傷口から血が噴出し、白く固まっていた煮凝りをどす黒く染めた。パイプをくわえたまま多一はぽかんとしている。

「僕たち、そうだったんです」

大場は不安な目付きになり、自分の言った事がなんの反応も与えなかったらしいのに拍子抜けのした顔になった。多一は、深々とパイプを吸い込むと目をつぶった。匂いのいい煙の輪が舞い上がり、天井からぶら下がった蛍光灯の笠にもやう。薄い瞼がひくひくとした。それが心のひきつれにも見えた。重力の差こそあれ、床に落ちたガラスの動物は大場だけではなかったようだ。支野は目を背けた。

大場を送って外に出ると師走には不似合いな陽気だった。風も無く穏やかな朝の光が近々と上半身を見せて立並ぶメタセコイヤの梢に絡んでいた。もう殆ど落葉した細い枝々が光の粉をまぶされてきらめいている。

「ああ、あ、いい天気になったなあ」

多一は思い切り背を伸ばし両手を高く揚げて深呼吸した。その顔は暖かい日差しを正面《まとも》に受けて、穏やかな初老の潤いさえ見られる。大場は一寸眉をひそめて空を見上げたなり、何を思ってか大股に庭を横切り東の急斜面に沿った低いブロック塀から身を乗り出した。支野の足が半歩前に出かかって竦《すく》んだ。深呼吸している多一の腕が一杯に広がったまま宙に止まった。その前で突然、大場のけたたましい叫び声がした。立ち並ぶメタセコイヤの根元あたりを指差し、押し殺した声になって走り寄った二人に、

「あそこ！　ほら、あそこを！」

大場の指差すあたり、落葉が緋毛氈のように散り敷かれた中に、見分けもつかぬ小さな生きものがうずくまっている。それが生きものであるとは、羽交《はがい》らしいものを細かに震わせているので分かった。

「なんと、ありゃチャボだ」

同じように塀から乗り出して多一が眸を輝やかす。

「何処から来たのかしらん」

支野は荒神さんの下に展がっている家並を眩しく見下ろした。ついぞ見かけた事もなかった小さな生きものは、多一のいうチャボかも知れない。見ていると、落葉とも見紛う赤茶色の羽に深く埋め込んでいた頭をすっくと持ち上げ、遙か梢にかかる空に向かって優しく、こう！　と一声した。

「蛇が、蛇が卵を産んだ」

大場が思いがけない弾んだ声で叫んだ。振り向いた顔にみる間に煮凝りは溶けて、鮮やかによみがえった若者の生気が向かい会って立つ支野の中にまで素速く射し込んだ。

草地に、雨を

金色の稜線の一点が裂けて夥しい光の束が送りこまれた。有刺鉄線をくぐり抜けようとしていた女はふいの目つぶしに会い、重心を失うとあっけなく草地に転がり落ちた。続く犬は難なく飛び越え突っ走る。

鋭い痛みが脇腹を走り、身をよじって犬を制したあと少しの間息をつめて蹲《うずくま》る。捲り揚げたブラウスとスカートの境目に光が溜まり、みるみる赤く滴る。

片方のサンダルを見つけられないまま、女は酸葉《すいば》の茂みまで這ってゆき、一つかみの葉を掌で揉む。濃緑の汁が掌を染め指の股を濡らすのを見はからって傷口に押し当てた。ひんやりとした草の湿布が乳色の窪みを彩り痛みが薄らいでいく。

こんなところに有刺鉄線を巡らせたのは誰だろう。たった半日か一日足らずの間に誰かが草地を囲ってしまった。

岡の頂に残された草地に、昨日の朝までは何一つ境界らしいものはなく、三方を広い大根畠が取り巻いていた。大根畠が境界だったかも知れない。その一方の東斜面にかかるあたりで地肌が露出され波紋を描く上に分厚いコンクリート板が重ねて打ち捨てられている。猛火が石の奥深くまで犯しているらしいのは女の目にも明らかであった。

酸葉《すいば》を揉んで傷口に当てることを教えてくれたのは夫だったろうか。あの人は植物が好きで、薬草探しに夢中になり、休みの度に胴乱《どうらん》を提げては野山を歩き廻っていたもの。いいえ、そうではない、薬草探しを楽しんでいたのは五十代の若さでぽっくり逝ってしまった父ではなかったか。父の突然の死が、採集した薬草の故だったとこっそり母に打ち明けられたのは遠い遠い昔のこと。五十を過ぎる頃から夫は血のつながらない私の父親にそっくりになっている。

痛みを忘れたとき、女は初めて有刺鉄線の内側に大根畠の一部が残されていることに気づいた。草地への侵入に怒った何者かが境界線を思い付かせたのだろう。草地の持主が帰ってきたのかも知れぬ、と女は思った。

戦後十年ばかりの間、草地には一軒家が建っていたという。家というよりは小屋というていのものだったそうだが、ともかく人の住居であることはたった一つの窓にぶら下がった赤い花柄のカーテンで知れた。或年の旧盆に近い早朝、一軒家から不審火が出て、水の不便もあってか瞬くまに灰になった。火事跡からは男の焼死体が見つかり、素性の分からぬことから噂は尾ひれをつけて、中で一番の被害者は家の持主であった。共働きの若夫婦がそれぞれの仕事先に出掛けたあとの災難で、固く戸締まりをした家の中に猫一匹飼ってはおらなんだと、夫婦は云い張った。

——戸締まりは固くしとりました云うのんがこうした時の口定法じゃ。

現場に当った巡査は業を煮やして詰め寄ったが、夫婦は口を揃えて、

——そげえなことァありましえん。わしら、どげな苦労してからにこの家建てたもんですじゃろか。それを、戸締りせえで留守にするなんちゅう、そげなばかなことを——

と怒りに震える始末で、とどのつまりアル中浮浪者による失火ということでけりがついた。あの頃ァ人の一人や二人焼け死ぬんは驚くことやなかったで。なにせい空襲で町中が灰になってしもうた揚句じゃけ、と女は聞かされた。

草地と道一つ隔てた西の斜面は古い墓地になっている。その年盆の墓参りにやってくる人達の間で噂は頻りに交わされた。そして、焼け死んだ男らしいのを一軒家の窓辺に見かけたと云う者までいた。花柄のカーテンの陰から表を覗いていた男は、若夫婦いずれかの縁者だったのではないかと囁き合った。男が老人だと知れたことから噂はまことしやかに流れ、焼死体なんぞ珍しくもないと嘯《うそぶ》いていた連中まで何やら得体の知れぬ胸さわぎを感じたと云うのだった。

それで、火事に会うた若夫婦はどうなったのですかと女が訊くと、溝掃除の手を小一時間も休めている東の組内の女は、そげえなことうちらが知りようもないがね、どうせ他国者《よそもん》やったのやから何処ぞへ流れてゆきよったんやろうね、それにしてもあんたもようあの草地へ行きよるそうなが、と急によそよそしい顔になって、あげなことがあってからはうちら墓参りほか行くこたぁない、いまだに誰も家を建つもんがおらん云うに、と非難とも戒めともつかぬ口ぶりをした。

女を他国者《よそもん》と見てのつくり話かも知れなかった。女は朝ごと犬を連れて草地へゆくことを止めなかったが、草地を走り廻る犬をコンクリートの板に掛けて眺めながら焼跡に群れるキリン草の花に焼死した男を思い描いた。すると本当の話に思えてくるのだった。

たっぷり血を吸った酸葉を投げ捨てると何処にひそんでいたのか犬が飛び出してくわえた。その首に曳き綱を掛けておいて口からもぎとる。血とからみ合った濃い唾液を急いで犬の背中になすりつけた。シベリヤ狼そっくりの毛色をした雌のセパードは近頃急に腰骨の目立ち始めた体で従いてくる。ささくれ立った被毛が薄い木綿のスカートを苦もなく通して、荒れようが尋常でないことを思わせる。その上あり得ないことだが胸から腹にかけて膨らんでいた。

墓地が尽きて道は広く平らなアスファルトになった。左手にそそり立つ市営アパートが西の町並を隠している代わりに、右手は鋭く落ち込んで東の家並を連ねた。ふいに犬が地べたに吸いつき、うう、と低い唸り声を上げる。やがて終りに近い夏休みの早朝はアパートにちらつく人影も無い。唸り声は、東の家並に向けられ、それを追おうとして女は息を呑んだ。つい岡の下から太い煙が上がっている。

白煙はみるみる濃さと太さを増してゆき、途方もない勢いで建物を包み込む。根っこに赤黒いものがのぞいた。すぐそばに青く輝くプールが。するとあれは、保育所ではないか。プールの周りに数人が走り出て踊り出す。いや、どうするすべもなくて助けを呼んでいるのかも知れない。プールに水はないのだろうか。女は毒々しいペンキの色を憎んだ。保育所から走れば五分とかからぬ場所に消防詰所があった。出初め式に町中の詰所から羨ましがられたという自慢の車が出番を待っている筈である。

火の手のありかさえ定かでない遠い町までサイレンをひびかせて飛び出す新型消防車。女はサイレンを待ちあぐんだ。

——火事やって？

昼前、葬式の伝言にやってきた組内の男は呆れたように女を見返した。同じ町内の八十幾つの爺さんが今朝がた死んだことを告げる時、ミシン屋のこの男は粘りつく眼で女をとらえて放さなかった。

——今朝の火事ですよ、犬を連れとったんですぐに見つけることができたんやけど、たしか保育所やなかったかと……プールが見えたんですよ。

——うちの息子も保育所へ通うとるんですがのう、今朝も早や行っとりますで。火事やったら保育所は休みの筈じゃ。

——プールがついそばにあったんですよ、そこから煙が上がっとりました、あれが火事でのうては。

——奥さん、そりゃ近頃火事は多いけに煙をみりゃなんでも火事じゃと思うんはしょうがなあことじゃが、それにしたところで組内から火事が出たなど云わんことですで、穏やかやないけにのう。そいでのうても。

——火事を見た云うのがなんで穏やかやないのですか、そら火事が穏やかでないことぐらいは……私がでたらめを云うとるとでも思うならおかしなことですよ、私だけが見たんやのうて、連れとる犬がみつけたんやから。

犬が？　男は急に真顔になった。

――そいじゃ奥さん、なんでサイレン鳴らんかったんやろな、火事なら、サイレン鳴らさないけんし、消防車も出さんならん。こりゃどういうことになるんかね。

サイレンはとうとう鳴らずじまいだったし、消防車が出た気配もなかった。女は、自分の体が少しずつ地面から浮き上がり宙を漂い始めたように思う。

――犬はなんぼうかしこうても火事とごみ焼き煙の区別はつかんいうことじゃないかね、わしゃ別にでたらめや云うとりやせんで。ただ、御主人がおられんことにゃなにかにが不自由やないか思うての、そいで奥さんのためを思うて。

何故サイレンが鳴らなかったのだろう。サイレンさえ鳴っていれば私の云うことを信じてもらえるのに。男の口が立て続けにぱくぱくと開き、赤い舌がうごめくのに見惚れた。口だけが大写しになって目も鼻も消え去った男の顔に魅かれた。たった今までのっぴきならぬ思いで云い張ってきたことさえ忘れて、滑らかな舌の動きを助ける歯の白さに見惚れた。

岡は岬のように突き出て町を二分していたが、女は天気のよい日は西の町へ、曇天や雨の日は東の町へ下りた。東の町は岡のすぐ下から始まり、まだ至るところに田畑や農家があった。歩いて十分とかからぬところに小さなスーパーがあって用を足せるが、露地に立ち止まり長々と話し込んでいる女たちの傍を通りかかいする度に雨傘に隠れるようにして足を速める。西の町で生まれ育ち、長年そこに暮らしただけのことで他国者《よそもん》扱いを受けることに腹立たしさと不信をつのらせていく。

西の町はバスに乗らなければならなかったが、車窓からの眺めも下りてからもすんなりと女を受け入れてくれた。天気のよい日、女は朝からそわそわと鏡に向かい、忘れていた化粧をし電気カール機で髪をふくらませる。洋服ダンスの中を物色して一番気に入りのワンピースを着込んで鏡の前に立つと、見違えるほども生き生きとなった自分に満足した。

女は今朝がた死んだという老人を見かけたことがあった。四年前の夏、岡の家に越して間もなくだったろう、西の町行きのバス停に向かう途中、道の片側の浅い溝に腰を掛けていた。一瞬、胸を突かれて立ち止まった。真昼のかんかん照りの下でまっすぐ背を立て両膝をあわせている金銅仏のような老人は、あまりにたっぷりと陽光を吸収したために体内をめぐった光の余剰が再び外へと輝きだしたかに思われた。干からびたコンクリートの溝に腰を下ろして日がな一日を費やしているのだろうか。上半身裸の肩から胸にかけて、かつての筋肉の名残が頭陀袋《ずだぶくろ》のように垂れ下がっていた。

立ち止まり、放心したように見つめる女に気がついたのか、老人の方からも女を見返した。鉛色に濁った眸の奥に正気がひそんでいるのを、女は汗のひく思いで見てとり急いで歩き出した。バス停へ着き、バスの中に揺られていても老人の眸は執拗に追いかけてくるようで、折角西の町へ向かいながら一向に心がはずまない。やがて終点のデパートに降り立ち人波に揉まれる中で、老人に唯一つ残されてあった生のしるしを自分もまた求めていることに気づき悲しいような、またほっとしたような気分になった。

女は今夜の通夜に座ることにした。この夏ふっつり見かけなくなっていたのを思い出し何やら後めいたものがあった。初めて会った時のように女はもう立ち止ることはしなかつたから、老人の姿はまったくの金銅仏となって溝に座り続け、絶えまない陽に洗われるだけであつた。今はもう正真の仏となった老人の顔は心を揺さぶりはしないだろう。

早目の夕餉の支度をするので、流し元に立ち魚をとり出す。十糎《センチ》ほどのメバルの幼魚は三日も冷蔵庫に入れられ、どんより曇った目玉を突き出している。これじゃ煮付けにしてもおいしくないだろう。女は無雑作に放り出し、三日前の夕方前触れもなくやって来てビニール袋に入れたメバルをつきつけた娘の得意顔を思い浮かべた。

――ちょっと小さいかも知れんけど生きは最高なんやから。

鼻先に潮と活き魚の匂いを嗅いで女は、ウ、とのけぞると云った。

――びっくりするやないの、どうしたん？

――沖釣りに連れてってもろたんよ、お父さん好きやったでしょ、これの煮付け。

土、日曜日にかけて父が戻ってくるものと思っているらしい。いや、この子はもうそんなこと信じてやしない。なにもかも見通しの筈ではなかったのか。

――お父さんは戻っとられんよ。

――お母さんもいっぺん沖釣りに連れてってあげようか、ほんとにええ気分なんやから。

――そうやろね、海はええ気分やろね、あ、このメバルまだ活きとる。

――だから云うたやないの、活きは最高やって、こんなんすぐに煮《た》いたらおいしいよ。

伸びきった脚なりのジーパンにも真赤なトレーニングシャツにも乾いた鱗がスパンコールのように

光って女を不安にしてゆく。船の中でこの子は何をしていたのだろう。こんな小さな魚を釣り上げるだけのことに体中を飾るほど鱗が飛び散るものだろうか。ステンレスの流し台の上で四匹のメバルが跳ねる。頭から背にかけて鮮やかな紅の斑点で彩られ、まだ成魚にもならぬうちからいっぱしの面つきで跳ね回る。

——ね、お母さんやっぱりこのままずっと家に居るつもりやの？　お父さんはもう長いこと帰ってこられんかったんでしょ？

——知っとるんやったら今更訊くことないやないの。何で私がここに残っとるんか。

——もしかして、うちのためや云うのなら、うち、心外やからね、それとも新しゅう建てたこの家のため？

娘は長すぎる脚をもて余すふうに片方ずつぶらつかせながら、磨きあげたステンレスの流しを撫でる。どこもかしこも四年前の真新しさであった。この家だけが歳月を忘れている。四年の間に娘の父は瀬戸内から山陰の海沿いの町に転勤したし、便利だからと云う理由で娘も勤め先の寮へ移っていった。女は丁寧にメバルの鱗をそぎ落としていく。夫は人一倍鱗を嫌ったから、女はいつもたった一枚の鱗も残さぬように心を傾けてきた。

——うちがなんで此処から寮へ移ったか、ほんま云うたらね、息が苦しゅうてたまらんようになったからや、なんかしらんけどお母さん見とると、うち……

あ、母と娘は同時に声を上げた。女は左の人差しゆびをきつく押さえ口に含む。下唇に血が滲み、声がくぐもる。

——あんた、なにが云いたいのん？

——うち、息がしんどうて逃げ出しとうなったんよ、お母さんと一緒におるとうちまでおかしな気分になってしまうんよ。

——母娘《おやこ》が一緒に暮しとって、なんで息がしんどうなったり、おかしな気分になるのん？

——お母さんはうそつきや。息がしんどうなるんはうちやのうてお母さんの方やないの。ほら、この台所やってぴかぴか。いつまで経っても真新しい家なんて家やない、そやって家中を磨き上げるんも息がしんどうてしんどうてたまらんからでしょ？

——しんどいのは更年期の故《せい》や、きっと。それにリータまで連れて行くことはでけんかったしね。お父さんがどんなにあれを可愛がっとったか、あんたも知っとるやろ？　リータはこの家で生まれて育ったんやもの、あれを置いていくことはできんよ。

——どこかが変やわ、お母さんのはなしは。

——なにもおかしなことはないやないの。お父さんが停年になれば何処におられてもこの家に戻ってくるんやもの、それまでリータと暮すだけのことよ。

——リータがお父さんの代りやとでも云うの？　それとも、お母さんは自分のことより犬の方が大事や思うとるの？

途中で放り出されたメバルが音を立てて跳ね上がった。娘はぎくっとしたように腰を引くとテーブル越しに向かい合った。父親似の肉の薄い顔がこめかみのあたりでひきつったようになっている。この子はきっと父親のことを思っているのに違いない。母親の身を案じて女らしい同情を寄せているように見せても、本当は父親の身を案じているのだ。

女は、押し殺した胸の中を指先と同じように切り開いて見せたくてうずうずした。私の胸の中をそっくり覗きこんだら、この子は啞になるだろう。こんなふうにずけずけと物の云える子ではなかったのに。口や体の不自由な子等と暮らすようになってから、いっさんに饒舌になってしまった。あの子等と心を通わせるためには言葉を惜しんではいけないのかも知れない。それとも、私から逃げだしたことで凍りついていた唇が溶けたのだろうか。女が微笑を浮かべたので娘も笑顔になった。その顔は幼い日の泣き顔に重なる。

――リータのお腹、大きいんとちがう？

――あんたもそう思う？　やっぱりそうなんやね、そんな筈は無いのに。

――すぐにわかったわ。ほんまにおかしなことやね、それともあれ？　ほら仮想妊娠ってやつ、犬にはよくあるってお父さんに聞いたことがあったもの。

――それやって雄犬と一緒になつてからのことや。もしかしてヒラリヤかも分からん、あれのお母さんもヒラリヤで死んどるからね。

――すごい藪蚊やもの、ここは。

娘は小首を傾げて何かを聞きつけようとする。また幼い顔が戻った。

リータを死なせるわけにはいかんわ。あれほどの犬はもう生まれんやろうて。死んだらしまいやもの。しまいやもの。

生ま臭い匂いが台所を満たした。三日も放っておいた魚はいくら煮《た》いてもいやな匂いが消えない。食欲は無かったが二匹を皿に入れ残り二匹を犬の食器に汁ごと移す。今朝は申し訳のように口をつけただけであった。リータが食べてくれれば私の食欲も出るだろう。庭に犬の姿は見当らなかった。食器を手にリータ、リータと呼んでみる。鎖で繋ぐことを嫌った夫に習い、犬は自由に庭を歩き廻ったから、女が一歩庭に出たとたん何処からでも走り寄ってくる。リータ。低いがよく透る声で呼びながら犬小屋のある裏手へ廻る。

通夜の客は縁先にまで座っていたが、涼を求めてのことらしい。奥がまだ広く空いていて襖を取り払った座敷の床柱を背に逆さ屏風が巡らしてあった。白布で顔を隠した遺体は麻の葉模様の掛けぶとんの下に真っ平らに見える。女は、縁先をふさいでいる人達を分けて奥へ通った。丁度台所から盆を捧げて入ってきた若い女が炊き上げたばかりの飯の匂いを仏の枕元に漂わし、続いて入って来た坊さんに座をゆずって後に控える。読経の合間に急に声が掠れて咳き込むたび法衣が香を撒きちらす。夏風邪か別の持病か、女は自分も喉の奥をいがらっぽくしながら、犬のことを考えていた。呼んでも応えの無い犬は小屋の中に蹲り激しく咳き込んでいた。ヒラリヤに違いないと女は判断した。咳をし始め腹が脹れてきたら終わりやと夫から聞いていた。咳というよりは何かが喉の奥に突き刺さり、吐き出そうとして悶えているふうであった。よほど辛いに違いない。しゃがみこんで見守る女を、涙を溜めた目で大きく見つめた。

仏の身内らしい女はよく見るとそれほど若くはなさそうである。若い女と見たのは、ふんわり着流したワンピースの故であるらしい。淡く軽やかな布が胸や腹をたっぷりと包み隠しているのに、黒ずんだ乳首と膨らんだ下腹を紛らしようもない。額から頬にかけてそばかすの目立つ顔がぼんやりと坊さんの背を見つめ、読経に合わせてつぶやいている。そのうち堪え切れなくなったものか両掌で顔を覆った。女はリータの下腹に手を差し入れた時の熱く湿った感触を思い出していた。犬は決して汗をかかぬというのに、この熱い湿りようはどうだろう。が、よくみると汗ではなくて激しく咳き込んだ余りに吐き出した汚水が濡らしたものと分かった。じっと見つめ返す犬の前に、二匹のメバルをのせた食器を差し出した。犬はびくりともしない。しかしそのうちには魚の姿が食欲を誘うかも知れなかった。

——爺さんが誘うたげなよ、わが娘をなあ。

——行かず後家やもの、どっちが先かわからん。愛しさの余りやろ。

——ほんまに爺さんの子やろうかの。

——子やのうて孫やろうがの。娘の腹借りて孫つくりよったんやわいね。

——それも功徳かわからんなぁ。

——まこと、仏になりよってからに。

まこと、仏になってしもうたと、女は胸のうちでくり返す。読経が終って坊さんが控えの間に去ると、顔の白布が外され通夜の席に連なる一人一人がすすみ出て仏の唇を酒で湿らせる。順番が廻ってきて女が枕元に座ったとき、真夏の日の下に座り続けた金銅仏はわずかに色褪せてこそいたが、今にも薄目を開けた奥から正気の光を放つかと思われた。

通夜から戻ると犬は待ちかねたようにして身をすり寄せてきた。喉の奥がひゅうひゅう鳴るのは喜びの声と察して女は切ない思いで体中を撫でさする。夕方の激しい咳はおさまっていた。宵の口は群がるほどの藪蚊も今の時刻にはいくらか大人しくなっているが、夜目に見えぬだけのことで真っ赤にふくれた体をそこら辺りに休めているのだろう。ようやく熱を沈めた地面に腹をつけて犬はいっときの安らぎを得たようであった。

ガラス戸を残らず開け放ち網戸一枚にしていても家の中は執拗に昼間の熱気が漂っていて何度も寝返りを打つ。その度に忘れていた脇腹の傷を思い出した。あの無慈悲な針金ほど人に反感を抱かせるものはない。岡の上に住むようになってから、よほどの風雨でもない限り通い続けた頂の草地は、女とリータの唯一の場所であった。リータは決して女を曳きずったりはしない。まだ若く力が横溢している時にもやさしい身のこなしで女の脚に寄り添って歩いた。たとえ行く手に見知らぬ犬や憎むべき野良猫が現れたとしても。リータはひたすら岡の道を草地へと歩む。陽が注ぎ、風がそよぎ、香ぐわしい青い匂いの満ち満ちた草地は、思い切り走り廻るには少しばかり狭くはあっても快い何かを与えてくれる。嗅ぎ廻り動き廻って変りのないことを確かめると、焼けたコンクリート板に休む女の傍らで同じように町を見下ろし、吹き上げる風に鼻面をなぶらせる。今朝がた、草地に有刺鉄線が巡らされているのを見ても逃げ出す気にはなれなかった。逃げ出すどころか怒りに突き上げられた女は無慈悲な針金を押し開けた。さあ、おいでリータ！

待ち受けた針の先に脇腹を刺されて、女は身を二つ折にして傷口を舐めようとする。まるで生まれたときからずっとそうしていたように、しなやか過ぎる体を信じて疑わない。唇はくもなく脇腹に届いて、微かに石鹼の残り香の漂う、まだ充分張りつめている皮膚の裂目に熱い舌を押し当てる。三日月形の裂目からはこんこんと血が噴き出したが、一滴もこぼすまいとして強く唇を密着させ巧みに舌を操った。この快さはなんとしたことだろう。押し当てた舌の先が、柔らかくすべっこい肉の深部に触れるたび、女は堪え切れずに歯ぎしりをする。——誰かに名前を呼ばれたような気がした。何時の間に草地に入り込んだものか見知らぬ男が立っていて、さっきから女の仕草を眺めていたらしく唇に卑しい笑いを浮かべている。

——ここは俺の草地だ。

髪にも髭にも白いものが混っているくせして眸だけは若者のように光り、女を見据えるうちにも少しずつ大きさを増してゆく。

——俺の草地だと云うとるのに。

今にも眸は音を立てて裂けそうであった。

この男を知っている。消えかかっていた快感が更に大きい波となって押し寄せる中で女は思った。

——あなたの草地かも知れんけど、私の草地でもあるわ。こんなに長い間放っておいたくせに今頃になって自分だけのものやなんておかしいわ。私は毎朝ここへやってきて一日の始まりを見てきたというのに。

——今日からはこの俺がここで一日の始まりを見るんだ。文句はないだろうがね。なにしろ俺の持物なんだからな。

あらん限りの力をこめて女は歯ぎしりをするのだが、それとはうらはらな快感が頻りに目前の男を受け入れようとする。勝ち誇った相手の顔が近づき鞣し皮のような体臭を押しかぶせてくるのに抗うことすらできない。私のものでもあるんだわ。女の呪文が男を突き抜けて草地の隅々にまでゆきわたると、男もまたひびき渡る呪文を繰り返しやがて何れとも分らぬ声音がきれぎれに草地を覆いつくす。

朝、女は鏡の前に裸になり脇腹を覗き見た。傷は褐色の三日月形に乾いていたが周囲が薄赤く腫れている。どう体をまげてみたところで届くわけもないのに、ひとしきり舌を出して傷口を眺め、夢の中ではあれほどた易く届いたことに妬ましさを感じる。

葬式には白い割烹前掛を着けなければならない。女はいくら探しても見つからなくて仕方なしに水玉のエプロンででかける。あれだけ探したのに見つからないのは、ひょっとして夫の部屋へ忘れてきてしまったのだろうか。あの部屋にまこと割烹前掛は似合わぬ。みっともないからそんなもの着るな。でも折角持ってきたんやから。それを着て何処を片付けるつもりなんか。何処って、あら、押入れは無いの？　そんなものある筈はないよ、この寮はヨーロッパ風に出来とるんだ。なにもかもあちら式にな。ベッドに洋服ダンス、テーブル、椅子、ふん、まるでホテルのようだな。そうやねえ、食堂が別にあるんやからこれでいいわけやしね。

　たった一度だけ訪ねたことのある夫の任地で、これから先何年かを暮らさねばならぬ場所が明るくモダーンな建物であったのは幸いだったろう。けれども女はもう思い出すことができなかった。ヨーロッパ風の白っぽい建物は思い出そうとする度にこの町にも近頃見かけるホテル、しかも一見それらしく真似た連れこみホテルに重なる。にょきにょきした屋根の連なりと白っぽい壁の内側に果して夫は居るのだろうか。

　転勤してしばらくは月に一度必ず帰ってきた。別に不自由というわけやないが、毎日ホテル暮らししよるんもなんやわびしいな。そらそうやろね。相槌を打ちながら女はとくとく音を立てて満たされるものがあった。手土産の菓子に子供のように喜び、夫もまたひと月ぶりで口にする内海の魚に舌鼓を打つ。山陰と瀬戸内の距離が遙かなものになり始めたのは何時頃からだったろう。その年、県境の中国山脈に未曾有の積雪があって車の動かぬ日が続いたが、それからだったような気もする。女の中に白い壁と雪が一つのものになってとりとめもなくなる。白の割烹前掛だって本当は別のところにあるのかも知れない。あの時、私は割烹前掛など持っては行かなかった。

　岡を下りてバス通りに出ると、いつも老人が座っていたコンクリートの溝を挟んで黄色いテントが張られていた。かんかん照りの下では誰も五分とは立っていられない。大テントの中には香典受付所と茶菓の接待所が出来ている。組内の女衆も白の割烹前掛を着けてテントと勝手口の間を小走りに往復していたが、女を見つけて呆れたように立ち止まる。何か云いかけたがそのまま勝手口に走り込んだ。続いて女が入っていくと、台所に動かぬひとかたまりが出来ていて、水玉のエプロンを着けていることにも上の空の様子である。

——喪主の名が違うとるいうがほんまやろうかね。男衆が云いよったが。

——喪主は一緒に暮らしよった娘さんやろがね、たしか他に身寄りはおらんと聞いとる。

——男の名前になっとるいうことや。こりゃなんかの間違いやないか云うて娘さんに問うたら、そいでえぇのです云われたそうや。

——いったい誰やろ。

——誰も心当りは無いし、あんまりしつこうに問うんもなあ、なんせ他人の家のことやからね、云われん事情もあるかわからんしな。

——もしかして腹の子の父親かも知れんで。

——腹の子は爺さんの子いうこっちゃ。仏と喪主が同じ人間云うことはないで。

——だいいち名前が違うとる。

——ほんなら。

——まんだ生まれとらん赤ごの名前やろか?

——まさか。

女衆はどっと笑い、慌てて口を押さえる。

崩れた輪の中から顔見知りの女が寄ってきて水玉のエプロンから目を離さずに聞いた。

——昨日の明け方火事を見つけたんやって？

額にびっしり汗を滲ませている。マーケットで会う時必ず連れている双子の女の児は置いてきたのだろうか。

——ええ、プールのそばやったから保育所かと思うたんやけど。

——そうやってね。

——でもサイレン鳴らさなんだもの、違うたんかわからんわ。

——ボヤやったらサイレン鳴らさんことがあるからね、きっと早う消えたんやろね。

——かなり燃えとったんやけど、すごい煙やったから。でも……

なぜ水玉のエプロンなど着けてきたのだろう。女は自信が無い。あの煙を見せてやりたかった。あの男、昨日葬式の伝言に来た男も笑ってとり合わなかった。なんというやらしい目付きをしていたか。あの目は何かを見抜いた目だ。長い間亭主に待ち呆けを食わされている女、そう思っているに違いない。でなければ亭主持ちの女に、ああいう目付きは送らないものだ。

——でも、昨日保育所はちゃんとあったそうやからね。

——あのミシン屋が云うたんやね、大うそや、あそこの子はまだよちよち歩きや、保育所へ行けるんはまだ先のことやのに。それともわざわざ出かけよったんかいな。

香典受付所にミシン屋は立っていて、受取る度に最敬礼をした。まるで自分の懐へ入るように愛想笑いを惜しまない。
どよめきが起こる。なんというきらびやかな霊柩車だろうか。かつてこれ程見事に飾り立てられた車体を見たことはなかった。開かれた扉に向かって柩が運ばれ、悪びれた顔もせずに娘が従う。ゆるやかな黒のワンピースを着た姿が昨夜とは見違えるほどやさしく自信に満ち満ちている。陽を浴び陽に清められた命の種が娘の中で発芽したときから、その芽に金銅仏の祈りが託されているのを知っていたのだ。今日の喪主である腹の子が娘に自信を与えた。あれは間違いやなかったと女は思う。リータが見つけ、この目が見届けた煙が。女はつかつかと車の窓に近づくと覗きこんだ。娘の仄白い顔が振り返り、一瞬立ちのぼる煙を見たとき、霊柩車が目を眩ませて走り去った。

二百十日が過ぎ二百二十日が来ても地面の潤う気配はなく岡はひがな燻《くすぶ》り上げる。或る朝岡へ登ってきた水道局の車が、いよいよダムの底が見えてきました。町内の皆さんにお願いします。どうか節水に御協力下さい。今日からは更に水圧を下げますので高台の家々は断水することがあるかも知れませんと連呼した。スーパーマーケットの前に貯水用のポリ容器が山と積み上げられ、あっというまに売り切れてしまった。近頃驚くほど水を飲み干す犬の為に女も特大のポリ容器を三つ庭に並べた。朝七時、蛇口からポトリとも落ちてこなくなる。時計の針より正確な断水が始まると、女はひっそりと家に閉じこもる。そして長い時間が経ちやがて再び水の出る夜半過ぎに、空っぽになった三つのポリ容器に水を満たし、家中の拭き掃除を始め、翌日の食事拵えにかかる。昼と夜が入れ替わったことはさほど苦にならない。日中の暑さは夜になると幾分凌ぎ易くなったし、頂の草地からの誘惑を逃れることもできた。臨月のような腹になっている犬は、庭を歩き廻るだけでぜいぜい息を弾ませ、時折へたりこんでは咳き込んだ。れいの喉奥に突き立つものを吐き出そうとして踠《もが》くのだが地面に吐き出されるのは黄味を帯びた泡でしかない。

もはや、女にとって昼間の明るさが確かな拠りどころではなくなった。輝かしい朝陽の中で見た白煙が信じられないものなら、なんで目を開けていることがあるだろう。いっそ暗闇の正直さこそ好ましいものに思える

遂に、この町の命水であったダムは一滴も残らず干上がってしまい、テレビニュースは日に十回以上も無惨な消沈村を映して見せた。ダムが完成してからこっち、よもや再び見ることもないと思われた水底の村が白い幽鬼となって画面いっぱいに立ち現れたのを見て女は心底怯えた。耳の底に、消沈村に棲み続ける鬼どもがざまあみろと高笑いするのが聞こえる。ダムの水は、照りつける太陽のほかにも鬼どもが呑み干したに違いない。女は何度も身を震わせていたが、押入れの一番下積みの中から分厚い毛布を引きずり出しテレビを覆うと、やっと安心した。

お母さんお母さんと遠くで娘の呼ぶ声がする。返事をしたつもりが聞こえないとみえてまたお母さんと呼んだ。今じぶん何ごとだろうと薄目を開けるそばに娘は立っていて、どうしたの？　具合でも悪いのん？　と訝《いぶか》る。

――リータはどうしたんやろ、リータは？

——庭へ追い出してやったわ、ああ臭い臭い、勝手に上がりこんで、まったく図々しくなったもんやね、あ、そうや、ほら、ミツコよ、ミツコまだあった筈よね、何処？

女は、昔母が使っていた香水の名がミツコだったと思い、灰色によどんだ記憶の底から一つの光景をたぐりよせる。ほらお母さん、犬の香水なんよ、ミツコやって、笑わせるやない。あの時娘はスプレー式のボタンを押して白い霧を吹き散らしたのだった。鼻の奥へ突き抜ける匂いは、昔の母の匂いとは似ても似つかぬ薬品の匂いがして、高校生の娘は面白がって笑いこけ、女はそんな匂いより犬の匂いの方がましや、と本気で腹を立てたのだ。

——ね、ミツコあった筈よね。

——あの匂い嫌いやって云うたやろ。あんなものミツコやないわ。

へえ、お母さんミツコ知っとるん？　あの時娘は目を丸くして女を見直した。ミツコはおばあちゃんが使いよられたからね。

——あんた、いつまで突っ立っとるの、座ったらどうやの。

——座ろうにも座られんやないの、砂でざらざらして気色がわるいわ。どうしてリータを怒らんの？

——あれは病気なんよ、みたんやろ、かわいそうに今にも死にそうやのに。

——獣医さんに診てもろたの？　お父さんは？　お父さんなんて云われた？

立て続けに訊きながら、おそるおそる膝をつく。女は急に声を荒げた。

——どうせえこうせえも無いやろうに。ヒラリヤでお腹がふくれ出したらもう駄目ってあんたも云うてたやないの、ここは藪蚊が多いからね、犬はどれもみんな死んでしまうんよ、リータやってもう早う入れてやらな。

——お母さん、わたしね、結婚しよう思うて。

立ち上がりかけて女はぺたんと尻持ちをついた。え、なんやの？　と訊く。

——式なんてどうでもええ思いよったんやけど、やっぱり決まりはつけといた方が……

——お母さん、聞いとらんの？　こんな大事な相談しとるのに……

女の返事を聞く前に、流し元に山積みされた汚れ物を見つけ走り寄って思いきり蛇口を捻る。

——水は出んよ。

女の明るい声が返る。娘は変ねえと首を傾げてから、自分達の住む下の町では一度も断水は無かったのにと云った。

——そんなばかなことがあるもんかね。

女は憤然と云う。

——水道局の車が毎日のように登ってきてダムが空っぽになるって云うし、そのうちとうとうテレビで空っぽのダムを映しよったわ。

——ところがねえ、ダムは枯れてしもうたけど河口の底に何本もパイプ打ち込んで水を掘りあてたんやて。それテレビのニュースで云うた筈よ。テレビを見なんだ？　あのポンプのこと。

女はテレビを忘れてしまっている。ダムの底に白骨化した消沈村を見た時から、テレビは葬りされた。テレビを見なくても事態は何一つ変わりはしない。

――テレビニュースでね、市長さんが雨乞いしとられるんも映ったんよ。

――見たいもんやったねえ雨乞いを。子供の頃いっぺん見た覚えがあるわ。薪を高う積み上げて神主さんが火をつけよった。お祓いをするたんびに火の神様が高う高う昇りよってね、しまいにとうとう雨雲呼ぶんやって云われてまだかまだかと見よったもんや。

あの朝私が見た白煙はもしかして雨乞いの煙だったのだろうか。もしかして。

――そんなんと違う。市長さんはただお宮の前でお祓いしてもろただけやったけど。

ああ、そんなぶざまなことで雨が降るものかと女はせせら笑う。雨乞いというからには薪や柴を高く積み上げて……

――やっぱりお父さんには近ぢか帰ってきてもらわんと。

――え、何が？

――結婚の話やないの。いくら断水で昼と夜が逆さまになっとるからいうても、どうかしとるんやない？　お母さんにその気がないんやったら、うちからお父さんに云うて帰ってきてもらうわ。

私にどうすることができよう。かえってくるものならもう疾うに帰ってこなければならなかったのだ。あの子はこの家を出て寮に入りたいのやそうですよ、そんなことが許せるものかどうか。あんたからもいっぺんよう云うてやって下さい。こういうことは直かに会うて話さんことには通じんもんと違うやろか。出来るだけ早うに帰ってもらわんことには私一人じゃどうすることもできん。

家族がこんなふうにばらばらになつてもお互い辛抱できるんは、みんな頭がおかしゅうなってきよるんやないかしらん。だってそうやないですか。私は近頃よう夢に見て、夢の中では何時も淋しゅうて泣きよるのに、目が醒めてしまえばもう忘れとる。これはどうしたわけやろうか。きっと夢の中の私が本当の私で、こうやっとる昼間の私はだんだんちごうてきよるんかわからんと思えば、怖うて怖うて。

あんたの顔見たらリータがどんなに喜ぶやろうか。食欲も出て元気になるかもわからんのに、あれ程かわいがっとったんやもの。この頃リータのお腹に耳を当てると水の流れる音がして、とっても澄んだ冷たい水の音やった。あんなに清らかな音、生まれて初めてやった。

――今夜うちが電話してみるわ。ぐずぐずしよるまに赤ちゃんが生まれるかわからんとでも云うたら、お父さんたまげるやろね。そうや、ほんまに赤ちゃんが生まれることになったらここへ戻ってもええね。お母さんら二人が暮すには広すぎるもの、でも、やっぱり止めとこ、こんなに水の心配せんならんとこなんて、水がのうては赤ちゃんかってミイラになる。

ばかなことを。あんたにはあの冷たい水の音が聞こえんの？　耳を押し当てんでもこうしてはっきり聞こえるんも、流れが早う、一層澄んできよるからや。聞かせてやりたいと願うても、ほんまにどうかしとるんやないの、と笑うだけだやろうよ。私はちょっともどうかしてやせんのに。どうかしとるのんは、お父さんやおまえや組内の人らのほうやのに。でも、今度こそ信じんわけにはいかんやろうね、あの音、聞こえるやろ？　冷たい水の音。

昼間娘が締め忘れた蛇口から夜半音を立てて水が迸《ほとばし》るのを女は小躍りしたいほどの思いで聞き入った。水の音は体の中まで侵み通り昼間の熱気に腐敗しかけていたものを押し流す。特大のポリ容器三つとすべてのバケツや鍋に次々と水を満たしていると、それ迄何処にいたのかリータが姿を現した。すぐさま冷たい水をバケツに汲んでやる。顔の半ばを埋めて際限もなく飲み始めるのを不安な面持で眺める。腹に水の重みが加わるにつれて背や腰の皮を引っ張り骨のありかが不気味に光る。餌らしい餌を口にしなくなって久しいので、こうして際限もなく飲む水がようやく命を繋いでいるのかも知れぬ。女が見守る中で顔を上げた。そそけ立つ灰色の毛に雫が宿り鼻から口からほたほたと流れ落ちるに任せて見つめ返した。女の脇腹に残る三日月形の傷跡から薄い皮膜がはがれ落ち痛みが甦った。痛みは少しずつ輪を広げ奇妙な快感を思い出させる。見つめ合う中で、互いの水の音が一つに鳴りひびき三日月形の傷口から漿液を滲ませていく。

風が頂の草地を分け、女の家を取り巻く藪を揺さぶる。縁側の網戸が一枚吹き飛び、風が足許から逆撫でにしている。薄白く明けそめた戸外では無頼の限りを尽くしているらしい。藪全体が悲鳴を上げさかんに小枝の折れ飛ぶ気配がする。傍らにねむっている筈の犬の姿が見えないのは、倒れる網戸にいち早く戸外へ出て行ったのだろう。いったんは夢から転がり出たものの頭の芯に鈍い痛みが残って強引にもとの世界へ引き戻そうとする。

俺はそのために帰ってきたんだからね。

女はもう一度夫と向き合った。肝心の娘の姿が見えないので夫は苛々と同じ言葉を繰り返した。そう、あんたは、あの子のために帰ってこられたんね。女は眠くてたまらない。今こそ大きく目を開けて久し振りに戻った夫の顔や体を見極めようとするのだけれど、とろけるほどの快い睡魔にとりつかれてどうすることもできないでいる。当たり前じゃないか、とにかく忙しいんだ。然し今度ばっかりはそうも云うとられんからな。あれの相手というのをとっくり確かめんことにゃ。

そう云う夫の顔を、女もまたとっくり確かめようと懸命に目を見張る。この人は何時から髭を伸ばしたのだろう。かろうじて開けた女の眸に、髪も髭も茫々と白い男が映る。

あんたは草地に立っとったひとやね。

草地は俺のものだからな。

あんたのものかも知れんけど私のものでもあるわ。女も敗けずに云い返す。

ふん、長い間留守にしとったんだから文句は云えんが。男は思いがけなくやさしく云ったあと、再びきつと目を据える。ああ、あの目。若々しく光る目。

だが今日からはここに立って一日の始まりを見るんだ。

ほんとに？　ほんとに今日からは私の傍で一日の始まりを見るんやね？

聞えない。聞えない。もっとはっきりと応えてくれなければ。女は懸命に訊く。ほんとに今日から私と一日の始まりを。

落葉や小枝、その上何処からか飛んできた空罐、ビニール袋で庭中乱雑を極めた。壁に立てかけてあったベニヤ、トタン板の類まで残らず吹き飛びブロック塀や地面に張りついている。

リータ！

何処へいったのだろうか。陽も昇らぬうちから熱気を含んだ南風《はえ》が女の髪を逆立てスカートの裾を捲り上げる。いる筈のない犬小屋を覗いて、女は口を押さえた。床板にどすぐろく乾いた血がこびりつき、よく見ると辺りに敷きつめられた落葉や木の枝も点々と彩られている。リータの身に何かが起こった。何かが。それは恐ろしいことに違いなかった。床板を染めた沢山の血が異変を知らせ、女を岡の頂へと追い立てた。

息が詰まる。乾き切った熱い風に向かって走りながら女はブラウスを引きちぎった。張りを失った青白い乳房が狂おしく風を捉え、忽ち逃げられる。

これが私の草地だろうか。

有刺鉄線に夥しい蔓草が絡み、針金の一部は切られて巨大なショベルカーが闖入している。いったい何が始まるのだろうか。知らぬ間に鉄線が巡らされ、今また知らぬまに何かが起きようとしている。けれどもたつた今、草地は優しく女を迎え入れた。長い日照りが地面をコンクリートのように固くしたが、密生し、女の腰を隠すほどの草丈では土の柔らかさを保っていた。色褪せ痩せ細った雑草に助けられて緑を残す酸葉《しいば》の群れがあった。ショベルカーの居すわる下に取り残された大根畠が息の根を止められ、鉄線の向う側に広がる大根畠は更に無残な、ただの白茶けた土のうねりとなつて時たま黄色い葉っぱが打ち捨てられている。

女は肩を怒らせ胸を張ってショベルカーに背を向ける。目前にキリン草の高い波が大揺れに揺れて毒々しい花房を誇った。キリン草は人喰い草だよ。まんじゅしゃげの毒より恐ろしい。薬草探しの父親がどうしてキリン草の毒で死んだのか。いや、母が教えてくれたのは別の草だったかもしれぬ。キリン草は人喰い草だよ。火事跡に死んでいた老人こそ毒にやられたのかも知れぬ。

リータ！

リータ！　出ておいで
風に吹き飛ばされた女の声が黄色の花房に届いたとき、灰色の頭がよろめきながら立ち上がり、再びよろめきながら女に向かおうとして果せず崩折れてしまった。

かつてこれ程沢山の血を見た覚えがなかった。周りをキリン草に囲まれ体一つ横たえる柔らかい叢にリータは息絶えた。苦悶のしるしは、半ば開いたままの口からこんこんと流れる血のあまりの紅さに紛れ込んで、眠りにつくときいつもそうしたように前脚の上の安らかとも見える顔を女は撫でさすった。しゃくりあげる女の細い首筋に風が渦を巻き草の穂が叩きつける。

東の山の端に焼け爛れた陽が昇り始めた。鋭いクリスタルの刃先が女を目がけて突き放たれ、岡の下に沈む町並をも浮かび上がらせる。白く干からびた光景の中から大勢の祈りが聞こえ、生まれたばかりの赤ん坊の泣き声を聞いた。水枯れのダムの底から迷い出た消沈村のために、今こそ雨乞いをしなければならない。市長さんが雨乞いをされたんよ。再び娘の声が聞え、女は甲高く笑う。

火を焚かんことには。天まで届く火を焚かんことには雨乞いにゃならん。

草地が雨を乞うた。熱い風に身をよじらせて女は雨を乞う。走り廻り、四つん這いになってキリン草を引き抜きへし折り瞬くまに犬の体を覆いつくした。

自動ドア

美術館正面入口の自動ドアが開き仄暗い中から子供が弾き出された。

プードル種の仔犬の耳そっくりの赤いリボンが髪にも衿元にもひらひらして、たった今曳綱から放された自由をどう現わしようもないふうで飛び跳ねる。再びドアが開いて出てきた女を目敏《めざと》く見つけると、ママ、と百舌《もず》のような高い声を上げた。女はふいに声を失い、代りに一つ大きく頷き返す。十月も終りの日差しが眩しすぎて背後に残してきた黒い世界との対比に戸惑っていた。疲れが頭上から覆いかぶさり、体の芯を抉って靴の底に密着しているタイルがその形なりに凹むほどだった。女がゆっくりと近づいてくるのを確かめて子供は急に走り出す。落葉の積もる芝生の上を、落葉樹の疎林を黄色いスカートが舞ったかと思うとふいに別の小道から走り出た。そうやって女の周りを見え隠れしながらも絶えず一定の距離を置きそれから先に近寄らないのは、もう一度捉まるまいと用心しているのかも知れない。子供にとって二時間余りも閉じ込められた建物の内側はまる一日かそれ以上の長い時間だったろうから。

さわっちゃ駄目、ほらほら走らないで。

ママ、ジュース飲みたい。

がまんできるでしょ、いい子だから。

ママ、この人なにしてんだろ。

ヘイタイさんよ。

どうして黒いお口開けてんの。

おうちに帰りたいって云ってるの。

ヘイタイさんってどこにいるの。

とおいところ。

あ、パパとおんなじだ。

子供の父親がシベリヤなどにいる筈もないのに女は一瞬雪原に佇む黒い囚人の群れに男の影をかいま見た。週に一度は帰宅して子供を喜ばせ、次に帰るまでのぶんも合わせてたっぷり女と抱き合う暮らしが半年も続いたろうか。

近頃じゃ手造りハムやソーセージも珍らしくはないからな、それを会社ときたらゆくゆくはこれ一本に絞るなんて本気で考えとる。

いくら鉄冷えの煽りかしらないけど、日の丸鋼管がハムやソーセージを造るなんて。

そんなふうに考えるんなら造船会社が鶏を放し飼いにして卵を産ませたり、葡萄園を作ってワインを売り出そうなんて計画もどだいチンケってもんさ、まあ僕としてはここは一番奮起して鋼管ハム・ソーセージの売場獲得に精出すしかないよ。

週一度の帰宅を絵ハガキが代役するようになり、そういえばこの前など四国の足摺岬の絵ハガキが舞い込んでそれっきり。四国遍路は春ぼとけ、秋遍路は不帰の旅とは誰が云ったろう。それにしたって、と女は思い返す。男の歩く道が、凍土や雪原であるわけがない。美術館の壁面を覆う夥しい黒い絵は、描かれてある太陽までが黒かったが、あの人の歩く道には南国の熟れたカボスにも似た太陽が懸って全身を温めているに違いないのだ。

あい変らず子供は走り回っていた。落葉樹の多くは欅でかなりの年数を経る大木が立ち並び、黄ばんだ葉を絶えず降らせた。子供は精力的に木から木へと回り込みながら、ときどき異様に鋭い声を上げた。百舌の声にも、得体の知れぬ獣の叫びにも聞える。女の目が子供の姿を捉えるのは束のまだったから、耳ざわりなその声にひっかかりがあると気付くのに少し時間がかかった。

ちょっとママのところへおいで。

姿を隠したままで女の子の甘い笑い声。

いい子だからお猿さんみたいな声出さないで。ほら、あの歌がいいな、さっちゃんがね、遠くへいくんだ淋しいな……

だってお猿さんなんだもん。

お猿さんはママの子じゃない。

ねえママ、パパのお口も黒いの、お猿さんも黒いかな。

パパのお口じゃなくて、ヘイタイさん。

ヘイタイさんってお猿さんみたいに泣くのかな、こうやって……

子供はまともに顎をしゃくって奇声を上げる。止めなさい。女は烈しい調子で叱り小さな腕を取ろうとしたが、するりと抜けて逃げられてしまった。女は呆然と見送る。まだやっと四歳と二カ月なのに早くも母親の手から逃げ出すすべを覚えたことに腹が立つよりは呆気にとられている。どこに隠れているのか声が止んだ。途方にくれるような静けさが女のからだを締めつける。車の走る気配が随分遠くに聞えるのも取り囲む樹木が吸いとるからで、本当は案外近くに交錯した道路があるのだろう。若しかしたらそこにバス停もあるのかも知れない。今朝がた始めてこの町の駅に下り立った。真直ぐに山の手の美術館までタクシーできたけれど帰りはバスでよかった。


市役所前のバス停にはセールスマンふうの男が車付ボストンバッグを足許に寄せ、ベンチに掛けていた。バス停まで建物とそれを繋ぐ迷路のような裏庭や小道を伝ってきて、振り向くとあの壮大な赤レンガの美術館は森の中に呑み込まれていた。それなのに青黒く沈む森の全体から立ちのぼる何かがある。女はさっきまでその前に立ちつくした黒い絵を思い浮かべる。描かれたのは一面の雪原なのに、虫けらのように点在する男たちはみるみる大きくなり黒一色にはばたく。ママ、ヘイタイさんのお口、どうして黒いの。子供も今は走るのを止めてベンチにもたれ両足をぶらつかせていた。火曜日の市役所はどうしてこうも人の出入りがないのか。

この辺りは町の文化ゾーンなんですよ。

タクシーの運転手が云ったが、文化ゾーンなんて多分無人の街を云うのかも知れない。

生きのいい連中はそんなものには目もくれずに下町の商店街へと向うのだ。

バスが二台連なり坂を上がってくる。ベンチの男が立って行き、前のバスに乗る。このバスは駅へ行くんですか。女が訊くと、違いますと答えが返り、バスは出て行く。続いて後のバスが止まり、ワンマンカーの自動ドアが子供の前で開いた。子供が勢いよくタラップに片足を掛けたのを見て女は肩をつかんで引戻した。行先を確かめようと後退りするうち、子供は思いがけない力でその手を振り切り、バスのタラップにかけ上った。ドアが閉まった。

走り去るバスに向って女は叫ぶ。子供の名を。あらんかぎりの声で。

バスが、交叉する何本かの道の一つを迂回して見えなくなると、自分は今夢を見ているのだと云い聞かせた。今しがたまで三つの影を落していたバス停の石畳は、女の薄い影だけを映して静まり返った。空っぽの頭でベンチにへたり込み、天啓でも得たように視力を集中させて腕時計の針を数えた。

二時二十分。自分以外の誰一人として子供を攫った——女にはそうとしか考えられなかった——バスの目撃者がいないとすれば、今の時刻だけが唯一の手がかりになる、二時二十分、いや、若しかして二時十三分だったか知れない、バスが発車してからどれほどの時間を子供の名を叫び続け、ベンチで放心していたのか。

で、そのバスは何処行きだったですか。

それがわからないから一旦は子供を下ろしたんです。バスは二台、殆ど同時くらいに並んで止まりました。

バス停におった中年の男というのは前のバスに乗ったんでしたね。

わたしと子供の他にはその人だけでした。

男が乗るとすぐにバスは出た……

いいえ、その前に駅へ行くかどうか訊いたんです。その人は違うと云って、バスが出たのはそのあとです。

前のバスでは行先を確めているのにどうして後のバスでは。

ドアが丁度子供の前で開いて、すぐさまステップに足を掛けたんです。それで慌てて、もう一度行先を確めようと。

最初はわからなかったんですな。

読みとれませんでした。

さっきは行先を書いておらんかったように云われたが、まさかそんなことは。

ひどくぼんやりしていて、曇りガラスを通して見るようで。それにしてもあの自動ドアはこっちの都合などおかまいなしに開いたり閉まったりで。よけい苛々するんです。

で、一旦はドアが閉まって、又開いた。

何しろ意地が悪くて。そう、閉まって又開いたんだわ、子供の鼻先で。奥さんが止めようとしたのに勝手に乗り込んじまったわけですよね。止めるもなにも、子供が乗るのを待ってたようにドアが閉まって、あっという間でしたから。

それっきりですか。

バスは行ってしまいました。

……しかし、子供さんはまだ四歳でしょう。母親がバスの外に置去りにされたと知ったら大声で呼ぶとか泣き出すとか、そうすれば乗客だって放ってはおかんですよ。運転手に知らせます、もちろん乗客はおったでしょう。

そりゃもう、何人も乗ってました。

女は口をつぐむ。今にも子供の泣き叫ぶ声が聞えるようで。あのバスには確かに乗客がいた。窓という窓に顔が貼りついていた。でも男か女か、子供か老人か覚えていない。何しろ咄嗟のことだったもの、子供のこと、行先のことで頭がいっぱいだった。

これはもう車掌が気付かぬ筈はない。当然バスを止めて善後策を、あるまじきミスですからね、全くのところが。

でも……止まらなかったわ、バスは。

目の前でもう一度バスを追うように女は乗り出して云う。そうですよ、バスは行ってしまったんです。どうしてなの、どうして。

男は困り果てたように、自分は会社の遺失物係をはや七年も務めとりますが、こういうケースは始めてで、と云った。

そら似たようなケースはあったです。その場合でも外に残されたのは例外なく子供じゃった、ほかに気をとられてぼんやり突っ立っていたとか、急にションペンしたくなって連れのもんから離れたとか、まあそんな場合でも誰ぞが云うてバスは止めとります。

それはそれとして、とにかく今回はあんたの方に責任があるよ、そうでしょうが、運転手のミスだよ、重大な。

市役所の男が割って入る。多分こんなふうに捉えどころのない訴えを聞くことで時間を潰し停年までの名分を保ちたい気配が肉の薄い顔にも着くずれのした上衣にも染みついている。彼は最初に女の訴えを聞いたのだ。

こう云うことは警察が当るのが本筋かも知れんけど、とり敢えずバス会社へ連絡した方が得策かわからんですな、ともって回った云い方をした。そのあとで、女がこの町にやってきたのは美術館を見るためだったと知り、態度は一変した。このような事態でさえなければ御感想をゆっくりお聞きしたいところですがと、満更お世辞ばかりでもない口ぶりだった。女が市役所に駆け込んだのはバス停に最も近かっただけのことで、そこがラーメン屋だったとしても同じことになったに違いない。

奥さん、これはそう案ずることはないですよ、子供も四つになれば自分や両親の名前ぐらい云えますからな。

市役所の男が云う。

住所だってちゃんと、電話番号も云えます。

女の顔にかすかな自信が浮かび上る。あの子は今日母親のわたしとこの町の駅に下りて美術館へ行った、そこで見たへイタイのことも話すにちがいない。


美術館の裏山、一面潅木の茂る南斜面にバッタのように取りついている男がいた。

彼は今日新しい山芋のありかを見つけたばかりか掘り始めてすぐにそれがめったに当らぬ大物だと知って思わず天に祈った。そして何よりも頼りの特製スコップを握りしめると早くもからだの中の血が湧き立った。

男の背丈よりも長いスコップは一見金棒に似ているが、先端は刃物のように鋭い。わざわざ注文して作らせたものだから法外な金を取られた代物なのだ。男の妻は、たかだか山芋を掘るだけのことに一万円もの金を払った悔しさを決して忘れないで十年経った今でもぶつくさ云う。

だけどお前、俺が掘った山芋とスーパーで買ってくる芋と較べられるか。

その度に男は云った。彼女がトロロ汁に目がないことを知り抜いていたから。じじつ男の戦利品は文句なしに見事なものだった。或る時など二米《メートル》からの芋を頭から先まで完全な形で掘り出した。それと云うのも自慢のスコップがあればこそで、この時ばかりはさすがに妻もその威力を認めぬわけにはいかなかった。男は心底山芋を掘るのが好きだった。トロロ汁にして麦飯と食うのもうまいが何よりかにより掘り出す作業にはかり知れない魅力があった。片腕を穴の奥に突っ込み土を掻き出すとき、半身に構えるので顔はいやでも天を仰ぐ。あんなに天が高いとは思わんかった、身も心も吸いとられるようなんだ、と妻にも友人にも云って少年のように弾んだ。どこかで聞いた云いぐさだと思ったがそれ以上のぴったりした言葉も見つからなかった。

作業は天気のよい日に限った。人はよく雨が降った方が地面も柔らかくなって掘りいいだろうと云うが、それは違う。雨の日は掘り進む穴に水が流れ込み端から崩れてしまう。

このところ暫らく天気のいい日が続いたので男は毎日早朝から山芋掘りに精を出した。が、どれも痩せ芋で、俺も勘が鈍ったわいとぼやき続けた。あんたももう年だからね、と応じる妻も近頃はとんと従《つ》いてこなくなっている。

鍬であらましの穴を掘ってからは自慢のスコップで一突き一突き赤い粘土層の奥深くを崩していく。芋の肌にほんのかすり傷でも負わせてはならない。用心深く攻めていきながらここと思うところでは手を差し入れ、芋の伸びている方向を確かめる。殆ど息をつめて。すでにあらゆる世事から解放され、ひたすら土中を探ることに没頭した。この作業にいい加減な態度は許されなかった。気を抜いたとたんにスコップの刃先が芋を切断しかねないのだ。過去に数え切れぬほどの苦い経験をしているので、今ではそうしたへまをやらかすことはない。今日の奴は以前の二米を超えるかわからんぞ、その上なんちゅう肥えようか。片手で探りながらも指先が芋の姿態を察して惚れぼれする。上等な赤粘土の層をもぐって育つ間には男の想像もつかぬ困難があるとみえ、芋のからだは先へ行くほど複雑な襞が刻みこまれた。愕くべき造形だった。男が己れの半生を費した画業でいまだに満足できないでいる裸婦の美しさを暗黒の土の中で山芋は見事に造り上げるのだ。

まあしかし、と男は思い返す。この芸術品だって俺が掘り出さんことには地球の終り迄日の目を見ることはあるまいて。俺の勘も相当なもんだ。いや、それほど遠い先のことでなくともいずれこの辺りにシャベルカーが乗り込むのは絶対だ。何んせ市役所の連中ときたら山を崩してコンクリートの箱をおっ建てるのに夢中だからな、美術館の次はさしずめ音楽堂ってわけか。おっと危ない。男はひやっとする。刃先が外れてもうちょっとで芋を削るところだった。雑念が入るのはぼちぼちニコチンが切れてきた証拠なのだ。搔き出して穴の傍らに小山を築いた赤粘土を足場に腰を下ろし、一服することにした。

あと一時間余りも掘れば芋は完全な形で地上に曳き上げられる。それからゆっくりと土をこそげ落とす楽しみがあった。誰に遠慮気兼ねもなく煙を吹き上げながら、足許に積み上げられ乾き始めた土くれを見るともなく眺めるうち、ふと土に混じる小さな白っぽい欠片を見つけた。土くれを搔き混ぜると欠片は突き刺さる形で土にまみれ軽石のような無数の亀裂の隅々にまで食い込んでいる。茶碗の欠片に似た薄いもの、赤ん坊の握りこぶしに似たもの、更に細かく砕け殆ど形らしいものもとどめずにいるもの。

骨だ。

男は反射的に身を曳いた。からだの芯に冷たい水が流れた。

なんの骨だろう。赤ん坊の握りこぶしに似た奴をつまみ上げて掌にのせた。重さというものが全く感じられないくせして触れている僅かな部分に吸い付く圧迫感を覚えるのは気のせいだろうか。多分犬かなにかに違いない。秋たけなわのやはりこんなふうに晴れ上がった日に、ヒラリヤであっけなく死んだセパードを背負い山中に埋めたことを思い出した。亡骸《なきがら》とはいえ四十キロはあったろう犬の重さを今でも背骨が覚えている。あんとき掘った穴もかなりのもんだったな。どっちみち芋の穴を掘っていくうちには白骨の正体もわかるだろうが。男は最後の一服を指先が熱くなるまで思いきり吸い込む。

市役所のホールからバス停はよく見える。

女は並んだベンチの一つに腰を下ろして待った。とりあえず此処で待っとって下さい、バス会社の方でも全力を上げて探してくれとるようじゃから。なに直きに連絡がつきますよ。市役所の男に云われてから一時間が経っている。母親と引き離されて泣きわめく子供に異変を感じん運転手もおらんだろう、と重大な決め手のように繰り返す。

あの子は泣きわめいたろうか。

市役所の男が云うように泣きわめいていたならばどんなにものぐさな運転手だって放ってはおけないだろうに。そう、誰か一人ぐらいは、同じ年頃の子供を持つ母親が運転手に訴えるだろう。次の停留所で……うまくいけばその場で急停車ということもある。

お母さんは、と運転手が子供に訊く。

……子供が首を振ると、又訊く。

どうしたんだね、いったい。

ドアが急に閉まったんですよ。急停車を訴えた若い母親が詰《なじ》るのにも運転手は聞えないふりで子供に尋ねる。

どこから乗ったの。

市役所前よ、たしか。ねえ。若い母親に同意を求められ何人かが頷く。

引っ返すとかなんとかならんのですか、このままじゃどうしようもないでしょ。

ほんとに、お母さんと一緒だったんかね、近頃の子供はわからんからね。

運転手は子供を横目で見ながら若い母親の方に、あんたはこの子が母親と一緒のところを見とるんですか、と訊く。

そりゃもう。だってこの子が初めにステップに足を掛けたとき一旦は抱き下ろしたんですからね、母親に決まっとるじゃないですか。

ちっと運転手は舌打ちする。なにを又ぐずぐずしとったんかいな、あべこべじゃないか、まあとりあえず市役所へ連絡とってみるか。母親がその辺りにいるとすれば。

女は時計を見る。一時間と更に二十分が経った。ベンチで待つ女の頭の中で運転手と若い母親のやりとりが次第に色褪せ、頼りないものになっていく。

あの子は本当に泣きわめいたろうか。

停留所に又バスが到着して何人か下り何人かが乗った。ドアが閉まり澄んだ日差しに車体を光らせて発車する。あとは無人の停留所に風が吹き抜けて……風は、わたしのからだの中に吹き荒れている。

あの子は泣き叫んだりはしなかった。

女は頬の内側を強く嚙む。血が滲み、生あったかい匂いが舌を包み、もっと強く嚙む。更に強く……。

これ、いらない。

夕食のテーブルで子供は牡蠣グラタンの皿を女の前に押しやる。

どうして。グラタン大好きでしょ。じゃあサラダを食べなさい、トマトやバナナやイチゴも入っているんだから。

何度も温め直したのでグラタン皿の周りに流れ出たチーズが焦げつき、ガラス鉢に盛られたサラダのトマトもほんの少しだが白っぽく乾き始めている。

……ちのごはんの方がおいしいもん。

遊び友達の名を云う。市営住宅42号棟の五階に隣合って住む役所務めの家族。

いつ。いつ食べたの。

子供の肩がきゅっと固くなる。

パパと一緒に食べたいって云ったのはあんたよ、そんなにお腹が空いたの。

子供は首を左右に振る。

じゃあどうして待てなかったの。

パパ帰ってこないもん。

どうして、そんなことが。

女は強く云い返そうとしたが、子供の眸はもっと強く光っていて怯《ひる》んだ。あの人は牡蠣グラタンに目がなかった。初物の牡蠣はかおりが今いちだけど、たっぷりのバターと白ワインを奮発したので結構いける。残りのワインは冷やして……今夜はきっと帰ってくる筈だもの。

パパは遅くなるかも知れないね。

子供はまばたきを忘れたままこっくりする。それからふいに肩を持ち上げると野鳥に似た鋭い声を上げて女を愕かせた。

あの子は、わたしと引き裂かれてもわたしのそばにいる時と同じように耐えて鳥や獣になってしまう。泣くかわりに、叫ぶ代りに、あの子の喉から噴き上がるのは道化の声。バスの乗客を笑わせることはあっても、異変を伝えることはできない。

いかにも唐突な感じで女が立ち上がったので受付の娘は慌ててバス停の方角に身を乗り出し、何かしら拍子抜けのした顔を向ける。

連絡が遅いようですねえ、なにを手間取ってるのかしら。こんなこと云っちゃなんですけど、バス会社の対応っておかしいんじゃないですか、だってさっきの人、あれ遺失物の係なんですよね、自分でそう云ったでしょ。子供さんはちゃんとバスに乗ってるわけだし遺失物なんかじゃないわけよね、それともバス一台まるまる遺失物になっちゃったってことかしら。

おいおい、あんた。

電話の前に陣取っていた最初の男が立ってきた。え、なに。受付の娘が振り向く。

物騒なことを云うて、あんた。バス一台まるまるなんて、中には乗客がおるんだよ、げんにこの奥さんの子供さんもね、こんな時に冗談は慎んでもらいたいよ。

あら、ほんきですよ係長、あたしはバス会社に腹を立ててるわけですから。子供さんをそんなふうにして会社は遺失物係でごまかそうって腹ですよ。

きついねえ、あんたも。ええ加減で嫁に行った方が、や、こりゃ失言。

やっぱり警察に届けた方がいいでしょうか。

二人のやりとりの間女はぼんやり傍らに佇んでいたが、思い切って聞く。

いや、それはまずい。警察が出てくるとバス会社としてもやりにくくなるだろう、やっぱりこう云うことは表沙汰にしたくないのが常識じゃからね。市役所のもんとしても、折角美術館を見学にこられて警察とどうこうあっちゃあ面目ないよ、そこはわかってもらえますね。

男はへんにドスのきいた声で云った。停年前の時間つぶしと見ていた初老の男がちらと覗かせたものから目を外らし、女は入口へ向った。係長はどっちの味方なんですか、とぶつける娘の声を背中に受止めながら。

入口の自動ドアの前で軽いめまいに襲われた。ドアが開いているのに、通り抜ける寸前に閉じてしまい永久に脱け出すことはできないのではないか。誰かがすうっと女の傍らを通り抜ける。追いかけるようにして日差しの下に立った。足がひとりでにバス停へと歩き出すのを引き剝して前庭を横切り隣接する消防署の裏手へ回り込む。子供と二人、美術館の庭からバス停へ辿った同じ道である。欅の疎林にあの子が残した叫び声がからみついているかも知れない。

道が二股になる。一つはそのまま林に沿って美術館へ、もう一つは右手の切通しへ向った。車がようよう往き交う幅を保ちながら行手に重なり合う穏やかな山懐へ吸い込まれる。ほんの一瞬ためらったあと女は切通しの道を選んだ。あてもなく時を潰してもう一度バス停に戻ったとき、どうか子供にめぐり会えますように。

土くれの中から拾い上げた骨はまだ男の掌にあった。高く掲げ陽に透かし、それから再び掌に戻し転がしてみた。吸殻が幾つも土に捩じ込まれる。

山芋はまだ三分の一の長さを土中に残している。あと一ふんばりで大物は完全な姿を現すのだ。心を奮い立たせる一方でほんの一つまみの迷いが起きた。

人の骨みたいね。

男の掌から骨はピンポン玉のように跳ね上った。赤茶けた長い髪の女が少し離れた立木の根元に蹲りこっちを見ている。ほっそりした肩から前後に振り分けた派手なスカーフがふいに男を現実につれ戻した。

人の骨かどうかわからんよ、犬かも知れんし。この辺りでは昔からよく猿も出たらしいからね。

今朝からわたし、人の骨ばかり見るわ。

女は胸元に垂れたスカーフを指に巻きつけながら吸い寄せられるように見る。

よく似ているわ、それも。

何処で。男が訊く。

女は立木の間から覗く美術館の褐色の屋根を指した。

あれなら俺も知っとるさ。もう何度も。うなされるほどだ。

長い間見ていたんです、あの中で。

近くに住んどるの。

女は瀬戸内海沿いの城下町の名を云った。

遠くからまた……一人で。

女の顔にあやふやな影がよぎる。

さっき切通しで土を掘るような音を聞いたけど、じきに止んでしまった、その穴だったんでしょう。

ああ、俺は山芋掘るんが好きなんだ。

男は急に自信を取戻した。すると女の顔もはっきりと見えた。紅をさした唇だけがいやにくっきりと目立ち、そのぶん目も鼻も損をしている。

山芋の穴に人の骨が埋まってたわけね。

気味悪そうに首だけ伸して見る。

これはね、尻尾の骨に違いないよ、俺は犬を飼ってたからね。

人の背骨かも知れん、と思ったがこれ以上の好奇心をわざわざ引き出すことはない。案外その辺りで納得したらしく女は黙った。

山芋を見るかね、めったに当らん大物だ。

女は一寸腰を浮かしたが、それはもっとうまく腰を落ちつけるためだったらしい。

わたし、子供を待っているんです。

あんたの子供。

女はバスの自動ドアが子供を呑み込んだいきさつを話す。途中で急に黙りこんだり、ひどくまごついて吃ったりしたが、男は辛抱強く聞いてやった。ひとつには女の話が自分もかつて出会ったことのある場面といくらか似ているような気がしたのだ。

でもわたし、もしかしたら夢を見てるんじゃないかって……目が覚めたら、この町も美術館の黒い絵もバスも、何もかも消えて、あの子はいつものようにわたしの肩に頭をくっつけて眠っているのかも知れないって……

それはどうかな。あの黒い絵が夢か夢でないか、あんたはわかっとるんだ。じゃあ聞くが、そのバスは坂の下から二台くっつくようにしてやってきたろ。そして後のやつ。

そう。女は全身を震わせ、スカーフを両手で握りしめた。男は袋の中に一本残った煙草を、ためらったあと一本に火を付けた。

そりゃもう暑いなんてもんじゃなかった、八月の盛りの昼過ぎ、俺は隣町へ行く用事ができて市役所前のバス停に行ったんだ、ふだんでも日中は乗り下りの少ないところなんだが、その日も一人だけベンチに先客がおった、とにかく暑い日で暫らく雨も降らなかったから街路樹なんかもすっかりしおたれて、何一つ動く気配もない、時刻表通りだとあと六分ほどでバスがくる、で、俺も日除けのあるベンチで先客と並んだ、日除けといってもビニールかなんぞの薄っぺらなやつだから却って暑さは増すぐらいだが、まあ日射病は防げるだろうって寸法さ、そのうち俺は妙な気分になった、先客というのがまだ四十には間のある感じなんだが、今どき真冬でもはかんような厚地の靴下をはいとる、それでいて汗一つかいとらんのだ、汗っかきの俺はもうひっきりなしにハンカチを使いながら、いやでも目に入る男の足許が気になって仕方がなかった。

バスは二分遅れで坂の下からやってきた、最初はわからなんだが近付くにつれてもう一台、ぴったり後に従いとる、前のバスは行先が違っていたんでやり過ごし、後のバスの行先を確めようとした、ところが文字盤のガラスにびっしり何かが張りつき読みとれんのだ、見ると自動ドアが開いて例の男がタラップに片足掛けとる、俺がそ奴に行先を聞くつもりで走り寄ったときもう片方の足がタラップから離れ、それが合図のようにドアが閉まった。つまり俺もあんたとそっくりの目に会っとるわけさ、だが俺の方は市役所へ行く代りに真直ぐバス会社へ電話したよ、全くの無駄骨だったがね。

あの子は……もう長いことパパに会ってないんです、だからきっとバスに乗ればパパのところへ行けるんだって思ったかしれない、朝、うちを出るときからそう思ってたのかもしれない、でもパパに会えなかった、あの子は何かに耐えようとする時、百舌にそっくりの鳴き声を上げるんです、美術館を出てすぐに、わたしが腹を立てているの知ってるくせに。

市役所の中がざわめき始める。帰る時刻が近付いたのだろう。

何かの連絡がある迄此処でお待ちになればいいし、いよいよとなればホテルの手配も。

いよいよってどういう……

女は咎める。すると、さっき受付の娘に係長と呼ばれた男は口早やに、なに、バス会社の方でも非常態勢で探しとるようだから、と濁した。日没の赤い輝やきが窓の外を満たし掃き寄せられるようにしてバス停を目指す人の波を見た。昼間はめったに立つ人も無かったバス停も、今は華やかに活気づいてバスが到着する度に競って乗り込んだ。

子供さんに放浪癖は。つまり、云うちゃなんですが普通の子供さんとどこか違うとか。最終バスが戻る迄には必ず……頭の中に詰めこまれた言葉の一つ一つを取り出し、打ち砕く。最後に一つだけ「最終バスが戻るまで」を後生大事にとっておいた。

受付の娘が熱い焙じ茶を運んできたとき女は訊ねた。

裏山で山芋がとれるんですね。

はあ？　娘は昼間着ていた空色の上っぱりを淡いピンクのセーターに着替えている。

山芋って、あのじねんじょのこと。

それが行方知れずの子供とどう関るのかと云った面持で。

美術館の裏山で山芋を掘ってる人に出会ったもんだから。

へええ、あたしらスーパーでしか買うたことがないから。

信じられないというふうに目を見張る。

今日掘ってたのは二米を超えるだろうって。そんなに深い穴を掘ったのよ、知らずに歩いて足をとられる人だっているでしょうって聞いたの、その人、もと通りに土を埋めてから麦の種を、山芋を掘りに行く時は必ずポケットに入れておくらしいんだけど、それを埋めたばかりの土の上にこうぱらぱらっと。翌年の二月には十糎ほどにも育っていて目印になるんだそうよ、山芋のとれる場所は毎年およそ決まってるからって。その人、うちの子が乗ったバスとそっくり同じバスを知ってたの。

どうして、同じだってわかるんでしょう。どれも似たりよったりであたしなんか。

行先のわからないバスのことよ、うちの子もそれに乗ったんです。

娘は哀れむように女を見て、云った。

ほんとに何をしてるのかしら、バス会社のもんは。これだけ待たされれば誰だっておかしゅうなってきますよねえ。

女は固く口を閉す。もう金輪際しゃべるまい、行先のないバスの話なんて誰が本気にするだろう。

ホールのベンチに女が一人だけになると正面入口は閉まり、役所の者たちは帰り支度をして裏口と覚しい方角に連れ立つ。女も立ち上がった。取り残される恐怖がつんのめるようにして彼らのあとを追わせた。コンクリートの四角な建物は自分の住む市営住宅に似ている。床も壁も天井もセメント色で、そこかしこに隠れた空洞がある。バス会社の男の前で住所氏名を書かされた時、震える指からボールペンが落ちてぎょっとする音を立てた。あれはそこかしこの空洞が一せいに響き合うのに違いない。幸いボールペンはすぐに見つかったけれど。市営住宅の五階の部屋では、うっかりボタンやワインのコルクを落とそうものなら際限もなく転がり二度と出てこないのだ。強い南風の吹く日、空洞に転がり落ちた夥しいボタンやビールの口金はぶつかり合い悲鳴を上げる。子供のパパはコンクリートの箱ぐらい確かなものはないと云うけど、風の吹く日の怖さなど考えもしないのだろう。

女が裏口へ向かうのを見て係長は慌てて走り寄った。

どこへ行かれますか。

まるで女が警察へ訴え出るとでも云うように。バス停で待ちたいのです。女は云う。

外に出ると昼間の温もりがすばやく女を包んだ。あたりを憚《はば》かるほどの強い情念に突き上げられ立ち竦む。いまこの場にあの人が居合せたなら遮二無二かじりついて求めるだろうに。からだの中の無数の洞穴を埋めるには今すぐ男と抱き合うほかはないのに。

女は初めて泣く。声を放って泣きながら子供ではなく男の名を呼ぶ。

肩の上から声が落ちた。山芋掘りの男が自転車に鍬と鉄のスコップをくくり付けて立っていた。

山芋は。

泣いたあとのつややかな声で聞く。

あれは埋めてしまったよ。

それで又目印の麦の種を蒔いたんですね、来年のために。

あそこへはもう行かんよ。

ポケットに手を突っ込んで摑みとった麦を勢いよくばら撒いた。それの行方を追いながらこれから何処へ、と訊く。

あのバスを待つしかないわ。

バスは……くるかどうかわからんよ。

でも此処で待ってやらないとあの子は下りるに下りられないもの。

男は頷いて、バスがやってくるといいがね今夜中に、と云った。バス停で自転車を止めようとしたので女が訝ると、俺にもバスを待つ権利があるからね。そう云う額にも頰にも乾いた土がこびりつき、剃刀あとから黒白斑《まだら》の髯が吹き出している。

俺もずうっとあのバスを探してたのさ、うっかり口にしようもんなら惚《ぼ》ける年でもあるまいになんて冷やかされるんが落ちだ、かと云って一人で考えとるとだんだん影が薄くなってきて、夢でも見たか日射病にでもやられたかなんて……もう余り自信はなかったんだ。

両足を突き出すようにして男はベンチに浅く腰を掛ける。首に巻いたタオルに顎を埋め腕組みした。日が落ちてからは乗降客も殆ど無く、バスは停車し申しわけのようにドアを開けるがベンチに座ったままの二人からそそくさと走り去った。

女はときどき振り返り、そこだけ明るい市役所のホールを見つめた。電話の前にいるらしい男の影が少しも動かないのは、バス会社からの連絡も途絶えているからか。多分市役所の男からもバス停はくっきりと浮かび上がり、ベンチで待つ女は見える筈だ。同じベンチで肩を並べる男の後姿も。ゆきずりの、バスを待ち合わせるだけの男として。

寒くないかね。

深く顎を埋めて眠っているかに見えた男は素早い動作でジャンパーを脱ぎカーディガンを重ねただけの女の薄い肩にはおった。名前さえ知らない男の匂いと沁みついている山土の日向臭さが混り合い、初めて出会ったときの怯えを甦えらせる。あのとき男の掌にあったもの。めったにない大物を男は埋めてしまったと云う。女の中で掌の骨は子供の頭ほどの大きさになった。

明日も山芋を掘りに行くのね。女が訊く。

さあ。それよりかあんた、今夜バスがこなかったらどうするかね。

気のせいか男の声がくぐもる。ジャンパーを返さなければと思い、返したあとの寒さが早くも爪先から這い上がって膝を抱える。

バスがこないなんて、そんなことがあるものだろうか。運転する男がいて、窓毎に乗客の影が映り、あの子も乗った。ドアが閉まり明るすぎるほどの日差しの中を滑り出して何処かへ走り去った。行先の無いどこかへ。女の周りに暗闇がひしめき、あの黒い絵と一つになる。全速力で走るバスはみるみる点になって、ラーゲリに整列する蟻のような男たちの群れに紛れ込んだ。

いつのまにか男はバス停の端に立ち透かすような恰好で坂下を見ている。抱えていた膝から腕をほどくとしびれていた。小刻みの震えが止み、温もりが全身を包んでいるのに気付く。男のジャンパーがそのまま肩にあった。眠ったのかしら。が、ずうっと目を覚まし闇の底を見続けた感じが濃くあとを曳いた。

バスだ。

男は闇に向って叫び、とって返すとベンチから女を引っ立てもとの場所へ走った。

あれだ。

坂の下からライトを滲ませバスが登ってくる。そしてもう一台が。

前のバスが最終だろう、十時五十分発の駅前止まりだ、多分な。

男の声が割れる。

昼間の陽光を浴びて坂下から現れ長い急坂をゆっくりと登ってきた光景はそっくり夜半に展開された。闇を溶かして二台のバスはようやくバス停に辿りつき、音もなく、同時に止まる。先頭のドアが開く。そこに立つ男と女が乗る気配のないことを知るや忽ち走り去った。続いて後のバスが。

女の眸が飢えた獣のように行先の表示盤を見る。一面に輝やき眸を射るもの……

氷だ。

吐く息にも似た男の声に重なる今一つのかん高い声が地面に下り立った。

女がよろめき踏み出したとき、自動ドアは最後の隙間を埋めた。胸に飛び込み首に巻きついた両手の冷たさに悲鳴を上げる。

バスは早くも闇に溶けようとし自転車の男が懸命に追いかける。

八月の闇

八月の日盛りを備後府中市に降り立ち、当日の会場である旅館を探し当てたときは二十分の遅刻であった。案内を貰ったときから、同じ道筋にある今ひとつの旅館と勘違いしたため駅から倍の時間をかけてしまった。

その日の〈読書会〉には、府中市からさらに奥の吉舎《きさ》というところから読本《テキスト》の作者も来ておられた。五年前に発足した会のことは知っていたが参加するのは始めてである。作者の川辺敏さんには何度か会ってお話を伺う機会があった。〈女たちの記録〉を上梓された前後で、そのあとも続いて新しい仕事に取り組んでおられるのを人づてに聞いていた。

この日は四国から参加の女性が主客で、川辺さんの〈女たちの記録〉全十巻を点訳されたというのである。活字本では十巻の書物が点字本にすると五十八巻にもなるという。日ごろ怠け者の私は、そうした偉業を成し遂げた同性に会うことで、はかり知れないエネルギーにあやかろうとした。

広間に通ると、すでに話半ばらしく、張りのあるきびきびした物言いを部屋の四隅にまで届かせている女性がその人らしかった。向かい合って座る川辺さんに目礼して長いテーブルを回り込み、空いた席に着く。と、お久しゅうございますね、と低い声をかけられ、老女が親しげに笑いかけている。はて、どなただったかしら。とっさの戸惑いをさとったらしく、そっとささやく。

「あなたが今よりはもっとぴちぴちしておられた頃をよう知っとります。確か、咲田忍さんていわれましたろう。おかしなことですが、入ってこられたのをひと目見て、ああ、わたしも年を拾うたんやなあと思いましたよ」

近くの同じ年恰好の女たちから口を押さえた笑いがもれた。

「西町の唐木ですよ、ほら、山岡さんのお宅でもよくご一緒した……」

私の中で老女のいう唐木や山岡という名がからみあい、網の目をくぐるようにして四国の女性の声が聞こえる。

相変わらずよく響く声で六十年の自分史を語っている。多分こうした場に慣れているのだろう、勘所を押さえた話しぶりで座をひきつけていく。小学校を卒業と同時に女工となり、戦争のさなかに自分から志願して上海被服廠で働く軍国少女だったというから、敗戦で命からがら引き揚げるや一転して労働運動に投じたのもうなずける。負け戦にわが身を引き裂いたのが大人だけであるはずはなかった。ある勤皇少年が突然共産党に入党したのだって身を切るほどにすがすがしい。

四国の女性が語り継ぎ、川辺さんが共感して打つ相槌が私の中に入り込み、それらは負け戦のあとさきを夢中で歩いてきた私じしんの過去に重なっていく。

「あなたが山岡さんの〈芝生の読書会〉を止められたんは、いまの旦那さまと結ばれたからやそうなね、わたしはまた、坂上悠さんと何かあって、それで……」

ふいにまた耳元でささやかれ、さっきの老女だった。

「……いいえ、ちがいます」

自分でも驚くほどのきつい言い方になり、はっとして座談の周囲を見回すと、幸いお茶の時間になったらしく、急に座がほどけて雑談がまじった。

「読書会を止めたんは坂上さんのほうが先だったと思うけれど、なにしろ四十年も前のことやから」

唐木と名乗る老女はよほど人懐かしい性分と思われる。そうでなくて何を今ごろ坂上のことなどを、強引にタイムトンネルに引き込むような。

「唐木さんも読書会に?」

「亭主子持ちのわたしはお仲間やのうて、ただ本が好きであなたらの後ろに座っとりました。若い方らと一緒におるんが楽しゅうてねえ」

人妻だったことで、屈託なげに興じる若者の円陣から切り離されている女。私の中にさっきまでの四国の女性と川辺さんのやりとりが薄れ、にわかに若者たちの声が、最初は遙か遠くから、やがて個々の声になり近づいてくる。

「あの頃に読んだイプセンの〈人形の家〉、ノラはわたしやった、自分で自分を傷つけよるのに、そうするんがきりきりするほど快《こころよ》うて、おかしなことよねえ」

老女の唐木さんは笑うと名工が刻んだような口元になる。若い頃はさぞや男を惹きつけただろう。色白の輪郭は保たれて薄化粧の口紅にもわざとらしさはない。

鉄工所を営んでいた山岡さんは田舎町には珍しい洋館に夫人と夫人の母堂の三人で暮らしていた。屋敷を取り巻く広い芝生に若者たちを呼び込んだのも、若者が好きで、負け戦が生んだ半端な若者たちの再生を願ってのことだったろう。読書会もその一つだった。あの中に唐木さんもいたのだろうか。

「おおかたの本は忘れてしもうたけど、イプセンの〈人形の家〉だけはよう覚えとります」

そうだったかしら、私は曖昧にうなずく。若者たちが読本《テキスト》として〈人形の家〉を選んだのは当たり前すぎて却って焦点がぼやける。〈人形の家〉は十代の半ばで読み、その後いくつかの読書会で読んでいる。あの〈芝生の読書会〉でもたぶん読んだのかも知れない。

「咲田さんのお仲間にマヤさんいうて、フランス帰りのお嬢さんがおられたでしょうが、あの方がどうしてもと言われて」

「ノラをですか」

「おきれいなうえにあちら仕込みではっきりとものを言われるお人じゃった」

「あ、マヤさんならよう覚えていますよ」

霧の中から駆けてくる若者の群れに鮮やかな娘が見える、入野《にゅうの》マヤはかけがえのない親友だった。フランス駐在の外交官だった父親は戦後の日本から見捨てられたようにこの町に逼塞《ひっそく》していた。同じころ町に三つある映画館では一九三〇年代のフランス映画を連日上映して満員だったのに。

「フランス語にアンニュイという言葉があります」

ある時、マヤの父親は言った。つまり、こういう具合に、とゆっくり一つ欠伸をしてから「頭の沈滞した状態ですな」私には父親がアンニュイからの脱出を願っているのか楽しんでいるのかわからなかったが、長くその言葉を覚えていた。

彼は時に娘たちの集まりに招かれてくることがあった。戦争中の挺身隊や徴用から解かれたばかりの娘たちにとって、旧外交官の言うアンニュイは、自由と文化の反語でしかなかったろう。マヤの一家は遠い親戚にあたるらしい旅館の離れ座敷を仮住まいにしていたことから、〈読書会〉が旅館であると知って、一瞬、暗く湿っぽい離れ座敷を思い浮かべたのだ。

マヤの母親はもと男爵のお姫さまだったとかで、訪ねるたびに大きなトランクを椅子代わりに腰掛け、華奢な足を組んでいた。つい傍らに背広姿の夫が正座していたが、二人はどうみても幸せそうではない。妻は不服らしく口をとがらせ、夫はひたすら耐えるふうだ。夫はアンニュイを受け入れ、妻ははげしく抵抗していた。

「唐木さんはどうして坂上さんを？」

今では目の前にはっきりと現れた若者たちの一人を訊ねた。

「山岡さんからちょくちょくきいとりましたよ、坂上さんのことは。それにほら、あの人たち、今で言う進学塾をやっとられたでしょうが、あれだって山岡さんの入れ知恵に決まっとりますが」

ああやっぱり。あの進学塾が山岡さんの提案だったとは得心がいく。若者が好きで親身の世話を惜しまない人だったから。

ふいに、私の中に灯がともる。みるみる明るさを増すと、夏の夜の消防屯所に輝く百燭光に溶け込む。汗に光る半裸の少年たちを前に、今しも黒板にチョークを走らせるのは坂上悠か。教壇の両袖を固めるようにして椎橋、渡辺の二人がいる。塾では確か坂上が数学を、椎橋と渡辺が国語、英語を受け持っていた。夏休みを当て込んだ甲斐はあり、二階大広間の開け放された窓から、盛況振りが田舎町の人々の目を引いた。


「坂上さんの声、やさしいわね」

見学と称して少年たちの最後尾に座った私にマヤがささやく。

「でも元気がないよ、きっとおなかがすいとるんかわからんね」

空腹が慢性の疫病のように巣くっているのはわたしもマヤも同じだった。今夜のマヤは袖のふくらんだ白いブラウスに真っ赤な吊りスカートで少女のように見える。教壇の坂上はたぶん義兄からの借り物だろう、白の開襟シャツが大きすぎていっそう小柄に見えた。復校のめどがつくまでの間、姉の嫁ぎ先である鍼灸院に居候しているのはどうしたいきさつからか。

「ねえ、忍さんは三人の中で誰が一番好き」

一つ年下のマヤが急に大人に見えるのもこんなときだ。

「誰っていわれても、そんなふうに考えたことないもん」

「あら、そんなふうってどんなふうよ」

私は見透かされた思いになる。もしかしてマヤも坂上悠が好きなんかしら、でなければ、彼の声がやさしいなんて言うはずがないもの。

「お父さんが言ってたわ、坂上さんって有望な学生だって」

やあ！　横合いから太い声がかかった。天然ウエーブの長髪を五本の指でかきあげながら山岡さんが立っていた。

帰り道、坂上と二人だけになったのは互いの家が同じ方角にあるだけの偶然だったが、それだけではない企みが私にあったのかも知れない。それの証拠に私の家の前を通り過ぎてからも二人は歩き続けた。やがて、鍼灸院の看板が赤い灯の下に浮かんだとき、それまで無言で歩いていた坂上悠がふいに言った。

「僕は姉の家にいるんだ」

「ええ、聞いてる」

「けど、いつまでも厄介になるわけにいかんのや」

なぜ急にそんなことを言い出すのだろう。その日まで私にとって坂上は山岡さんを介しての友人でしかなく、互いの身辺に触れることはなかったのだ。

「咲田さんはご両親と？」

私は両親と祖母と二人の妹がいることを言う。役所務めの父の肩に女五人がかかっているのだから決して楽な暮らし向きではない。でも、今の洋裁学校を出たら自分一人でどうにか生きてみるつもりだ、とも言った。一人で生きることがどんなふうか知りもしないくせに。日ごろ秀才だと聞かされている男の前で精一杯気負ったのかもしれない。

「一人で生きるなんてえらいなあ」

坂上は率直に感動したらしい。もっとも私が言ったことは全くのでたらめでもなかったが。マヤと二人のとき、よくそういう話をした。

「東京へ帰りたい、忍さんの将来だって東京で勉強したほうがどれだけチャンスにめぐまれるか、アルバイトぐらいは私が見つけてあげる。」

母国語と同じようにフランス語を身に付けていたマヤにとって、東京は力一杯生きるための舞台であったろう。その舞台に自分も共に立てるほどの思い上がりが坂上を前にして突然ふくれあがった。

「おやすみ」

鍼灸院の赤い灯の下で差し出された手をためらいもなく握り返す。身震いする冷たさ、この真夏に。坂上悠と初めて手を握り合ったのは夏ではなかったのかもしれない。あのときは確かオーバーのポケットから、それまでずっと突っ込んでいた右手をだしたのだ。鍼灸院の看板が軒先の赤い灯に浮かんでいたのだから夜にはちがいない。

「鈴木先生はどうしておられますか」

座の周辺にまだ雑談が続いているのをみすまして唐木さんに訊ねる。自分でも説明のつかない流れに身を任せるようにして。待っていたように答えが返った。

「十年以上にもなりますよ、息子さんが神戸に引きとられて。さあ、今もお元気かどうかねえ」

「もう八十歳を超えておられましょうからねえ、坂上さんの名前がでたので急にあれこれ思い出して。あの頃は鈴木先生のお宅で、といっても疎開先の蔵でしたけど、そこに素敵なグランドピアノがあって、私たちコーラスを教えていただきました」

「山岡さんの〈芝生の読書会〉がそっくり鈴木先生のピアノの前に移されて、イプセンの代わりに〈お江戸日本橋〉や〈流浪の民〉なんかを……忍さんはアルト、マヤさんがソプラノ、たしか坂上さんはテノール……」

私は呆然として唐木さんの柔らかな二重顎を見つめた。その中をかいくぐって出てくる言葉に半ば怖れた。

その年の夏休みが終わってからも消防屯所の進学塾は細々と続けられていた。一旦は消えかかった火も冬休みを向かえて再び活気をもどし、それまで週一度のコーラス練習に彼らは休みがちになった。ところがその冬、アメリカ兵が運んできたクリスマスの煽りが田舎町にもおよんで、私たちのコーラス・グループが思いがけなく高校主催のクリスマスイブに招かれた。鈴木先生は大乗り気だった。福山空襲で被災し、この町に逃れ棲んでいた先生にとってようやく訪れた晴れ舞台である。さっそく申し渡された。

「あとわずかしかないのだから、毎晩でも練習しよう」

いかにもちぐはぐな十人余りのメンバーだったが、熱に浮かされたようにして蔵へ通い始めた。何かにつけて世間体を気にする母が毎夜の蔵通いを許してくれたのも、妹二人を強引にメンバーに誘ったからだ。坂上たちは塾を終えて九時過ぎにやってくる。ひとしきり練習を終えた娘たちは、男声のメンバーを待って再びということになった。

果たしてイブの当夜がどうであったか、大勢の聴衆を前に歌った感動はおぼつかない。それまでの練習と、そのあと立て続けに起きたことの方が遙かに重大だったから。あの季節、私たちは中身の違いこそあれ常に興奮状態だったから、クリスマスイブに舞台で歌ったことなど並みの興奮でしかなかったのだ。

コーラスを終えての帰途、むしろ私は、物悲しい思いに囚われていた。自分たちの歌声が拍手で受け入れられた喜びよりは、このあとしばらく鈴木先生の蔵へ足をむけることはあるまいという淋しさに打ちのめされた。いつもは賑やかなマヤも無言で歩いていた。今夜のマヤは母親からの借り着だという濃い紫のビロードのドレスにキャメルのコートを羽織っている。色も褪せ毛も擦り切れたオーバーや学生マントの中では女王様に見えた。

分かれ道にきたとき初めて二人の妹の姿がないのに気づく。

「あれからも色々なアトラクションが続くらしいから見るつもりじゃないのか」

誰かが言った。高校生の妹たちに今夜大勢の友達が聴きにきてくれたらしい。母もクリスマスイブぐらいは大目にみてくれるだろう。

本通りを一団となって歩いていくマヤたちに別れ、坂上悠と二人裏町へと歩く。やがて鍼灸院の灯が夜気に赤く凍えるのが見えた。

「おやすみ」

体半分ガラス戸に滑り込ませてから、ふいにまた飛び出してきて手を差し出した。

正月は雪で明けた。約束の日、午後も遅くなってから坂上悠がやってきた。コーラスで顔見知りの妹たちとトランプで遊んだあと二人だけで外に出る。歩きながら、明日にも京都へ立つと告げられる。

「いつまでも姉のところへおられんからね」

自分が居候していることで姉と義兄の仲が巧くいかなくなったのだと言う。

「もうこの町には戻らんの?」

「さあ、向こうで自活の口を捜すつもりやけど。学校へも戻らんならんし」

いつかマヤが言っていた「坂上さんの声はやさしい」のは、後から思うと京訛りが抜けずにいたからなのだ。たぶん幼いときから使い慣れた言葉だったのだろう。

どちらも無言のまま、山すその小学校への坂道を行くうち雪が激しく降り始めた。セーターだけの二人は途中の保育所に走りこんだ。正月休みでひっそりしている軒下に立つと、坂上の手がのびて髪の雪を払ってくれた。

「咲田さんはいくつ？」

「はたち」

「僕もだ」

肉の薄い唇を引き結ぶと一瞬間《ま》をおき、言った。

「結婚しよう」

私の頭の中で熱い魂が一回転する。

「………わたし、二十五歳までは結婚しないと決めとるんよ、洋裁学校を出て、それから、デザイナーの勉強にフランスにも………」

「いいよ、そうすればええ、僕だって途中やからね、これから京都へ帰って出直して、それから……」

「あと五年も先のことよ」

「ああ、五年経てば僕らの意思で自由結婚ができるんやからね」

雪があらゆる夾雑物を消していくなかで、二人の歯が澄んだ響きを立てるのを聞いた。

「点字というのはねえ、ぜんぶ仮名文字なんですよ、ご存知でしょうが、先生のご本は漢字が多くてねえ、私はさっきも言うたように小学校きり出とりませんので、もう辞書と首っ引きで。それが一番の苦労でしたよ」

点訳される〈女たちの記録〉を、盲人たちは恋人のように待ちわびたという。

「一つにはその方らに励まされてできました」

「そのうえご主人の協力があっての完成ですよ」

川辺さんが口ぞえされる。

「幸せなご夫婦ですねえ」

唐木さんが溜息混じりにささやく。

「唐木さんだってお幸せそうですよ」

私は言う。苦労の染みさえ見当たらない穏やかな笑顔から、ふと、意地悪くかつてのノラを探そうとした。

「子供らはみな遠くに暮らしとりますから、わたし一人気楽に。近頃はまた思いつきでピアノなんかをいじっとりますよ」

「では旦那さまはもう」

「四十年も前に別れとります。鈴木先生がこちらにおられる間は代稽古などさせていただいとりましたが。ほら、蔵の中のピアノ、覚えとってかねえ」

「ええ、立派なピアノでしたもの」

「今でもあのピアノを大事にしとりますよ、忍さんやマヤさん、坂上さんの柔らかいテノールの歌声もしみこんだ宝もんやからねえ」

あのピアノは、音楽教師の鈴木先生のものとばかり思っていた。当時の田舎町でグランドピアノなど見ることはなかったから。たしかに、空襲で文字通り灰になった福山から身一つで逃げてきたのだから、ピアノなど持ってこられるはずがないのだ。するとあの蔵も唐木さんの屋敷内で、ピアノも彼女のものだったのか。

京都へ発った坂上悠が突然私の家の前に立ったのは、半月と経たない寒夜だつた。黒のスキー帽を目深にかぶりリュックの紐をオーバーの肩に食い込ませて。

「駅からまっすぐにきたんや、あのこと、もう話した？」

思いつめた目の色だった。

「……だって、まだ五年も先のことよ」

「もう話したかと思うて。そう、まだやったんか」

「どうして帰ってきたの」

「京都も大変なんや」

「これから……お姉さんのところへ？」

「いや、姉のところへは行かん……ね、僕から話してもいいんだ」

とたんに私は身を引き激しくかぶりを振った。そんな、いますぐになんて言えない、そんな約束じゃないでしょ私たち、お互いまだすることが一杯あるのに、五年も先のことなのに。夢中でしゃべりながら、目の前にいる坂上悠の追い詰められた目の色に怯えた。

「中に入ってもらいなさい、門口で立ち話なんかみっともないから」

夜更けのひそひそ話を怪しむ母の声がして、坂上が顔を上げた。

「じゃあ」薄い唇が凍える。

「今夜はどこに泊まるの」すがるように訊く。

「わからへん」

力一杯投げつけると、大きくリュックを揺すり上げ、闇を分けて立ち去った。

「わからへん」はあの夜更けの坂上悠のすべて。目の前に震えながら立つ女への不信と絶望だったろう。わからへんのは女も同じだった。本当に彼が好きだったのか、五年先に結婚する意志があったのか、じゃあなぜ約束したのか。

「山岡さんは今もあのお家に」

私の問いに、唐木さんはどこか遠くへ心を遊ばせていたらしく目を見張る。

「死んなはつた」


新しい春に向かってそれぞれは急にあわただしくなり、進学塾のメンバーも神戸、大阪へと復学していった。やがて、マヤが別れを告げにきた。家族から一人飛び出して東京へ行くのだと。

「先に東京へ行って自活の道をつくるから、忍さんも必ず出てくるのよ、それから坂上さんのことだけど、京都の三高へ戻ったそうよ、いいパトロンがいて」

「山岡さんね、きっと」

「違うらしいわ、誰かわからないけど、山岡さんじゃないのは確か」

負け戦の日々を絶望と興奮の渦にいて或る日ふいに凋落をみたが、それさえ一瞬の感傷にすぎなかったろう。坂上悠が去りマヤが上京したことで、最も生きのよい青春の前半は終わった。

会がお開きになり、主客に別れを告げてから、回り道して山岡さんの家に向かう。芦田川の土手に近く懐かしい家を見つけた。門扉も戸口も固く閉ざされた家を回りこむと、テラスの前に芝生が広がる。猛々しい夏草に埋もれるようにして円陣を組む若者たちが見える。彼らから離れてひっそりと膝を抱え、熱いまなざしを注ぐ女も。輪の中心に座り〈人形の家〉の一章をフランス語で朗読するマヤ。八月の光は若者たちを余すところなく炙りだし挑みかかる。茫然と立ち尽くす中で、光の底に隠された闇を見る。閉ざされた蔵の闇に溶け合う影を見る。愛の渇望に囚われた影が誰かはわからない。けれども、八月の闇を溶かすほどの女はあの老女でなければならず、男は……あるいは坂上悠かもしれぬと思わずにいられなかった。

目には目を

夜更け、ハレルヤのママからあの男の入水自殺を知らされたとき、良介はとっさにこいつはミーチョの祟りやと思った。

明けがた牝猫ミーチョが死んだのだ。場末のラーメン屋で生まれ、他の兄弟たちがそれぞれもらわれていったあと一匹だけ残ったあぶれ仔だった。あの日良介がラーメン代を払おうとしたら店の親父が云った。仔猫と引き替えにしようや。三百八十円の彼女が九年も生きるなど思ってもみなかった。猫としては満足のいく寿命かも知れぬが往生際は最悪だった。あれはどうしたってミナマタに違いない。九年間与え続けた猫用マグロ缶にそれの毒が混じっていたのだろう。人間様には向かんが猫になら……と高をくくった末の猫身御供になったわけだ。

自称ビンボー人のあの男は海岸埋立地にある一文字堤防の突っ端から入江に飛び込んだらしい。

「ビンボー人じゃ物足らんとからに死人になってしもうた」

ハレルヤのママは鼻をつまらせる。男はここ一年ばかりを通いつめた。入ってくるなりカウンターの取っつきに席を占める。そこはカラオケの機械や赤電話、日の経った果物などが追いやられて吹き溜りのような匂いが漂っていた。男の云い草はこうだ。ぼくはビンボー人やからここがええんよ。

「信じられんなあ、夕べは御機嫌やったろ」

「あの人は飲んどるときはいつだって御機嫌なんよ、そりゃたまには酒ぐせ悪うなるときも」

急に黙り込む。手持ちぶさたの中で良介は心中を思いやってみた。彼女はむしろ憎んでいたのではなかったか。そうとしか思われぬきつい口振りで詰《なじ》るのをちょくちょく見てきた。

「夕べは一寸悪酔の口やったかもね、いんえ、一寸どころかかなりのもんやったわ、あれから、そうそう関口さんに袖にされてしもうた云うて看板過ぎまで粘ってねえ、うちしまいに百十番したる云うて……本気やった」

昨夜はロックで三杯やったあとボスの振舞でワインを飲んだ。十一時頃にタクシーを拾い乗り込むといつのまにかあの男がいて強引に足を入れた。どこへ行くんだと訊くと、あんたんちまでエスコートしよ思うて、と云う。とたんに俺はかっとなって車の外へ突き飛ばしてやった。ビンボー人のいうせりふか、とかなんとかわめいていたような気がする。

「ワインとちゃんぽんになって悪酔したんは俺のほうやったかわからんな」

「あら、ボスに悪いわよ、だってあれ、結構値の張るワインなんよ」

あ。ママの小さな叫び声。どうしたんだ。

「ほら、なんとかダリ……西洋の絵描きさんで時計かなんかがぐにゃっと溶けて木の枝にぶら下がったりとかさ」

良介は胸の内で舌打ちする。いつもこれだ。

「夕べあの人ね、お店へくるなりダリがどうとかって話しかけて。前の晩その人の映画見たらしいんよ、目ん玉をカミソリで切るとこあって皆んなぎゃって云ったそうよ」

「それと自殺となんか関係あるんかな」

「ようわからんけど、でも気持の悪い映画じゃないの、若しかして」

そこで又黙ってしまった。ミーチョは半年ぐらい前から殆ど視力を失っていた。四肢の力が抜け、体を支え切れずに水中を蛸が泳ぐように身をくねらせて歩く。いや、あれは歩くなんてもんじゃない、這っていたんだ。呼ぶと、頭を傾け、かぼそく鳴いた。

「夕方の六時頃堤防を通りかかった人が彼の車らしいのを見とるんよ。内にも外にも誰もおらんのにエンジンかけっぱなしで。二日酔ならとうに醒めとるじぶんやし、それにあの人運転するときは絶対アルコールを入れん云うとったわ。へんに几帳面なとこがあるんよ、あれで」

「それじゃシラフで」

「うちが腹立っとるんは、あの人、自分のことといつだってビンボー人や云うて。どうせなら大金持ちゃ云うて死んでならえかったのに……なんちゅうアホか、なんちゅうアホか」

そこで電話は切れた。最後の「なんちゅうアホか」が耳の底に粘りつき放れなかった。ハレルヤのママは今夜こうして常連の一人一人にビンボー人の死を知らせているのだろうか。なんのために？

ふと、良介は、ハレルヤのママはあの男が好きやったんと違うかなと思う。男の突然の死に慌てふためき、それのうっぷん晴らしに俺が選ばれた。なんちゅうアホか。自分に向かって良介は怒鳴った。

唄い終えたばかりの「湯の町エレジー」に盛んな拍手がおくられたのに勢いを得たボスはすぐさま、ママ、〇〇番を頼むよ、と催促する。赤い表紙の部厚いカラオケブックの中味を残らず番号で覚えているのだ。カラオケが鳴り出し、それはつい近頃のヒット曲だったので又もや手拍手と口笛がゆき交う。片手にマイク、もう片方の手はカラオケ帳を押さえて唄うボスの前に水割りのコップが汗をかく。舌っ足らずのかわい子ちゃんが唄う歌を七十に手の届く老ボスが唄うのも悪くない。ようよう。入口のあたりで声がかかる。良介はその時になってビンボー人がきていたことを知る、

「下手くそう、ようよう」

ママの顔色が変る。ボスの前から横滑りに男の前に立つと云った。

「うちの店じゃ絶対に、下手くそ云うて欲しゅうないわ」

「へえへえ、わかりました。じゃけど僕、ビンボー人やからね」

白麻のスーツに派手な格子柄のポロシャツを着こんだ男はデザイン工房の主と聞いている。目下《もっか》やもめ暮らしというおまけまでついて。

「なによう、その云い草。ビンボー人ならなにゆうてもええのん？　アホと違うか」

「アホでもゼニだけはちゃんと払いよるけんね」

カラオケは終っていた。拍手もなかった。ママの怒りが尋常でなかったからだろう。青ざめて、刳《く》りの深いワンピースの肩が小刻みに震えていた。

「ええ歌やったねえ、これ」

だしぬけにボスが云う。別段気に止めぬふうだ。もっとも、拍手を忘れたぐらいで機嫌を損じるようではボスの称号が泣く。彼がなぜ社長ではなくボスなのか良介もよくは知らない。

「だって社長よりえらいんやもの」

「それやったら会長とかなんとか」

「ボス云うのはね、一人しかおらんもんや」

ママがきっぱりと云うのに、むろん文句があるわけもない。いったい彼が幾つの会社を経営しているのか良介には興味もなかったが、ごく最近とりかかって若者の期待をふくらませている一大夢遊王国の構想には脱帽のほかなかった。山一つを買い取り、そこに国際禅堂、ミュージカルホール、野球場と生きのいい文化圏を出現させる手並みはボスと呼ぶにふさわしい。

「さあ次はあんたの番やで」

ボスの声がかかる。赤みがかったべっこうの眼鏡がいかにも御機嫌だ。

「ジュブジュブがええよ、いつもの奴」

「ああジュブジュブですか」

良介は残り少ないコップの中味を含み、ここからが最もうまいと云った友人のことを思い出す。あいつも敗け惜しみを云ったもんや。幼な友達であり、仕事の上でも恰好のライバルだった男は念願のスペインへ行ったままそこに住みつき夜も昼もキャンバスを塗り潰した揚句に風土病で死んでしまった。本当はそうではなく淋しさの余りに買った女から猛毒を移されたのだと云うものもいた。

「ママ、みやげのワインを抜いておくれ。ジュブジュブに乾杯しよう」

社用私用を合わせてボスは年に五、六回ヨーロッパを旅する。フランスへ立ち寄り、パリのレストランで鴨料理とワイン、それにシャンソンを聞く。

「鴨料理って、そんなに旨いもんですか」

いつだったか良介がきくと、

「以前パリのホテルで、パリで一番高い料理はなんかと聞いたら鴨料理や云うたんでね。早速出かけたらその店が休みやった。腹が立ったもんやから次にはなにがなんでも食うてやろう思うてな、それでついパリでは鴨ということになってしもうた」

旨いのかどうか聞きそびれてしまったが、味は二の次だったのかも知れない。

「ようようシャンソン待ってました。もったいぶらんと早う唄ったらどうね」

あれが悪酔でなくてか。それとも俺になにか恨みでも。そう思ったとたん、口を付けたばかりのワインにむせ返った。もっとも、シャンソンなどという柄ではない。かつて大学の文化祭で余興に習い覚えた、いうなれば馬鹿の一つ覚えという代物で自分では大いに卑下しているつもりだ。

パリの大空うすぐもり

春の花を胸に
歌にあるような男ぶり
惚れるほうが無理か

……


そこで突然良介の喉は棒切れでも呑み込んだ具合に詰まった。

「ようよう色男、どうしちゃったんね」

良介はぐいと睨みつけてからマイクに。

惚れるほうが無理か

「無理とは思わんよ」

又あいつ。良介の顔色が変ったと見たらしいママが、空いたコップにウィスキーを注ぎ、それは一息に良介の喉を走り抜けた。

我に返ったとき、ボスと肩を組み調子っぱずれの「津軽海峡冬景色」をがなり立てていたのだ。


「ここんとこ、ほら見てよ、沢木庄三」

良介が起きてくるのを待ち受けていたように妻が朝刊を突きつけた。沢木庄三？　誰のことや。毎年今の季節になると急に雀斑《そばかす》の目立つ妻の顔と朝刊とを見較べる。

「反核の人柱かいう見出しで」

地方版のトップに（原発誘致の噂も乱れ飛ぶ海岸埋立地で抗議の焼身自殺か。沢木庄三氏は自ら反核の人柱となる……）

あれ。良介は二度三度強く瞬きした。反核の人柱なる男が小馬鹿にしたように紙面から笑いかけている。まさしくビンボー人ではないか。

「でたらめもいいとこや。この男は海へ飛び込んだ筈やぞ」

「でもちゃんと焼身自殺て書いとるよ、人柱なんて怖いけど、でもすごい」

妻はなんにもわかっちゃいない、と良助はよほど人柱の正体をあばいてやろうかと思ったが止めた。沢木庄三がビンボー人で俺の歌にケチをつけやがったなんて云ったところでどうなる。こともあろうに反核の人柱に祭り上げられた奴は今頃あの世で舌でも出しているだろう。まったくの話、ナスビにバラの花が咲いた。

照りつける日差しの中、石ころだらけの道を葬列が進む。列の中心に十字架が高々と捧げられ、何者かが戒められているが、からだはもとより顔かたちの見分けもつかぬほど焼けただれている。良介の傍らを通り過ぎるとき十字架を捧げ持つ屈強の若者がふいに口笛を吹き鳴らした。ボレロだった。良介の怪しい記憶ではそのメロディはいつも葬送の場から流れ、今も又そうであることに満足する。口笛に合せて老人や子供までが急にしゃっきりと背筋を伸し、足を交互に高くはね上げて歩く。つい最近クーデターを起したばかりの国の閲兵行進に似ていた。良介は自分も同じようにリズムをとって歩きながらもう一度十字架を見上げ、息を呑む。さっきは男女の別さえわからなかったのに、間違いなくビンボー人ではないか。どうやらまだ死に切れずにいるとみえて、拷問にも似た日差しを浴び呻き声を上げる。その度に煙草のヤニに染まった前歯の間から魚の頭や尻尾がのぞいた。

「この猫のような男は焼け死んだのですか」

十字架を捧げ持つことにも疲れ果てた若者は苦役人の不機嫌さで唇を曲げた。

「人身御供だと云うのですがね、何しろこの暑さじゃこっちの身が持たんよ」

すると、後の老人が肩を怒らせて云った。

「なに云うとるか此のアホンダラ。沢木庄三は町を救うたんじゃぞ。目には目をという釈迦の説法をおぬしは御存じかの」

「あの、それは多分イスラム教では」

横合いからおそるおそる良介は云う。

「まあどっちゃでもええが、その、目には目をというやつを沢木さんは実行されたわけじゃよ」

「そらまたどういう」

良介が立ち止まったので葬列は足踏みを始め、後の方から、何をごちゃごちゃしとる、早よう焼場へ行かねば腐ってしまうじゃないかとおらぶ。

「つまり灰には灰をですじゃ。いずれ埋立地にゃ物騒なもんが立つかわからんで、いつなんどきわしらの頭に死の灰が降ってこんとも限らん。沢木さんは自分の肉体を灰に……まあいささか前ではありますがの、自らを灰にすることで死の抗議を」

「でも俺は海へ飛び込んで水死したと聞いとりますがね」

云い終らぬうち、突然冷たいものが頭上に降りかかる。ビンボー人の沢木庄三が黒焦げのからだから夥しい水滴を降らし、その一滴は良介のあんぐり開けた舌の上に落ちた。

「塩からい、これは海の水や」

彼はやっぱり水死したんだ、と頷くのに、

「涙にきまっとろうがの」

老人は哀れむように云った。何をしとる、早う進まんか。後の声は更に大きくなって葬列は再びボレロの曲に合わせて歩き出した。彼らの後姿をぼんやり見送っていて、ふと、一人一人のズボンやスカートを突き破り見事な尻っぽが垂れているのに気付く。

あれは、猫の尻っぽやないか。

三毛、黒白のブチ、トラ斑、漆黒と何れもよく見かける地猫のそれである。さすがにペルシャやシャム、アメリカンショートといった外国産は参加していないようだ。してやられた思いが急激な怒りとなって突き上がり、やにわに足許の石を拾い上げると狙い定めて投げつけた。

ギャオウ！　紛れもないミーチョの断末魔の声が人柱ならぬ猫柱の頂から町中に響きわたったのだ。

入江を挟んで向い側の旧埋立地は大手の鋼管工場の建造物が立ち並び一帯は灰色のガスに包まれて

いたが、こちら側は埋立ててから日も浅い荒地が何一つ遮蔽物もないままに海を望み延々と続いた。車の後方に退《ひ》いていく一文字堤防が白く光る帯のようになってからも前方の荒地はいつ果てるとも見えない。

「まるで西部劇に出てくるような風景だな。乗っとるのが馬車でのうて残念」

車窓にもたれながら良介が嘆息を吐く。

処々雑草が生えているほかは生きものらしい影も見当らない。海と向い合い三方を削り取られた丘が奇態なオブジェとなり残照に染まっていた。

「こんな処になにしにきたんだろうな、あの男。あんたの主張通り自殺でないとすればやけど」

「まだそうと決まったわけやないさ。そいつを君と一緒にこれから解読する」

ハンドルを握るテレビプロデューサーのメタさんは落ち着きはらって云う。十代から延び続けている身長が未だにストップする気配がないところから、際限なく空を目指すメタセコイヤの木に喩えたのは確かボスではなかったたか。

「あんたの企みはようわからんが俺はそれほど彼のこと知っちゃおらんよ。週に一、二度ハレルヤで会うだけやからねえ。沢木庄三なんてまともな名前さえあの事件で始めて知ったくらいさ」

「結構律儀《りちぎ》な名前だろ」

メタさんは窮屈そうに背を屈めて笑う。

「そういう僕だって彼のことを知っとるとは云えんよ。私生活を口にせん男やったからね。あの年やから嫁さんぐらいありそうなもんやのに」

「いや、独り暮しやったらしい。でなきゃあハレルヤに日参もできまい」

メタさんはちょっと思い惑うふうだったが、

「もうそろそろ現れてもいいんじゃが」

とひとりごちた。え、なにが、急に速度を落とした車の中で良介は腰を浮かす。多分今の声も上ずっていたに違いない。

良介がメタさんと会うのは二通りの場がある。一つはフリーカメラマンとして彼の属するテレビ局を訪れるとき、今一つはハレルヤである。ハレルヤでの彼は両脇にアナウンサーとアシスタントの美女を従え此の世の苦悩を一身に引き受けた具合にテレビを呪い急ピッチで水割りをあおる。

昨夜、彼は珍らしく一人でやってくると、帰り支度をしている良介を狙い射つ仕草で耳打ちをした。

明日埋立地へ行ってみないか。カウンターの中のママが素早い視線を走らせ微妙に表情が揺らいだのも覚えている。ビンボー人が消えてから一週間経っていた。水死か焼死かの奇妙な対立も当初は生ぐさい肴になったが、死人に口無しやからね、のボスの如何にも妥当な発言で霧散してしまった。

埋立地へ行ってみないか？

そんな時のメタさんの誘いはかなり色褪せたものだったが、良介は乗った。こっそり自分だけに耳打ちをしたのも気に入った。

「あ、ほら、あそこ」

車から降りた彼が指さす辺り、点々と叢が連なっている。それの一つにちろちろ動く影を見た。猫だ。良介は声を上げ、続けざまに、

「あ、あ、あそこにも」

始めは一つ二つの叢にしか確かめられなかった影が薄闇に目が慣れるにつれてみるみる範囲を広げていく。まるで薄闇そのものが移動するように叢から叢へと潮の満ち引きにも似て出没する灰色の群れは今ようやく昼間の眠りから覚め、獲物を求めるらしい。

「全部灰色の猫みたいやな」

「たまには違うのもいるみたいやけど、そいつは多分新入りやろ」

「やっぱりそういうことがあるんかなあ、いつかそんなこと云ってた友人がおったよ」

スペインで命を落した友人が或るときの便りにこんな話をしたのだ。猫好きの良介のために今日はとっておきの話をしよう、という書き出しで。

美術館を巡り歩いてローマにきたときのことだ。ほんの数分遅れで美術館は閉まり、仕方なくコロシアムのある廃墟を訪れた。日没前の淡い光に浮かび上って一際物哀しい石組みの一つから猫の鳴き声を聞いたんだ。それも一匹ではなくかなりの数らしい。石組はかつて城郭の一部だったらしく丁度僕の胸の高さに囲われて内側は一面の叢。淡紅色の、ほら、コタボがよく使うあの色、夕焼の名残りが夏草を染めてひどくやさしげに見せていたよ。そのときふと気が付いたんだが、つい傍らに色の浅黒いカップルが同じような恰好で囲いにもたれ、時々ポケットからパン屑を放っている。男はアラブ

系か。女はチャキチャキのイタリア娘とみたが、どちらにしろその時の僕には羨ましかった。

パンの行方に突然灰色の波が盛り上がった。そいつが猫の群れだとわかったとき僕は愕きよりは恐怖に近い稲妻が背筋を走った。どう云えばわかってもらえるか、もどかしいくらいさ。何百匹という猫のすべてが灰色の毛なんだ。親子、兄弟、夫婦、恋人とさまざまの組合せはあるに違いないが、体の大小こそあれ殆ど見分けもつかぬ猫の群れがうねうねと縺れ合い悲しい鳴き声を上げるさまはまさしくコロシアムの亡霊たちと云うしかなかった。つまりそこはローマの猫捨て場だったわけだ。彼らは最初のうちこそ個別の毛色を持っているが何代もの交配を経るうちに灰色一色となることもあとで知った。お前さんの猫好きに敬意を表して語ったまでだが、この話のあともまだ灰色の猫に首ったけでいられるかどうか密かに期待するところだよ。

友人とは遂に再会することなく終ったから、良介の反応も宙に浮いた。当時の良介は確かに灰色の猫に興味を持っていた。周りに見かけることの希な色だった故もあろう。然しあの手紙を読んだことで殊更嫌いになった覚えもない。被写体としての猫は何時の場合でも良介を魅了した。

埋立地の広大な地図を灰色で塗り潰そうとする猫の群れは被写体としてのそれからは遙かに遠いものだった。良介はいま、友人と全く違わぬ嫌悪の中に立っていた。

「彼が愛犬家で、セパードを飼ってたこと知っとる?」

メタさんが悪夢を追い払ってくれる。

「セパード?　いや、全く知らん」

「彼は今じぶんになると車に愛犬を乗せてこの埋立地へやってきた。多分ハレルヤの連中も知らんだろう。僕は仕事の関係で割と方々へ出入りしとるからね。奴さんの所へも何度か行ったよ。うん、彼の仕事場？　そう、なんというか如何にもよく片付いとるんだ。仕事場で見る彼はハレルヤの隅っこで皮肉を飛ばすビンボー人とは違うとった。神経質なぐらい几帳面でね。それが或る日、妙なことに気付いたんよ、夕方になると急にそわそわ落着きが無うなる。話を勝手に切り上げようとしたり、黙り込んだり……、ひょっとして女かな。それならそれで一杯おごらせてやろうなんて。

奴さん、白状したよ。犬、犬なんだ相手は。セパードを、それも東独の奴らしいんだ。いや僕も犬のことはからきし分からんのだが、セパードといや西独でのうて絶対に東独なんやそうだ。まあ色々教えてくれたが覚えとるのはそれくらいやけど。で、そいつが一日中檻の中にいるのが哀れで、せめて一日に一度思いっきり走らせてやろうと……」

「それで埋立地か」

「あんたもさっき云うとったろ。乗っとるのが車で無うて馬か馬車やったらと。彼はその馬を犬に代らせた」

そこ迄一気に云うとメタさんはシャツのポケットから一本抜きとる。深々と煙を吸いこんでいる間、良介の中のビンボー人はカメレオンの如く変化していく。いや、全く別の人間に生まれ変ろうとしていた。

自分と沢木庄三の出会いの場、つまり何んらかのかたちで互いの中に棲む共通なものと相反するものがぶつかり、時に殴りつけてやりたいほどの憎しみが湧くのは、ママが一人と、カウンターに向う椅子が七脚のスタンドハルレヤに限られた。その中ではたとえ何処にどう座ったところで互いの視線を最後まで躱《かわ》し切れるものではない。俺は奴を見るとき二人の間に陣取る誰彼の肩越しか、背を反らせるか、逆にうんと前屈みになることでほんの一部分ずつを、時をずらせて眺めたにすぎない。そして、吹き溜りを好み、自らをビンボー人と謳わずにはおれぬらしい男を、ビンボー人の風上にもおけぬ奴と決めつけた。

いま、西部劇の舞台を想わせるような広大な埋立地を前にして、この同じ場所にセパードを放ち、口笛一つで呼び寄せる男としての沢木庄三は突然に拡大された別人でしかなかった。

「彼も始めのうちは、ま、ごくふつうの愛犬家並みの思いやりから……しかし、これから話すことはあくまで僕の想像やからね、若しかしたら……あんたにも察しがついているかも知れんな」

「で、あの猫は何時頃から此処に」

良介は不安に怯えながら訊く。メタさんが何を云い出そうとしているのか本能的に体が感じ取っていた。

「半年か、一年か、いやもっとになるかわからん。何しろこの広さやから車で飛ばした日にゃ一寸わからんだろうな。おまけに彼らは昼間叢に眠りこけて、日が落ちるとああやって動き始める」

「なにを食うとるんかな、すごい数だよ」

「さあて、海に近いとは云うてもね、案外腐った魚をトラックで捨てにくる連中がいるんやないか。

猫が先か、腐った魚が先か。もひとつ共食いという手もあるか」

「嫌なことを云う」

「ゲームにのめり込んだんや。セパードに猫の群れを追わせる。一寸《ちょっと》した狩りの気分やったろうな。犬に追われて必死で逃げまどう猫の群れ。いつか似たような場面を見とるんだ、テレビで。北極圏での狼狩りにヘリコプターを使うとった。空から銃で仕止めようというわけ。それを見とって、ふっと思うたよ。あの埋立地で彼が犬を放って猫を追わせとるのを。それゃ猫が敗けるに決まっとる。何しろ東独の代物やからな。狼よりも速かろう」

「…………」

「あの日ビンボー人はいつものように此処へやってきた。そして犬を放した」

灰色のうねりとなって逃げまどう猫の群れが突然攻撃に転ずる。

「……つまり数の誤算や。その日灰色の波は想像を遙かに超えとった、猫が自分たちの優勢を悟ったとき突然反撃に出たって不思議はあるまい、彼らはテレパシーを備えとるからね、本能的にチャンスをつかむと向きを変えた、次は犬が追われる番さ、ゲームが狂った、犬を救うためにとっさに思い付いたのが」

「火、か」

「そう、火を放った」

再び走り出した車の中で良介は訊かずにいられなかった。

「セパードはどうなったろう」

「誰も見たもんはおらん」

良介は一刻も早くこの場を抜け出したかった。灰色の群れにミーチョがいたかも知れない。行手に火が明かり叫び声を聞いたように思ったが同時に潮の香が強く鼻を打った。埋立地は終って雄大な河口堰に連なる夥しい灯が視野を炙り出す。

おけいさん

目当ての音楽堂に着いたとき、正面入口に並び立つ巨大な円柱に圧倒された。

海岸埋立て地に建てられ半年にもなるのにこうしてまぢかに眺めるのは初めてだった。今も埋め立ては進められていて、辺りにはダンプカーやブルドーザーがゆっくりと動き回っている。建ちかけのビルがちらほらする遙か向こうに、海が鋭く光る糸になって見える。のっけに私を驚かせた円柱も周りの低く平たい風景のせいかもしれなかった。

この日音楽堂で郷土の詩人K氏の没後三十周年を記念するリサイタルが行われることになっていた。K氏の詩をソプラノとテノールの二人の歌手が歌う。K氏が若くして癌におかされ亡くなってからも親友であった夫は生きつづけて三十年目のこの夏ようやくあとを追った。家に籠もりがちの私がリサイタルにくる気になったのも小春日和に誘われ今は向こう側の住人になった人たちの息吹にふれたかったからだ。

玄関うちがわのロビーを行き交う人たちの殆どが女性だった。初秋にふさわしい衣装をまとった彼女たちが、三々五々階段をあがり今日の会場であるホールへと向うのにさからい私は突き当たりの展示場に入っていく。いっせいに迎えるK氏のプロフィールのなかに夫もみえがくれする。会場のゆるやかな流れが止まっているところに背の高い女の横顔が見えた。銀色に光る髪を無造作に束ねた先が背の中程にも達している。私が立っているところから、今ちょうど上向きにK氏の写真をみつめる削ぎ落としたような鋭い頬の線が映った。肉の薄い高い鼻、紅を引かないのにくっきりと刻まれた唇、広い額の下の細い眉と窪んだ目。およそ女のやさしさ、慎ましさなどみじんもない顔にかかわらず、あの頃のどんな女らしい女よりも輝き誰をも惹きつけずにはいなかった女の幻を私はみている。

周りの流れを無視してその人は横滑りにゆっくりと次のプロフィールの前に立った。栗色のパンツスーツの胸元からどう言ったらいいのだろう、今日の空に似た色が覗いて生《いき》もののようにゆらいだ。

あの。女の耳に届かなかったらしい。

「あの」声を大きくした。

振り向き、まっすぐにこっちを見た。五十年の歳月が額や目尻に波をつくり瞼の肉をさらに薄く削りとっていてもそこだけはこんもり豊かな丘陵を形作る唇がまちがいなく堀越圭子、おけいさん、あねご、忽ちのうちに幾つかの呼び名が連なり出る。

「あなたは?」女の表情は変わらない。目をこらすと軽い斜視になる瞳の奥をのぞきこむ。平静を装う女のなかに一瞬燃えあがり炙り出されるものをまった。

「堀越さんでしょう、おけいさんですよね」

「あなたは?」

「森内です。森内弓子です。私はまた」

言いかけ、辛うじてのみこんだ。私はまた堀越さんはお亡くなりになったとばかり……

開幕のベルがロビーのそこここから聞こえ、女はついと目をそらすと、口もとにかすかな微笑を浮かべたままで立ち去った。ベルにせき立てられながらもすぐにはあとを追う気になれず、栗色のパンツの裾が軽やかかに遠ざかっていくのを見送った。

会場に入るとすでに八割がた席が埋められていた。いつの間にきていたものか男性もまじり、だが大方の後ろ髪に白いものが目立つ。急いで空席を探して座る。司会の慣れた挨拶のあと灯が消え、舞台いっぱいのスクリーンにスライドで映し出されるK氏の生家とその家族友人はいましがた階下で出会ったときよりもいっそう間近に迫り否応なく画面に吸い込まれていく。

鳩小屋に寄りかかるようにして立つ三人がいる。K氏に私と夫、揃いも揃って痩せているのは敗戦後の飢えのせいか。それにしても、なんという若さだろう。仲良くあちら側の住人になってしまった男たちの真ん中で笑っている私をこちら側の私が眺めていることにひどく間の悪い思いがしてきた。この奇妙な思いがふと、堀越圭子との束の間の出会いを思いださせた。彼女は五十年前の夏に死んだ。あの頃を知るだれもがそう信じている。もしも今日偶然の出会いがなかったなら、スライドのなかの男たちにもまして、遠いあちら側の住人としてめったに思いだすこともなかったろう。

一転してスクリーンのなかに軍服姿のK氏が夫人と並んであらわれる。草わらに投げ出された足の、足首から膝へかけて固くまかれたゲートルはヘイタイの象徴、とっさに思い、だがすぐに間違いであることに気付く。K氏の口から軍隊の経験を洩れ聞いた覚えはない。それとも故意に語ろうとしなかったのだろうか。いずれにしろあの頃はヘイタイばかりでなく日本中の男という男がゲートルを巻いていていたのだった。そして女の私はどうだったたろう、絣のもんぺにセーラー服を改良したブラウスか紺サージの上着。敗戦の一年前の夏、健康な男たちが根こそぎ戦場へ連れ去られたのと同じように十九歳の私は軍需工場に閉じ込められた。

その日、私は隣家の幼い男ん子と連れ立ち蝶を追っていた。半日追いかけても蝶はつかまらず、かわりにオニヤンマ二匹、男ん子は満足した。家にもどると組長を名乗る男が待っていて、ほう、どことて悪いようにはみえんがのう、上から下まで眺めて言った。

「日にやけとるけに見かけは元気らしいが、まんだきつい仕事ができるからだやないですよ」

母がぼそぼそという。

「今のご時世じゃ片手片足が満足に動きさえすりゃあ、これからすぐにでも一緒に」

組長についていった先はもとの製糸工場、いまでは戦闘機の部品をつくる軍隊お抱えの工場。いかめしい守衛が立ち、入ったら最後出られないのでは。

「病身やそうなから現場の事務ということで」

旋盤工場に囲まれたバラック建ての事務所で組長と所長の取決めはあっと言う間に終わり、私は開け放った窓から旋盤の前に立つ学徒動員の白鉢巻きの列を眩しい思いで眺めていた。

「ちょっとあんた、名前を言いなさい」

「森内です、森内弓子」

「ゆみ子のゆみは?」

「弓矢のゆみ」

「それじゃあ……っと、明日の朝から出てきなさい。作業時間は七時から五時。仕事の内容はそんときに」

これで決まり。明日からは蝶を追うこともできない。午後からきまって出る微熱のために耳の奥がじんじん鳴り始める。トンボとーろ、オニヤンマとーろ。男ん子の声が逃げていく。

あの日の蝶を、草わらに腰を下ろし足を投げ出しているK氏と夫人のまわりに探したが見つかるはずもなかった。戦場へ狩りだされないまでも、K氏は私と同じように殺戮の道具を造らされていたのだったろう。それの腹いせに彼の生まれ育った備後の、目に映るかぎり、耳に聞こえるかぎり、肌に触れるかぎりをノートに埋め込んでいった。スクリーンのなかの彼はカメラを意識してか少しはにかんでいる。まるい眼鏡の奥に光るものは、しかとは分からないけど濃縮されたイノチとしか言いようもない。


小春日和が続いている。音楽堂のスクリーンでK氏や夫に出会ったことで私の日常は此岸彼岸の境がぼやけたようだった。ひとつには同じ日に思いがけなく堀越圭子に出会ったこともあろう。此岸彼岸の住人が入り交じって日頃沈みがちの日々が変に活気づいたおもむきさえあった。

音楽堂ではいま一度彼女に会うのを期待したがそれきりだった。日がたつにつれあのときの出会いまでが怪しいものに思われ始め、それに真っ向から切り込まれる具合の夢をみた。

細長い廊下をあるいていた。黴臭く、その上甘酸っぱい匂いが立ち込めるなかを奥へ向かった。片側に幾つもの部屋が並びもう一方は窓になっていて真夏の強い光がさしこんでいる。何度か通い慣れた廊下だった。突き当たりの襖をためらいもなく引き開ける。広びろとした部屋のなかにも白いカーテン越しの日差しが靄のように立ち込めている。その中からゆらりと上半身をおこしたおけいさんが悪戯を見つけられた子供がとっさに浮かべる無心の面持ちでこちらを見た。白いスリップの肩紐がずり落ちてむきだしになった乳房を両手でだきかかえ隠したが、手の平に余り薄紅の乳首がこぼれた。

おけいさんの顔も同じ色に染まる。

「ゆうべは徹夜作業だったから」

おけいさんの声で隣に眠りこんでいたらしいのが「なんだ、あんたか」と言った。ふてくされた赤い目を向け、さてと、仕事にもどるかと立ち上がる。昼間のもやった光のなかで男の裸の股間がおそれげもなく晒され言葉を失ったおけいさんの乳房はみるみる萎んでいく。

目覚めたとき、夢のなかの火照りが残っていた。すでに遠くへ置き忘れた感覚はいったん蘇ってみると意外なまでの強い欲情になり息をつめる。夢のなかでおけいさんと添い寝していた男の顔はぼんやりとしか思い浮かばないが、あの男にちがいない。確か三島伍一という名で第四旋盤工場の班長だった。彼の年が三十六で女房子持ちであることも知った。彼ばかりではない。第一から第七工場まであるなかで私はその大方の顔と性別と年齢を知ることになる。それは私の仕事が工場毎の日報を集めることだったからだ。名前と出欠と勤務時間を記す名簿を朝ごとに配り退社前に集めてまわる。記帳して手渡してくれる班長の周りに絶えず女の噂がつきまとい、それが複数の女であっても見てみぬふりをする。隣組の組長に似た権限が班長を驕らせてもいたのだが、なにしろ熟れ盛りの女がごろごろしていた。亭主を戦場に送りだしたあと、その日まで亭主が受け持っていた働きのすべてが女の肩にかかり日銭を稼がねばならず、それとてお国のためなら我慢もしよう。どうしても亭主でなければ満たされぬただ一つのことのほかは。

堀越圭子が現場事務所から突然姿を消し旋盤の前に立つようになったのはなぜなのか、おおかたの者は知らなかったし詮索するゆとりもなかったが、いつとはなしにスパイの疑いをかけられて事務所を追われたのだという噂が流れ始めた。現場事務所は二つに仕切られ、奥が製図室になっていた。新入りの私に製図室は秘密めく特別の場所に映った。

「堀越圭子、おけいさん、通称あ、ね、ご」

初対面のとき彼女は大きな製図台の前にいて笑いながら言った。あけっぴろげの口から見事にならぶ白い歯がのぞき、きれいな人だなあと思った。数人の男にまじり一人だけの女であることもなにかしら特別に思われた。

「あねごには近づかんほうがいいよ」

一通りの挨拶を終えて自分の席に戻ると隣にすわる先輩が言った。

「新入りさんは誘惑されるけん、あねごにはみんな一目おいとるけど怖いひとやからね」

「ああ、だからあねごなんですね」

ふふ。先輩は笑ったがそれ以上のことはいわない。

先輩の忠告にもかかわらず私は忽ちあねごにのめり込んだ。文句なしに素敵だった。ターバンでまとめた髪、彫りの深い化粧っけのない顔、男物のジャンパーの袖をまくり上げモンペではなくやはり男物のゆったりしたパンツをはいている。ときに私は開け放されたドアからこっそりと製図室を盗み見た。すると製図台の上に屈みこみコンパスを使う横顔に出会う。仕事にとり憑かれているときのそこだけぽっと紅をはいたようにそまった頰にみとれた。

あぶない、あぶない。先輩の冷やかしが、あと一飛びで大人に手のとどく私をせき立てる。

「いつかはこういうことになるやろうって思いよった。あねごには近寄らんほうがいい言うたんもわかったやろ。もともと製図主任があねごをかいかぶりよったけね」

「スパイなら現場にだって行かれんはずやないの」

「しっ、誰もあねごがスパイやなんて言うとらんが。ただねえ、あんたも気いつけたほうがいいよ、製図室を覗いたりするの止めとき」

先輩にきつく言われてさすがにしゅんとなったがあねごのいない製図室などなんの関心もない。私は用もないのに旋盤工場をのぞき、他の工員と見分けのつかぬ中から鉢巻きをしめ青白い顔を油でよごしたあねごのおけいさんを見つけた。製図室にいたときよりもやつれて見えたが、休み時間になると例のあけっぴろげな笑い声が聞こえたりした。

私はさかんにおけいさんの周りをうろついた。そんな私に厭味を言いつづけた先輩も、なにがあっても知らんからね、と半ば脅しをまじえて投げ出した頃にはあの船の形をした家をたずねるまでになっていた。

どこからみても地面に浮かんだ船であった。

その船がおけいさんの住まいだった。舳先の入り口からあがるとすぐにおけいさんの部屋があり、床の間に石膏のトルソーがおかれているのが目をひくだけで女の独り住まいにしては殺風景すぎた。船の中は他にもいくつかの小部屋があって、いちばん奥は大広間になっているのだとおしえてくれた。私は一度だけこの部屋に泊まり二度とは泊まらなかった。一晩中からだをはいまわる虫の感触に懲りたのだったが、はたしてあれが虫だったのかどうか、肌がふれあう隣から寝息がきこえ、おけいさんは昼間の労働でぐっすり眠り込んでいるらしかった。


あの日私が船をたずねたのは強引すぎたかもしれない。

おけいさんの姿が旋盤の前からも消えたと知って嫌な予感がしたのだ。男の影がちらつき、しかも私の嫌いな男だった。だがおけいさんは旋盤の前から消えたわけではなく昼間の勤務から夜勤に代わっただけだった。

負け戦であるのは誰にも分かっていたが口には出さず心の奥底にしまい、作業時間の半分にもみたぬ部品の量にぼやいた。そんななかで昼夜を分かたず唸る旋盤の音こそ眉唾物もの。

「ああやって景気をつけとるのよ」

「第三工場じゃ鍋や釜をつくっとるそうじゃ」

「それもやっぱり軍へ納める品じゃろう」

おけいさんは多分昼間の工場で鍋釜つくるのが恥ずかしくて夜に紛れこんだのかもしれない。

船の家の前まできて一瞬ためらった。あと少しで午後の仕事が始まる。真夏の太陽がじりじり照りつけ心の奥のどんな隠しごとも炙りだすかに思われた。私にとっては正気の時間でもおけいさんには暗闇にあやかしを見ている時刻なのだ。難破船にでるというあやかしは男面をつけた三島伍一ではあるまいか。

入口からすぐのおけいさんの部屋に人けはなかったが窓に黒の覆いが掛けられ布団が敷いてあった。片隅の扇風機がいかれた唸りをあげ、おけいさんの匂いが香料にまじって澱んでいるのはいましがたまで寝ていたのだろう。小用にでもいったのかしら。少しのあいだ廊下で待ったがなんの物音もしない。私はそのまま奥へと歩いていった。

スクリーンの中の夫とK氏に再会してからひと月がたった。当初は鮮やかに思われた面影もいつのまにかうすれ始めたのに此岸彼岸の境だけは相変わらず茫洋として見極めがつかない。私じしんすでにその境をまぢかにしているせいだと思い当たった。ただ不思議でならないのは、おけいさんの夢が一向に色あせぬばかりかどうかすると私のなかで抑えきれぬほどの欲情になる。この年で、と自嘲する裏で、老いさらばえるにはいま少し余白がありそうだと安心もする。

あの日、船の奥座敷にいたおけいさんこそあやかしであったろう。女面男面をつけた二人は亡霊にとり憑かれ束の間の狂気に酔いしれていたのだ。負け戦の終わりを目の前にして。

きゅうに冷えこんできた夕方、台所に立っていて電話のベルをきく。

「堀越圭子、おけいさん、あねご」

またしても五十年が崩れさる。始めて会った製図室でそっくりおなじ言葉を聞いた。

バスを降りると停留所をかねるマーケットの横手を辿り海岸へ向かう。夏場は海水浴で賑わうのに初冬のいまは行き交う人影もなかった。そういえば赤潮で汚染された海の話はこの辺りにまで及んでいるのかもしれない。やがて海をまえにして並ぶ別荘が見えはじめる。もうずいぶん昔そこに別荘をもつ友人の招きで一夏を過ごしたことがあった。たぶんK氏も一緒だったろう。互いの子供たちは幼く、友人の広い屋敷と始めてみる海に終日はしゃぎまわった。太陽が傾くにつれて水温があがる。大人たちは夕暮れをまって泳ぎ、十七歳になったお手伝いさんは夜食の後片付けを終えてからとっぷり暮れた海につかった。豊かな白い半身が暗い波間に見え隠れするさまは人魚とも思われ夫や私、もしかして多感なK氏までの心をうばった。

海際に小高く別荘を眺め反対側は一面の刈り田がひろがる。一本道なので迷う心配はなかったがそれらしい建物は見えてこない。

「それでおけいさんは今どこに」

「まんげそう」

「まんげそう？　なんですか、それ」

「早い話、老人ホーム。ほら、万華鏡ってあるでしょう。くるくる回すと細い筒の向こうにきれいな模様が見える、あれ」

受話器から流れるおけいさんの低くハスキーな声は昔と変わらない。抑揚のある歌うような物言いも。おけいさんからの不意の電話は、あの日音楽堂で出会ったことにはまったく触れないばかりか五十年の壁を無造作に突き抜けひょいと顔を出したふうだった。

「いつからそこにおられるの」

「ずうっと。海がきれいなんよ、とっても。サチ子さんもおられるよ」

サチ子さん？　おうむがえしに言ってから、

「あのドイツ人の奥さんだったサチ子さん？」

すっかり忘れていた。遠い記憶の闇からおけいさんに絡まり浮かび上がってきたのは、戦争のさなか、ドイツ人だったことで辛うじて迫害をのがれ田舎町の片隅に生きていた人達だった。私がおけいさんの存在を気にしはじめてまもなく先輩の忠告のなかに、あねごはガイジンとつきおうとるんよ、ドイツ人いうとるけど怪しいもんや。そのガイジンの妻がサチ子さんだった。一度だけおけいさんについていったことがある。船の家をたずね奥座敷に亡霊を見た翌日だった。昼間の睡眠時間をさいて工場にやってきたおけいさんが、サチ子さんの家に連れてってあげようと言った。好奇心の強い私がまえから行きたがっているのを覚えていたとしても突然だった。

曲がりくねった路地のおくにサチ子さんの一家が住んでいた。夫は神戸で仕事をしているとかで家にはサチ子さんとドイツ人の姑と目の青い女の子がいた。おけいさんは持っていた買い物かごから白い袋を取りだしサチ子さんに渡すと、サチ子さんより先に姑がアリガト、アリガトと言う。助かるわ。サチ子さんが受け取った白い袋に覚えがあった。あれだ、と凍りついた。船の家のおけいさんの部屋にあったもの。がらんとしたなかで嫌でも目にとまったものは、それがお米の袋だとわかったからである。

「よく手に入ったわねぇ」

「工場の人に頼んだんよ、そのうち又なんとか都合つけるからね」

「これだけあれば当分生きていかれそう、ほんとにありがとう」

三度のお粥に薄めてもじきに底をつくわずかの米をおけいさんがどんなふうにして手に入れたかは知るはずもない。私もおけいさんもその米袋について触れることはなかった。

老人ホーム万華荘にサチ子さんもいる、ドイツ人の夫とは別れたのかしら、和服の似合うガイジンの姑は？　ふいに電話の向こうからアリガト、アリガトと聞こえたように思い、重ねて三島伍一のふてぶてしい顔が浮かぶ。お百姓さんであるために、白い米を蓄えているために、殺戮の道具をつくる工場の班長さんはハーレムの王様にもなれた。そのカラクリのすべてをサチ子さんも知ったことだろう。さらさらと喉を通ったはずのお粥が一粒残っていて喉を突き刺し血を滴らせるのに五十年もかかった。

別荘を取り巻く樹木がつきたところに広々と海がのぞいた。黒く汚れたみすぼらしい浜が大小の岩を出没させながら行く手に青くつきでた岬へと続いている。岬の根っこにひとかたまりの集落があった。波打ち際にならぶ舟の数から漁師町なのだろう。そこへ行くまでにも半ば朽ちかけた舟が幾そうも置き去りにされている。

もうこの辺りでおけいさんやサチ子さんの住む万華荘が見えなくてはならなかった。午後の早めに家を出たのに逃げ足の速い冬日が岬を曇らせ集落に陰を落とし始めた。急いでいるつもりが砂に足をとられて進みにくい。疲れがくるぶしに集まりこの先歩き続けるのも難儀になった。行く手にひときわ大きな廃船が立ちふさがる。近づくにつれて舟は視界を消していった。岬も集落もかき消え朽ち果てて拡大した板の裂け目を無数の舟虫がうごめいている。自由気儘に這いまわるかに見えて実はそうではなく或るひとつの方向を目指している。虫たちは舟を巡ったあと長い行列をつくって砂浜に帰っていく。岩陰の暗く湿っぽい肌にとりつき這い上がるとそこで再び無限の散策を始めるのだった。長いあいだ虫にみとれて気がつくと舟はさらに大きくなり急に強さをました潮風にぎいぎい不気味な泣き声をあげている。

夕日に炙られ残骸はつかのまの命をとりもどし寄り添う白骨の片々が万華に彩られるなかに立ち尽くした。指先にぬるっと冷たい何かが触れた。いつからそこにきていたのか大きな斑犬《まだら》が鼻先をこすりつけている。

「どこからきたの、おまえ」

黒褐色の棗《なつめ》のような目で見上げると盛んに腰を左右にふる。丸いお尻がすとんと落ちてしっぽがないのだった。頭をなでてやると人懐かしげによりそってくる。

口笛がきこえた。とたんに犬は私のそばを放れる。あとを追って私も舟の向こう側へでた。

あれはなんだろう。

ふたたび口笛がひびく。長い耳をうしろにはねあげて走る先にひとかたまり隊列が見え、まるでヘイタイの行進のように砂浜を歩いていた。いましがたまで歩きつづけてきて初めて出会う人達だった。隊列が乱れた。中の一人が砂に足を取られて転んだらしい。駆けつけた犬が獰猛な唸り声をあげた。たったいま私に寄り添いなつかしげに指先をなめた同じ犬とは信じられぬ恐ろしい声だった。犬に脅された男はすぐにも起き上がろうとするが片足立てたところでつんのめる。とつぜん犬が男に襲いかかった。男が大きく口を開けたようだった。顔もゆがんだに違いない。奇妙なのは仕留めて勝ち誇る犬の唸りは聞こえるのに男の悲鳴らしいものがまったく聞こえないことだ。それにしても倒れた男を助けようとする誰一人いないとは。よほど厳しい訓練をうけた一団なのだろう。

男が立ち上がった。犬も唸り声ほどには傷めなかったとみえ、用心深く近づいていく私のそばにもどってくるとさかんに丸いお尻をふった。

口笛。男たちの隊列がふいに後ろ向きになった。そのとき始めて彼らが老人だとわかったのだ。背も腰も前屈みにカーブを描き、よろめく足取りで懸命に歩調をとった。老人たちの足もとから砂けむりがあがる。私が立っている汚れた薄墨色の砂とは比べようもない白く輝く砂である。私はいま少しで声を上げるところだった。なんと、この冬日に彼らは半袖姿なのだった。いつのまにか犬は私からはなれ羊の群れを追う巧みさで老人を誘導し始めた。

全体が伏せた碗の形で中心あたりから尖塔が突き出ている。なにかの教会を思わせる建物が老人たちの住まいであるらしかった。もしかしてあれが万華荘かもしれない。私は足をはやめた。三たび犬が戻ってきた。老人たちはドームに吸い込まれ夕暮れの海辺に影を落としているのは私と斑犬だけだった。

ドームの窓に灯りがつく。入口に人が立った。背後に灯を受けているので女か男かわからない。

「サチ子さぁん」

呼び声がして、私に従う犬が大きく腰をふりながら前に出た。おけいさんだった。

「やっと会うことができたね」

おけいさんはあの屈託ない笑い声で迎えた。私は胸がつまり泣きだしそうになるのを犬の頭を撫でてごまかした。それからふいに思い出すときょろきょろ辺りを見回した。

「おけいさんは今、サチ子さんってよばなかった?」

「ゆうたよ、だってサチ子さんはあんたのすぐそばにいるんだもの」

え、私のそば？　私は大きくてあったかい犬の頭を撫で、軽くたたいた。犬はその棗のような目を向けた。どこかで出会っている目。

「その犬、サチ子さんの名前をもらったの。ほんとうのサチ子さんは死んでしまったよ、戦争が終わってまもなく栄養失調でね」

私は言葉もなくうなずく。そんな死因さえ遠い昔に置き忘れてきたのに、いまおけいさんの口からこぼれると鋭いくさびになって足元の砂に突き刺さった。

誘われるままにドームに入っていくとすぐ右手に小窓があり白い半袖シャツの老人がいる。お邪魔します、と声をかけたが応えはなかった。ロビーの真ん中のベンチに白い鳩のようにならんだ老人たちは何やらしきりに語ったり笑ったりしていたが、その声は微細に交錯して忽ち宙に消えていくようだった。

おけいさんの部屋に入るとすすめられるままに私は海の見える窓際の椅子にかけた。日没の色が海を何段階にも染分け水平線では血の筋をひいていた。どこから明かりがとどくのだろう、照明器具は見当たらないのに柔らかい光が適度の暗がりを四隅にのこしておけいさんを浮かびあがらせている。

「サチ子さんのことだけど、あの人たちにはとってもよくしてあげてたでしょう、おけいさんは」

おけいさんはちょっと首をかしげてから、

「栄養失調いうよりは餓死があたっとるよ」

「どうして。だっておけいさんが」

「あの頃はたとえドイツやイタリヤの同盟国の人でもガイジンというだけで誰も寄りつかなかったよね、あのおばあちゃんなんか日本の着物までできて銭湯へいってたよ、それでもお米に代えられるものがないと生きていけんご時世だったからね、見かねてお米を、それもいちどに渡してあげられるのはお粥にのばしてやっと十日たらずのもんだったけどね、でも、うちにはそれがせいいっぱいだった」

いったん唾をのみこんでから、紅のない唇がうごく。

「そのお米を受けとらなくなってね」

私の頭越しにおけいさんは海を見て言った。

「どうして。あんなによろこんでいたのに」

二人のあいだを海辺の岩がわりこんだ。その重みに耐えかねたようにおけいさんが言う。

「うちにもわからん、うちのほかに誰かがお米をとどけとるかもしらんて思いもしたけど、あの頃はそれだけで足りるってもんじゃなかったしね、そのうち目にみえてサチ子さんがやせ細って、どこからもお米なんか手にはいらないのが分かった」

どこか商家の離れでもあったろう縁側のある二間続きの部屋のなかには殆ど家具らしいものもなかった。ガイジンのお姑さんは着物姿で正座し、嫁のサチ子さんはブラウスと男物のズボンという恰好でひざをかかえ、庭を掘り起こしてつくった畳一枚ほどの菜園のカボチャの花を見ていた。

「戦争に敗けてからも食べるものはどんどん消えていってお米どころじゃなくなったよね、それである時お芋をもっていったんだけどサチ子さんは受けとらなかった。しまいには泣きだしてしもうて、泣くほどのわけが知りたいって頼んでもとうとう言うてはもらえなかった。サチ子さんが死んだんはそれからまもなく、お姑さんと子供は配給のメリケン粉やなにかで命をつないでいたらしいけど。サチ子さんが死んでから、うち、ようやく気がついた。サチ子さんは、うちがお米を手にいれたわけを知ったのかもしれんね。でもなきゃぁ泣くほどのわけなんかあるはずがないよ」

八月のあの日もサチ子さんは縁側でひざを抱え菜園を見ていた。カボチャは握りこぶしほどに育って四つ五つころがっている。ものに憑かれたようにぎらぎら光る目がいまにもころがっている実を食べ尽くしてしまいそうで私が入っていったのにも気づかないふうだった。声をかけると驚いて、あら、おけいさんは？　と言った。私ひとりで立っていることが腑におちないらしい。

「少しお話したいことがあって」

それから大急ぎで、おけいさんには内緒にしてくださいと頼んだ。サチ子さんに会うのは二度目だった。派手な顔だちに淋しさと疲れが被《かぶさ》っている。なんでしょう、ちらりと部屋のなかを振り返った。初めてきたときよりはもっと広くなっていた。

「サチ子さんは、おけいさんがどうやってお米を手に入れているのか知ってますか」

もう何日も前から、ここへくる道々もずっと頭のなかで繰り返した言葉だった。

「どうやってと言われても、それはたぶんあの人がこの町に沢山の知り合いがあるからだと思うけど。私らのように空襲で家を焼かれてなにもかも失った者とはちがうでしょう？　ほんとうに大変な目にあってきたのよ」

サチ子さんの言葉には自分たち一家の不幸を訴える強い調子があった。どうしてあなたはそんなことがわからないの？　と言いたそうだった。つややかに光るカボチャから目をひきはがすとまっすぐに私を見つめ返した。

思いがけない憎しみが突き上がった。この人はなんにも知らない。おけいさんがどんなことをしてお米を手にいれるのか分かろうともしない、あんな腐り果てた色事師の三島伍一なんかを相手に。

「ちがいますよ。おけいさんは、ここへもってくるお米のために犬みたいな男の人と」

女の瞳が縮みあがり宙をさまよう。私のなかを痺れるような快感がはしった。


おけいさんは長いあいだ海を見ていた。日没の彩りはあとかたもない。満ち潮の音が窓のすぐ下から聞こえ不安な思いをつのらせる。おけいさんはいま夥しい汗を流し、それにつられるようにして私も汗を流しはじめる。季節が冬を迎えていることなど忘れ真夏の夕凪のなかにいた。

「三島伍一はみんなが思っているほど嫌なやつではなかったよ。家が農家だったから少々のお米は都合ついたわけだけど、それとこれとはちがうもの。サチ子さんから、うちが運ぶお米をそんなふうに思われるのはやり切れんが。死ぬほど恥ずかしいことだもの」

「それじゃおけいさんは、三島伍一が好きだったとでもいうの」

全身汗を流しながら私の声はふるえた。からだじゅうの血が逆さまに流れ始めたのかもしれない。再びおけいさんは黙りこんだ。

「好き嫌いというのではのうて、もっとからだの奥深いところで愛したよ。戦闘機の部品をつくる工場だというのに鍋や釜をつくるようになって、それでも皆なしていうたもんよ、空襲になったらこれをかぶって逃げろということじゃろうって。死ぬることが目のまえにぶらさがっとるなかでは死ぬることなんて何でもなかった。ただ今日だけは、たった今だけは生きとる、それも女として。三島伍一がその幸せをかなえてくれた」

終わりのほうはようやく聞き取れるほどのかすれ声になったが決して悪びれるふうはなく、むしろ表情はいきいきと艶めいた。

「あんな男を？　あんな卑しい、工場一の女垂らし」

もっともっとありったけの非難をあびせてやりたかった。おけいさんが三島伍一のような男と愛しあい女としての幸せをもらったなんて。

「うそでしょ、うそにきまってる」

私はこれ以上ない惨めな思いにひしがれた。おけいさんが言うように本気であの男と愛しあっていたのだとしたら、私がしたことは何と恐ろしいことだったろう。身寄りのないサチ子さんを餓死においつめたばかりかおけいさんまでも。負け戦のあと備後一円かつてない大洪水にみまわれ堰の切れた濁流が舟の家を押し流した。その昔牡蠣舟として華やいだものが、戦争のあいだは工場の寮としてつかわれ、ようやく舟の命をとりもどして流れていく中におけいさんがいたという。

「逃げようと思えばなんぼでも逃げられたに」

なりゆきを見ていた人は口々に言い、いつとはなし私の耳にも届いた。

おけいさんは完全に口をつぐんだ。私もまたおけいさんにならってひたすら海をみやった。日が沈み月がのぼるまでの暗闇のなかで単調な波の音がホーム全体をとりまいた。斑犬のサチ子さんが部屋の陰からあらわれいったんおけいさんのそばによっていったが、目に見えない壁に突き当たったようによろけた。

「サチ子さん」

呼ばれて犬は尾をふりながら私のそばにきた。濃い棗のような目をのぞくと水晶体の奥から女の顔が炙りだされサチ子さんのようでもあり、おけいさんかも知れず、十九歳の私の勝ち誇った顔のようでもあった。そして忽ち燃え尽きる。ぐらりと部屋が傾く。窓に向かって犬が悲しげに吠えた。満ち潮が窓の上端を洗うなかで床は加速度に傾いていった。

受難

前触れもなく蓮田さんはやってきた。もっとも、頼んだのはこちらのほうだったが、日時を決めていたわけではなかった。グリーンハウス・クマバチで出会ったときの様子では、いかにも多忙で、とてもすぐのことにはなるまい、いずれ先々で都合がついたときに、というぐらいの気持ちでいた。あれから十日もたっていない。

日曜日の早朝に入口のチャイムを鳴らし、玄関口に立った大男を見ても、蓮田さんと気づくまでに少し手間どった。

「蓮田ですら、クマバチの」

大男は言った。たしか七十なにがしときいていたのに、手持ち道具三本を肩にかつぎ平気でいる。その肩も腰も幅広くがっしりと地を踏まえて、鍛えこんだ業と歳月を滲ませた。

声を聞きつけたらしく、茶の間から夫の鼎《かなえ》が出てきた。朝食の途中で立つ不機嫌ばかりでもない咎める顔つきである。

「今日きてくれるのならそうと、前もって様子してくれればいいのに。クマバチもクマバチだ」

蓮田さんは大きな体を持て余すようにして、困っているかに見えたが、

「いやなに、あんがいに（急に）ですら。わし、今朝がたあんがいに思いついたんですら」

思いの外けろりと、いなした。

「しかし、それじゃクマバチのほうが困るだろう。教会へ行かななりませんけ」

「日曜は休ましてもろうとるですら。教会へ行かななりませんけ」

私はようやく蓮田さんが熱心なクリスチャンであることを思い出した。

「教会？　ああそうか、あんたクリスチャンだったね、それに、教会の用も足しとるそうじゃないか。だったら今日うちにきてもらっては教会が困るだろう。悪いよ、それじゃあ。うちはいつでもよかったんだ」

すると彼は、教会へもことわりをいうとりますけ、と妙にかたくなな調子でいった。むしろ夫のほうが思い切り悪く、

「僕としては一応クマバチを通して蓮田さんをお願いしたわけだからね、ま、電話で了解してもらうか」

と茶の間へ引き返す気配に、

「あ、クマバチへはわしから電話しますら。ほかにも用がありますけ」

長靴をぬぐと、夫について上がってきた。電話に屈み込む背中をはすかいに区切って、よく研ぎこ

まれた草刈り鎌が一本、ズボンのベルトに挟んである。台所で洗い物をする間にも、吉田さんという名前が三度もでた。吉田さんがクマバチへ立ち寄ったら、すぐにもこちらへ知らせてほしい、と繰り返した。

「ほんなら今日いちんち、こちらで働かしてもらいますけ、クマバチさんには快い返事をもろうたです」

電話を終えると夫に言い、台所にいる私には、

「奥さん、吉田さんと言われるお方から電話があったら、すぐと知らせて下さい」

と頼んだ。おかしなことに、そのとき私はとっさに、吉田さんという人は、男ではなく女だと思ってしまった。もとよりそうであったのだけれど、なぜとっさに、動かしがたく女に当てはめてしまったのか。電話に覆いかぶさるようにして話す蓮田さんの背中と、臆するような声のやさしさというよりほかにない。

裏庭へ蓮田さんを案内して行く夫の後ろ姿は、まだ何かを咎めているように見えた。それの的が絞られずに苛立っている。日曜日の今朝はのんびりと過ごし、午後から倉橋くんの鳩舎を覗く楽しみが待っていたのかもしれない。先月彼がアメリカから取り寄せたという観賞鳩を見たい欲求が、限界にきているはずである。

二人を見送っていて、ふと妙な気がした。吉田さんという人がクマバチにやってくるとわかっていながら、なぜ蓮田さんはクマバチではなくうちへやって来たのだろう。しかも急に思い立ち、教会へ

行くのさえ止めて。さっきのようすでは、よほど大切な用がある人に思われた。それならなおのこと、始めっからクマバチにいて待てばいいものを。いずれにしろ、私にとってはどうでもいいことに違いなかった。ましてこの時、小指の腹に刺さったほどの棘が、やがて今日という日を覆ってしまうなど、思いもよらなかったから。

あの日、朝食の後片付けで台所に立っていた私は、珍しく声をあげて笑う夫に誘われて茶の間をのぞくと、朝刊に入っていた一枚のチラシを見せられた。一見手作りふうのチラシいっぱいに活字が踊っている。

　アダムとイブの太古から
　　五月バラ色ローマンス
　浮かれソングのミツバチ嬢に
　　男クマバチ一目惚れ
　したたるミツにぬれるツルギの舞
　　これぞ愛のパフォーマンス！
　本日開店！　グリーンハウス・クマバチ

「なんやの、これ」

よくみるとチラシの隅に、いやに細かく書き込んだ地図がある。ここからだと自転車で十分もかからない新開地だ。ふざけた唄い文句も、マンガチックなイラストも、高校生あたりの手作業かもしれない。

「五月バラ色ローマンスか……グリーンハウスなんだから植物をおいとるんだろう、ひとつ覗いてみるか」

お互いロマンスには遠い年齢だが、チラシ通りの五月晴れに誘われ自転車を連ねた。ついこの間までは、見渡すかぎりの青田だった辺りが造成され、縦横にアスファルト道路が交差している。それにひきかえ人影はまばら。ときどき車が二台の自転車を脅かして疾走した。

グリーンハウスはすぐに見つかった。まだ周囲に水田が残るなかに忽然と生まれていた。広い敷地の前半分は芝生で覆われ、その奥に体育館まがいの、ドーム屋根に丸太造りのばかでかい建物がそびえている。道のほとりに自転車をおくと、半ば気をのまれながらＯＫ牧場ふうの丸木門をくぐった。

近くで見ると、芝生はまだパッチワーク状の整然とした矩形に並び、籐のロッキングチェア、ブランコといった小道具のなかでも人目をひくのが、ヒマワリ色のとてつもなく大きな麦わら帽子だ。それが無造作に芝生の中央におかれ、風に煽られてめくれるつばの中から、エマニエル夫人のセクシュアルな赤い舌が……。

先週の土曜日、テレビの深夜劇場で観た『エマニエル夫人』の幾つかのシーンがよみがえる。南国の焼けつく日差しを避けて彼女がかぶっていた麦わら帽子、繰り広げられる性の冒険、ずいぶん前の映画だが新鮮だった。ふだん、テレビは夫の嗜好にあわせている。鼎はスポーツや動物番組を見終わり、十時台のニュースを最後に寝室へ入ってしまう。あの夜私が、これからエマニエル夫人の映画があるのよ、と声をかけていれば眠気は醒めていたかもしれない。でも言わずに夫を横目で見送った。熟れた男女のからみあいを、夫と一つ空間で観る気分になれない。気恥ずかしくもある。おまけに「いい年して」などと言われようものなら、その夜のうちに寝首を掻くだろう。それにしても真っ昼間、五月の陽光をもおそれずエロティックな幻想に導く演出家は、どんな男だろう。

「やあ先生！　よう来てくれちゃったですねえ」

大向こうから声が掛かった。行く手の正面、一段高くベランダふうに張り出されたところに颯爽と男が立った。深夜映画から抜け出してきたような男。しかしこっちはポルノではなく、まさにＯＫ牧場のカウボーイである。食い込むような細身のジーンズに革ブーツ、茶と白の格子縞のシャツ、短い革チョッキ、腰にガンベルトが見当たらぬのが物足りないほど決まっている。

「先生、僕ですよ、利夫でーす」

カウボーイは見事に日焼けした顔をくしゃくしゃにして言った。

あっ、と鼎が目をむき、私は呆れた。

「こいつぁ驚いた、へえぇ、利夫かぁ」

ああ驚いた、と足早やに近づいていく。男の濃い頰髭が少年の利夫を消し去っていた。かつての教師の反応に満足したとみえ、カウボーイの利夫はケッケッと笑い、店を振り返ると言った。

「どうです？　感じは。まだまだこれからですがねえ。ちょうど今テレビ局の連中が店内を撮ってるんですよ。すんませんがちょっとのあいだ、外で待っとってください。ほんとに悪いね。やあ、奥さんも久しぶりですねえ、どうです？　第一印象は。わりかし女性に受けとるみたいで、ほら、いま流行りのガーデニングとかグリーンインテリアとかさ、そういうのってむしろ女性感覚なんだよね。どしどしご意見を聞かせてほしいなあ」

季節は初夏、人生のスポットライトを浴びたふうの利夫は、熱に浮かされたように饒舌になる。子供の時分そのままに、勝気な二十二度半の吊り眼が光る。開け放った店内からロックが流れてパッチワークの芝生を満遍なく愛撫していった。

テレビ局ねえ。出鼻をくじかれた鼎は仕方なくガラス越しの内側を覗き、私も真似た。雨天体操場を思わせるのは、プラスチックのドームから乳色の光が降り注ぎ、配置された植物群に霧がまつわるように見えるからだ。自分の立っている位置が逆転して、屋内から雨にけぶる地上の樹木を眺める感じである。黄色や赤のハイビスカスが倍の大きさに見える中を、カメラを手にした男たちが頭上に垂れ下がる奇怪な葉を分けて現れ、ふいにまた消えた。近くで利夫の声がした。気負い立った熱い息が唾といっしょに首筋に降りかかったようで窓を離れる。屋内のどこかでけたたましくオウムが啼いた。

「もちろん家庭番組なんですが、グリーンのパワーを借りて、この不景気を吹っ飛ばさんことには。もちろんテレビ局もその辺が狙いらしくてねえ」

「パフォーマンスっていうのかね、こういうの」

夫は今朝のチラシを思い出したらしい。

「ほら、これぞ愛のパフォーマンスとか」

あかんあかん。利夫は大げさに手をふった。その顔からやっと憑きものが落ち、やんちゃ坊主の利夫が丸出しになった。ベランダを表から裏へ歩いていくと、堆《うずたか》く積み上げた木箱の陰に男が働いていた。正面に向かっては客を迎える体裁も、裏までは手が回らないのだろう。男は気配を感じたらしく顔をあげた。店のイメージには遠い実直そうな老人だった。

「先生、紅茶が入ったから。蓮田さんもいっしょにお茶にしようや」

表で利夫が呼んだ。ベランダの一隅のテーブルを囲んでいると、さっきの男もやって来て丁寧に腰を屈めて椅子にかけた。

「蓮田さんはね、熱心なキリスト信者なんですよ、僕、尊敬しとるんです」

蓮田さんに向かっては、こちらは僕が悪ガキの頃に習いよった先生と奥さんや、と言った。すると突然男は立ちあがって帽子をとった。五分刈り頭は真っ白なのに、艶やかな地肌を見せてもう一度深々と頭を下げた。

「そりゃほんにまた。わしは、立派なお方と知り合うのが何よりの楽しみでして、へい」

「いい人に手伝ってもらっとるんだね」

立派なお方と言われ、夫としても相応の返しをしたつもりなのだろう。私は笑いをかみ殺した。そういえば利夫の姉もクリスチャンで、カトリック系の女学院に勤めていると聞いたことがあった。そこでのシスターはキリストの花嫁であるらしい。少年期の利夫が非行に走ったのも、反抗期に加えて、シスターになった姉への反旗だったろう。仲のよかった姉がキリストの花嫁になる、女の生身を捧げる相手が、十字架を背に干からびた男であるのは、我慢のならぬことだったに違いない。

その利夫から、キリスト者である蓮田さんを尊敬していると聞いたことで、姉との確執も水に流されたと察した。振出しの紅茶はどこやらドクダミに似ていたが、旨そうにするキリスト者は見るからに善人という印象である。そして善人はキリスト者でもあることで、神のほかの何者をも恐れぬふうにみえた。

エマニエル夫人の巨大な帽子に三人の娘たちが戯れ、甲高い笑い声をあげた。利夫は、つと立ち上がり娘たちへ近づいていく。話題が兵役の話になったのは、そのあとだった。

「あんたを見ていると、兵隊時分の甲種合格を思い出すなあ、まったく立派な躰だ」

半世紀も前、この国にまだ兵役があった頃、兵隊検査に甲乙丙の段階があったことは私も知っていたが、戦争を生きた男たちはそのことを、躰と魂の深みに刻み、ことあるごとに浮上させるとみえる。そして蓮田さんが、自分は甲種合格だったと告げたとき、鼎は憧憬と虞れのいりまじった目でキリスト者を見た。


「突然やってくるもんだからびっくりするよ、こっちにだって都合はあるんだ。親切なんだかずうずうしいんだかわからんな、ああいう人は」

蓮田さんを裏へ案内して戻ってくるなり夫は言った。

「今日は鳩を見にいくつもりだったんね」

「倉橋くんとの約束をのばしているからな、今日はどうでもと思ってたんだ」

いまいましげにいう。私にしても不意をつかれた思いはある。ステンドグラス作家の友人がデパートで個展をしていて、今日が最終日だった。約束していたわけではない。ぐずぐずしていて今日になっただけだが、友人のほうでは六日の間ずっと待っていたかもしれない。でも一方で、蓮田さんがきてくれてほっとしていた。

丘の南斜面を造成して建てた家は、いずれ建て増しでもと放ってある裏の空き地に、恐ろしいほどの雑草が生える。私はそれまでイタドリやヨモギが身の丈を超える高さになり、猛々しく枝を張らせるなど思ってもみなかったのだ。だが鼎にいわせると、

「なにせ此の丘は陸軍の演習地だったんだからな、わしらが兵隊の頃、夏の盛りに重装備させられて、銃を持って走り回ったもんだ。あんときの汗と涙がたっぷりしみこんどるせいだろう」

かつての兵隊たちの汗と涙が、かぼそい雑草をおどろおどろしい喬木に変えたというのだ。そうかもしれないが、放っておけば家ごと雑草に埋もれてしまう。夫は頼みにならないので、私が意を決して格闘する。そして忽ち血に飢えたブヨにたかられ、当分は人前に出られぬ面相になった。

梅雨を控えたこの時期、脅迫にも近い雑草の威力におびやかされている身には、蓮田さんは頼もしい助っ人に思われた。クマバチで彼は言った。

「ブヨぐらい平気ですら。わしは小んまい時から山家で育っとりますけ」

朝のうち、鼎は何度も裏へ足を運んで仕事ぶりを見ていたが、やっぱりいい人に頼んだよと風向き

を変えた。

「とにかく慣れたもんだ、最初に鎌で大草を刈っておいてから、あとでじっくり下草を抜くんだそうだ。わしらが三日かかるところを蓮田さんなら半日だ、ついでに鳩舎の掃除も頼むことにした」

夫の風向きが変わったのはそういうことだったのか。もしかすると、私を助ける草刈りなどは口実で、始めから鳩舎の掃除が狙いだったのかもしれない。

空き地の隅に二坪ほどの鳩舎がある。飼っている観賞鳩は五十羽を超えていた。彼らの食欲と性欲にもまして排泄する糞の量はすさまじい。インデアンファンテルとかクレオパトラの、その名も優雅な貴婦人たちも、排泄する糞の量ではひけをとらない。

「鳩舎の掃除は後回しにしてもらって、わしは昼からちょっとでかけてくる」

「倉橋くんの鳩舎へ？」

「待っとるだろうから行かんと悪いよ、なにちょっと覗くだけだ、なるべく早く戻って蓮田さんと一緒に鳩舎の掃除をするよ。いま子鳩が生まれとるからな、わしがおらんと無理だろう」

夫に観賞鳩の手ほどきをした倉橋くんは三十歳だというが、どうしても十七か八の少年にしか見えない。始めて訪ねてきたとき、私はてっきりそうだと思い、お茶よりはジュースがいいわね、と気をきかせた。倉橋さんより、倉橋くんがすらりと出た。仕立てのよいグレーのスーツに白のチョッキを着た姿は、並外れた鳩胸のせいもあり、ジャコーピンという鳩にそっくりだった。

十時過ぎに裏へ茶菓子を運んでいくと、待ち受けていたように、

「電話がありましたろうか」

と腰を浮かせた。持参の草削りをかたわらの月桂樹に立てかけ、すぐにでもこちらへ向かおうとしたが、そうでないと気づいて、間のわるそうな笑顔になった。鳩舎の前にある床几に、茶菓子の盆を間にして腰をかける。発情している鳩がさかんにグルグル喉を鳴らした。番茶をすする口許と、土で黒ずんだ指先を見るともなしに見るうち、思いがけない歯の白さに惹かれた。

「蓮田さんの歯、それ、ご自分の歯?」

へい? と一瞬きょとんとなった。なにやら考え事をしていたらしい。

「いえね、蓮田さんはきれいな歯をしとられる」

「あ、へいへい、わしはなあ、歯性がええというんですかの、子供だちから歯痛をしらんのですわ。いまだに入れ歯にご縁がのうて」

笑うと、歯は奥のほうまでのぞいて信じられぬ堅固さである。七十を超えての色艶も、人並みはずれた歯性のせいかもしれなかった。

「神様はほんにようして下さいますら。わしらのような、これとて取り柄のないものには、せめて歯なりと丈夫につくって下されたのでありましょう」

言いながら皿の大福をつまむ。三本の指で器用にたたみ、一口に頬張った。にしにしと力強い顎の動きに見とれる。煙草はやらぬとみえ、口を動かしていないときは手持ち無沙汰のようだ。

「蓮田さんはクリスチャンやそうなけど、戦争中もずうっとやったんですか」

あの日のクマバチで、兵役は甲種合格だったと誇らしげにいった男とキリスト者は、どこで折り合ったのだろう。床几に掛けている男の上背は夫の倍もあるように見える。姿勢のよさもあろうが、張り詰めた肉体そのものが壮年を保っているのだった。緊張した腿のうえを、一匹の大きな黒蟻がはい回っていた。頭と胴が同じぐらいもあるふてぶてしいのが、立ち止まり、方向を見定めると意を決したように再び歩きだした。正確な速さで腿のうえに楕円をえがく。

「わしが生まれたんは親代々の百姓家ですけ、寺へのおつとめはようしよりました。子供だちには家の誰ぞに連れられて本堂の隅にすわらされ、御講師さまの説教を片耳で聞きよったもんですら。その時分には、まんだ月一度の説教日いうのがありやして、こども心にも信心ゆうたら阿弥陀様を拝むことじゃと思うとりました。

へい、キリストさまにめぐりおうたんは、ほんの近頃のことで、まんだ五年にも満たんのですら。それも吉田さんと言われるお方に出会うてからのことですら。そんでも去年はとうとう思い切りましてなあ、洗礼を受けましたです。吉田さんのお陰で……あのお方は立派な信仰を持っとられます」

蓮田さんは夢見る面持ちになった。洗礼を受けることが、どういう意味をもつのか定かでないけれど、「思い切りましてなあ」と彼がいうとき、せっぱつまった或る情感は伝わった。

キリスト者はようやく蟻を見つけた。とっさに手がのび腿のうえから摘まみあげる。楕円の行進は頓挫し、蟻は土に染まった指先でひねり潰されると、目に見えないほどの黒い粉になって散った。

午後、なるたけ早う戻るから、と言い置き夫は出かけていった。蓮田さんには、鳩舎の掃除は自分が帰ってから始めることにして、どこぞ適当な場所を選んで穴を掘っていてくれるように、と頼んだ。

「穴は少々の大きさじゃ役に立たんからね、なにしろ見てのとおりの糞だ。それにこの辺りは粘土層だから穴掘りは難儀かもしれんが、ぼつぼつやってくれりゃいい」

「なんの、力仕事には慣れとりますら」

このときも頼もしい答えが返ってきたのだった。


灰色のジャンパーに西日が当たり始め、暑さを避けるように背を丸めた蓮田さんの後ろ姿が急に老け込んで見える。鎌の刃にかかるヨモギやイタドリ、ブタ草はあらかた刈り取り、あとは柔らかい下草が地面を敷きつめるだけになった。が、むしろ刃にかからぬこっちのほうが厄介なのだ。彼は何処からかダンボール箱を捜し出してきて折り畳むと、その上に腰を下ろし、少しずつ位置をずらせながら草を引き抜いていく。空き地は久しぶりに湿った土の色を覗かせた。

次に私が茶菓子を運んでいくと、空き地はもうすっかり地面を見せて、早くもスコップを使う音がしていた。私の気配に蓮田さんは及び腰のままで振り返った。こころもち目が充血してみえたのは、気のせいだったかもしれない。

「まあ一服してください、ほんとにさっぱりしたこと」

床几の真ん中に盆をおくと、朝と同じようにその両端に二人は掛けた。鳩舎の中で鳩が一斉に羽ばたき、いちめん綿毛が舞った。

「おかしいですなあ」

蓮田さんは上目遣いに鳩を眺めていった。

「どうしたんでしょうねえ」

仕方なく私も相槌をうつ。

「ほんとに、今日クマバチにこられるんかしら」

つい、意地の悪い口調になった。

「そらもうお出でてですら。今朝がた早うに、あちらから電話を下さったですけ。吉田さんは約束をたがえるお人じゃありませなあ」

なじるように言われ、私はちょっとひるんだ。

「吉田さんといわれる方は牧師さんですか」

ずっと気になっていたことでもある。

「いんや、教会でオルガンを弾いとられるお方ですら」

優しい声にもどっていた。番茶の湯呑みを両掌ですっぽりと抱えて、無心に鳩を眺めるふうだった。

鳩舎の棚に水浴するための青いポリ盥《たらい》が置いてある。二羽の鳩が舞い降り、同時に水浴を始めた。番《つが》いだろうか。

「吉田さんは、娘じぶんに洗礼を受けられたと聞いとります。わしらなどには分からんことじゃが、本を……本の名を何度うかごうても覚えられんが、その中に書かれとったことが心を変えたと……ほんで、わしも思うたがです」

蓮田さんは急に黙り込んだ。青いポリ盥の中に鳩の数が増え、時々飛沫が顔に散った。

「わしも……心が変えられるもんなら……戦争じぶんには、あっちで酷いことをしてきましたけ。でもなぁ、我が心を変えるなんぞ、でけんことですら。吉田さんのご主人も立派なお方じゃそうな。へい、吉田さんの口からじかに伺うたことがありますけ。それのに、教会へこられるのは吉田さんと、小学校へ行きよられる二人の坊ちゃんだけで、旦那さんは一度もこられんのですら。我が心を入れ変えるなんぞは出けんことじゃと、はなから思うとられるんですかのう」

饒舌になった。番茶をすすり、固焼きの煎餅を若者のようにばりばり嚙み砕いた。水浴びを終えた鳩から順に飛び立ち、気持ちよさそうに羽ばたく。

夫は意外に手間どっている。戻りしだい今度は私が友人の個展にでかけてもよかった。いや、最終日の残り時間が刻々と消されていくのに、少しずつ苛立ち始めてもいた。週に五日、私立の女子短大へ郷土史の講師として出かける夫に、日曜日の他にも自由に使える時間はあるが、倉橋くんはペンキ職人だったから休日は日曜日しかない。それさえどうかすると流れて、突貫工事のビルの壁に終日向かわねばならないのだ。運良く今日は居合わせたらしい。倉橋くんは軽い吃《ども》りだった。会話はなかなかスムーズに運ばない。しかし話が鳩におよぶと奇妙に息づかいがリズミカルになる。たぶん今頃は、例のアメリカから入れたという鳩を胸に抱き、唄うように語っているだろう。新しい恋人を見せびらかすふうにして。

夫が念願の逢瀬を楽しんでいる日曜日の今日、蓮田さんもまた教会へいくのではなかったか。クマバチへ立ち寄り、電話をしてくるという吉田さんにしろ、教会のオルガン奏者として安易に休むわけにはいかないだろう。

今日という同じ日に、二人ながら教会に背をむけ、安息日を犯したとはどうした思いつきなのか。今朝早うに吉田さんから電話をもろうて……蓮田さんは、あるいは吉田さんに誘われたのでは。


ステンドグラスの習得にスペインまで出かけた友人のT子とは女学生の時分からの付き合いだった。途中なんどか疎遠になりながら切れずにいるのも、煎じ詰めれば彼女の魅力ということになる。互いに結婚し、子育ての前半を終える頃から月に一度は誘い合い、逢えばのめり込むようにして語る。それも殆どの場合T子の熱っぽい語りに聞きほれた。主婦でありつづけることに慣れ、すかすかと穴だらけになった心の中が、気がつくと一つずつ埋められていた。ある日の彼女は、喫茶店のカウンターに肘をつき、コーヒーをのみながらすましていう。

「有名なファッションモデルが言ってたけど、街を歩くときはお尻の穴を締めなさいって。そうすれば、お腹がひっこんで女ぶりも上がるってわけ」

それから程なく経った或る日、彼女は突然告げた。

「わたし、スペインへ行くことにきめたわ、今の先生もスペインで勉強しとられるんよ、ガラス工芸はやっぱりイタリアかスペインだものね」

もう決めたんよ、と打ち明けられたとき、私はとっさに抜き差しならぬ思いにとらわれた。T子ではなく、まるで自分が何かを決断したように躰が熱くなった。その日、夕食の片付けをしていて飯茶碗をひとつ割った。民芸ふうの赤絵の茶碗は、夫が旅先から買ってきてくれたものだった。値の張るものではなかったが、私への土産というめったにないことで、大切にあつかってきた。洗い桶の底に泡にくるまれ二つに割れた茶碗をみたとき、ようやく我にかえった。

あれから十年近く経つ。いつ日本へ帰っていたのだろうか。スペインへ出かけたきり音沙汰がなく、日増しに思い出すこともなくなっていた。

突然の案内状だった。驚くと同時に、帰っていたのなら、せめて電話ぐらいよこしても……と思わずにいられなかったが。

案内状に記された作品目録は、当然のことにスペインでの勉強の成果だった。そのきらびやかさに圧倒される中から、ステンドグラスにも劣らぬ輝きと自信にあふれるT子の姿が立ち上がる。すでに私のおよばぬ世界に棲んでいることに、狂おしい嫉妬を覚えずにはいられなかった。この不意の物狂いが私じしんを呪縛して浮上してきたもの。男である鼎やキリスト者の蓮田さんの奥深くに食い入っている戦争が、女である私にも刻されていて、ふいに躍り出たのである。

昭和十九年、負け戦を翌年にひかえての二月、迫りくる卒業に加えて更に胸のふさがる事件が待っていた。クラス担任の男の教師に召集令がきたのである。予告なしの、しかもたった三日間の猶予だった。教師には妻子があり、三十歳なかばでもあったが、周りの二十代の教師にくらべて引けをとらぬ体躯だったから、召集令はむしろ当然だったかもしれない。三日の猶予のうち、登校できるのは一日だけの慌ただしいものになった。

卒業式を二週間あとにして、クラスは得体のしれぬ狂気に憑かれた。出征していく教師は、ふだんそれほど生徒に慕われていたわけではなく、むしろ他の教師よりはきびしいとして敬遠されていたのだ。それはたぶん、集団ヒステリーというものだったかもしれない。女学校を卒業することは、女としての人生の始まりであり、はかり知れない未来への渇仰だった。そして一方、テンノウに召されて戦地へ赴く教師は、殺し殺されに行くのである。この、生と死の振幅のあまりの激しさに、少女たちは一斉にヒステリーをおこし、二月の教場を愛の坩堝とした。たった一人の教師に向けて。

別れの日。全校生徒が午後の授業を短縮、講堂で送別会が行われた。教室にもどった四年梅組は、今日のフィナーレを完璧なものにするために、泣きはらした顔で立ち働いた。誰かが用意してきたス・フ入り白木綿は、赤インキで日の丸が描かれ、五十三人の名を放射状に書き連ねる。残りの布は千人針の腹巻として手から手へ渡ると、歳の数だけ結べる寅年の幸運で、千の結び目はあらかた仕上がり、残りは他のクラスへ応援をたのむ。こうして、教師が現れたときには寄せ書きと共に手渡すことができた。

教師はついと教壇から下りると、前の席から順番に教え子の傍らに立った。その一人一人と握手を交わすために。教室の中にさざめきが立ち、押し殺した嗚咽がおこるなかで、私は発熱したように節々に鈍い痛みを感じ、手足が震える。深呼吸し、目を閉じた。

「どうした?」

教師の声に慌てて立ち上がった。濃い和毛《にこげ》の生えた手の甲が目の前にさしだされ、私の手を待っている。息をつめ、汗ばんだ手のひらをスカートにこすりつけた時、ふいにその姿を見失った。自分と教師の間に誰かが割り込んだ。一瞬の間を突き、黒い影となって立ちはだかっているのが、友人のT子だと知り、やにわに、その肩に挑みかかったが動かなかった。

静まりかえった教室で、五十三人の呼吸がとまった。私から教師の手を奪ったT子は、背を向けたまま爪先立ちで教師に覆いかぶさっている。

なんが起こってるんやろ。

目のくらむ思いが駆け抜けたとき、T子の躰は教師から離れ、スカートをひるがえすと廊下へ飛び出した。凍りついていた時間が溶け、五十三人の呼吸がはじける。なんが起こったんやろ。ぼんやり突っ立ったまま、私はもう一人の私を捜す。地団駄をふみ、両腕をふりまわして泣き叫ぶ幼な子の私に焦がれた。ばかばかばかと罵り、かすめ取られた一瞬を呪った。

気がつくと、教師は最後の一人と握手を交わし、静かに教壇に片足をかけていた。

「あのとき、わたし生まれて始めてキスしたんよ」

私から教師の手を奪ったT子は、ステンドグラスの勉強にスペインへ旅立つまえに告白した。ごめんなさい、とあやまった。怒るにしてはあまりに歳月が経ちすぎて、私は苦笑するしかなかったが。負け戦から何年かして、教師は抑留されていたシベリアから戻ったと、これはT子ではなく別の友人から聞いた。

「でも、先生は逃げなかった。わたしが夢中で唇を押しつけとるのに。好きな先生は他にいて、あの先生が特別に好きやったわけじゃなかったのに、そうせんことには何や一生後悔するような気いしてね、そらびっくりされたろうけど、でも、それだけやなかったて思うわ、だって死ににいく人やもの。わたしは本気やったし、先生も本気やったと思う。だからわたしは、皆ながしとうてもできんかったことをしただけ、つまり四年梅組代表のキスってわけや」

そして、彼女らしくもなくはにかんで言い添えた。

「そりゃあね、いま思えばママゴトみたいなキスだったかもしれん。だって、あの頃のわたしたちって性の知識も情報もすべてバツじるしの伏せ字だったもの。唇を合わせるだけが精一杯、いまどきの十七、八が聞いたら笑っちゃうだろうね」

受話器をとると夫の鼎からである。クマバチに来ているという。

「やっぱり今日出かけてよかった。倉橋くんが待っていてくれてねえ」

呑気なものである。

「どうして今頃クマバチなんかにいるんですか」

咎める口ぶりになった。

「倉橋くんからの帰りに寄ったんだ。利夫にひとこと礼をいうとこうと思ってね。お前だってずいぶん助かったろ、蓮田さんに来てもろうて」

「なに呑気なこと言ってるの、こっちはそれどころか、さんざん待ってるのに」

待ってるのは、夫の帰りでもあり、なにより吉田さんからの電話である。

「だから、ものの順序を話しとる。来てみて分かったんだが、こういう店は日曜日がけっこう忙しいんだ。利夫だって内心は蓮田さんに出てきてもらいたいさ。それを教会のこともあって気をきかしとる。蓮田さんは日曜日を休むことにしとるから、どこで何をしようとかまわんのだろうが、世の中そうはいかんよ、まあ聞け、それにだ、吉田さんのこともあるじゃないか」

夫の口からやっと吉田さんが出た。

「その吉田さんのことやけど」

息せき切って尋ねるのを、みなまで聞かず、

「吉田さんならクマバチにきとるよ。わしが来たときにはもうおったからな。わしはまたてっきり……」

急に声を落とした。

「驚いたよ、年増美人なんだ」

夫はときどき不謹慎な言葉を洩らす。

「ほんとに、吉田さんがそこにおられるんですね」

むらむらっと瘴気《しょうき》のようなものが突きあがった。

「蓮田さんがずうっと待ってるのよ、ずうっと、朝から。あんたも知ってて何で吉田さんに」

「けど彼女はこれからみんなで近くの教会を訪ねるとかいうとるぞ、蓮田さんのことをいうても、別段の用事もなさそうだった、それにみんなが……」

「みんな、みんなって誰やの、その人らは」

「吉田さんのご主人や子供らもいっしょだ」

ふたたび声が低くなった。じゃあわしはこれからすぐに帰るから、と言うのを殆ど金切り声で引き止めて蓮田さんを呼びに走る。

裏庭に蓮田さんの姿が見えない。さっき見かけた場所に、直径一メートル以上もある大穴が掘られ、彼はどうやら鳩舎の中らしい。闖入者に警戒して宙を切り裂く鋭い翼の音が聞こえる。夫の帰りを待ちあぐねて巣箱の掃除を始めているのだ。蓮田さあん！　二度三度、やっと鳩舎の扉があいて半身がのぞいた。

「クマバチに吉田さんが！」

「…………」

「今うちの人が掛けてきて、吉田さんがお出でとるそうですよ」

夢中で駆けてきたので息がはずむ。蓮田さんは言葉を忘れ、私を押し退けるようにして茶の間へと向かう。駆けてきたせいばかりでもない息苦しさに胸騒ぎが加わった。茶の間で、彼は朝と同じように背を丸くして受話器を持った。

「吉田さんですか」

私は台所との敷居ぎわに立ちすくんだ。

「あのう、吉田さんを、奥さんを呼んで下さらんか」

ジャンパーの背中に抜けた鳩の胸毛がまばらにそよぎ、乾いた糞のかけらが降りかかっている。

「吉田さん……ああ、吉田さん」

私はそっと庭へおりた。雄鳩のククククウと誘う声に、ククウ、ククウと雌鳩が甘えている。空き地の隅が掘り返され、湿った黒い土が盛り上がっている穴のそばに立つ。ゴム草履の底を通して冷たい土の感触が伝わり、こわごわ穴の中をのぞいた。深々と掘られている穴は、土肌に若者の腕力を思わせる力強いスコップのあとが残されている。この辺りの土質が粘土混じりの固いものだと聞いていた。夫が見ても驚くにちがいない。彼の肉体は少しも老いていない。若者に変わらぬ逞しい筋肉と、白く光る歯を保つ蓮田さんが、年齢を超えて、若い人妻に恋をしたところで何の不思議があろうか。

穴の底は深くほの暗い。すでに汚物が投げ込まれていた。それらはすべて堆積され半ば漆喰状になった鳩の糞と、夥しい羽毛である。掃除は始めたばかりらしい。鳩舎の地面にも巣箱から掻きだした漆喰の小山が二つ三つできている。小山の中にうごめくものがいた。鳩舎に入り掻き分けると、重なり合った糞塊に押しつぶされそうになりながら、懸命に頭をもたげ、ようやく形をなしてきた翼を上下させている。卵から孵って数日を経たらしい子鳩だった。なおも掻き分けると、子鳩はほかにも五羽、ばらばらに糞塊の下積みになり死んでいた。掘り出して掌にのせ、よく見ると、よほど強い力で握り潰されたらしく首がねじ折れ、小さな眼球が飛び出している。五羽とも、柔らかい嘴が閉じられたままなのは、親鳥に助けを求める間もない一瞬の殺戮だったのだろう。

奥さん、蓮田さんが鳩舎の外から呼んだ。地面から浮き上がったように足腰がゆらゆらしている。

「吉田さんはどうあってもこちらへはこられんそうですけ、わし、行ってきますら」

それからふいに背筋を立てると、しっかりした足取りで鳩舎の前の床几から鎌を取り上げた。鎌の刃には草や土がこびりつき白く乾いていた。目をつぶり、突きあがる激情と闘っているふうだったが、かっと見開くと、汚れた鎌の刃を四本の指で強くしごいた。彼は無言でその動作をくりかえし、刃はいよいよ鋭さを増していく。最後に血の滲んだ指を首にまいたタオルで拭き取った。

握りつぶされ、糞とともに捨てられた中から辛うじて生き残った一羽を抱き上げると言った。

「蓮田さん、これ見て。糞といっしょに子鳩が捨ててあったよ、たった一羽だけ残して五羽とも死んでる」

男の激情が私にうつり、小刻みに躰が震え出した。

「わしは、知りませせなあ」

怒りに憑かれた目が糞だらけの子鳩を突き抜け、別の標的に向かう。糞にまみれ、寒さと恐怖にふるえる生き残りの子鳩は、裸同様の薄い産毛に覆われ、私の胸に弱い鼓動を伝えていた。

「子鳩は、殺されたんよ」

「わしは、知りませなあ」

干上がった声で繰り返し、問答を断ち切るように背を向け、歩き始める。大股で去っていく男の全身をすばやく西日が囲んだ。後からはすかいに背を区切った鎌が、血塗られたように、赤い半月に光る。

残された私は鳩舎を楯に、赤い半月に向かって叫んだ。

「蓮田さんが子鳩を殺したんよ！」

また電話がなっている。夫か、吉田さんか、もしかして、ステンドグラスのT子かもしれない。男の猛々しい後ろ姿はじきに見えなくなった。電話が鳴りつづける。鳩舎に留まる私の胸のなかで小さな鼓動が消え……ふいに、軽くなった。

編み上げ靴の女

病室の前で彼女に出会った。しゃがんでブーツの編み上げ紐をほどいていた。ニットの黒いポロシャツの上から肉付きの薄い背中と左右の貝殻骨がくっきりと浮かんでいる。女がまだ充分の若さを残しているのが意外だった。彼女は逢うたびに疲れた顔をしていた。長患いの連れあいに代わってパチンコ屋で働いていると聞いている。ブーツの紐に手間取っている彼女を置いて、私はひと足先に病室専用のスリッパに履き替え、鉄製の重いドアを押した。

「重症患者室」のステッカーを掲げた部屋に入るとすぐに消毒衣を着け、消毒剤を噴霧する。左手のガラス越しの詰め所から医者やナースに見守られた広い病室は、中心の空間を取り巻くようにしてベッドが五つ並んでいる。

入っていった私にすばやく反応したのは、入り口からすぐのベッドの患者。今もブーツの紐にてこずっているらしい女を待つ男だった。年寄りが大方を占める中で彼だけが飛びぬけて若い。男は、ベッドの足元を通り過ぎる私にあからさまな失望を見せたが、それを隠そうとして微笑む。一向に快方の兆しを見ない呪われた病状に押しひしがれて、時にナースから「あんたも男だったんでしょうが」と揶揄されてもほほえみ返すだけ。彼が密かに男に戻って待ち受けるのは編み上げ靴の女だけだ。ナースではなく……。

それでも男とナースは、細い紐で繋がっている。長引く入院で紐は擦り切れ朽ちる中で、男は生きて女を迎えるためによれよれの紐を手放すわけにはいかないのだ。

朝早くバイクで福山駅に行き、終着駅のこの町で降りてから市電に乗り継ぎ、さらに長い道を歩いてきた。ようやく辿りついた病室の夫に、疾走する電車の窓から目にした沿線の風景を語る。白と黄色の眩しいかたまりになって揺れていたコゴメザクラとレンギョウの連なりを。町を流れる川の端から端に綱を掛け渡して翻っていた鯉のぼりの目ざましさを。夫の耳に口を当てゆっくりと語る。すると、チューブの垂れる体を隠しているタオルの下で手を強く握り返してくる。

「反射神経なのです。本人にまったく意思はないのですよ」

いつだって主治医はそう言う。そうだろうか。だって、こうして握り返してくるではないか。あのときもそうだった。

四月のその朝、夫の誕生日に娘が訪ねてきた。

「お父さんはチューリップが好きだったわね」

単純明快で目をつぶっていても描けるのに、どんな華やかな花にもまして春の王座をゆずらない。

「お父さん、お誕生日、おめでとう」

チューリップの花束を近づけて声を揃えると、突然夫の顔がくしゃっとゆがんで涙が転がり落ちた。

「お父さん、わかったのよ。お誕生日がわかったのよ」

「ああ、それはですね、反射神経がさせるんですよ。つまり、まばたきと一緒です」

涙を流したことに狂喜する娘と私に三十半ばの医者がいった。こともなげに。その日まで三月もの間、口と鼻に人口呼吸器をつけられ、固まりかけた体はお釈迦さんのように天上天下を指していた。

「そういえば、お父さんはお釈迦さんと同じ日に生まれたんだっけ」

腹立ちまぎれに言った娘の言葉を思い出しながら、私はお釈迦さんの手足の固い爪を苦労して切ってゆく。

「イタイ！」

夫の顔が苦痛にゆがむ。三ヶ月もの眠りから醒めたとき、たった一つだけ記憶に残って転がり出た言葉。苦痛を訴えるための、ぎりぎり残された意志。

「ごめんなさい、痛かったのね」

ぎりぎり残された意志にあやまりながら、私はもっともっとその言葉が聴きたくなる。たった一つ残された言葉を聴きたくなる。固く握った掌に食い込んでいる指を一本ずつはがして爪を切る。そうしながら聞く。

「痛い？　痛い？」

「イタイ、イタイ」

私は放心したように唯一つの言葉に酔っていく。

「痛がっているのに。まあ、こんなに深く切って」

若いナースが腹を立てて私から爪切りを取り上げた。

「だって、こんなに伸びているのに抛っておけないわ」

事実夫の爪は折り曲げた掌に食い込むほどにも伸びていた。

「痛いといってるのに」

若いナースは繰り返す。

「嬉しくて涙を流すのも、痛いって言うのも、みんな反射神経なんでしょう。ほんとは何にも理解していないんだって、先生に言われたわ」

いつの間にか男のベッドに彼女がいてひざまずき、かき口説いていた。そして男の方も哀れっぽい声で訴えている。近頃街で見かける娘がはくようなホットパンツに編みタイツ、体にぴったり添った黒いポロシャツの胸に男の手が差し込まれ、甘えるような息づかいになる。

「今度からは私が爪を切るようにしますから」

若いナースは明らかに挑戦的な言葉を残して詰め所に去っていった。ガラスの向こうで彼女たちがかたまり、一人がチラとこっちを見た。

あの奥さんから目を放さないほうがいいわよ。

病人が痛がっているのに無理やり。

おもしろがってたみたい。

怖い女ね。

殆ど無表情な夫の顔が、この時どうしたわけか柔らかく和んで、赤ん坊のように無垢な目で私を見つめた。眸に五月の微風と、のぞきこむ私の顔が映っている。

「痛かった?」

「イタカッタ」

オウム返しに答える。


洗濯物を干し上げて屋上から戻ると、病室の近くのベンチに彼女が座り、小さな手鏡に向かって口紅を塗っていたが、はっとするほど鮮やかな赤に魅かれる。女に寄りかかるようにして若い男が座っていて、二人は親密に話し合う。女の声はベッドの男、連れ合いとの会話の続きのようにつやっぽく、秘密めく。

「いやっ」

二人の傍らを通り過ぎようとした時、女が叫んだ。果たして、若い男はうろたえてベンチから立ち上がった。女の手が素早く男の上着の裾を捉まえ、恐ろしい力でベンチに引き摺り下ろした。

夫のいるベッドに戻ると、午後からはいつもそうするように、浅く椅子に掛けた上体をベッドに倒し、夫の頬に重ねて目をつむる。寝返りを打つ事もできずに仰向けのまま、吊るされた袋からチューブで一滴ずつ血管に吸い込まれていく透明な溶液、それは命の水かも知れないけれど、食べる行為とは無縁のもの。老いを迎える歳になっても欠けることない歯や、みずみずしいピンクを保つ舌を喜ばせる事はないのだ。

命の水で生き長らえている体は夫であることに違いないのに、なしくずしに何かが失われている。それが匂いだと気付いた。上体を添わせ頬を寄せていても、匂うのはシーツやタオルにしみ込んだ洗剤の匂い。夫の匂いではない。

「あら、いいわねえ。奥さんに添い寝してもらって」

顔なじみのナースが声を掛けるのにも、私は目をつむったままで笑う。

添い寝の夢の中で叫び声を聞いた。驚いて目覚めた病室の中は変わりなく静かだ。午後のこの時間は太陽までが気だるく、病人の大方は浅い午睡をさまよっている。私がまどろんでいたのは、ほんの短い間だったのかもしれない。あら、いいわねえ、奥さんに……と声を掛けた同じナースが詰め所から飛び出し、ベッドの間を突っ切って出口へと突進した。視野から消えるまでの僅かの時間、開け放ったドアの向こうに押し殺した気配と人だかりを見た。

とっさに、ナースを追ってドアへ向かおうとして、爪きりを取り上げたさっきの若いナースにゆく手をふさがれた。

「あ、ちょっと待ってよ」

「なにかあったんですか」

「たいしたことじゃありませんよ」

「でも、なにかあったんでしょう。叫び声を聞いたわ」

あの叫び声は夢の中ではなかったのだ。ドアの向こうで何かが起こった。

「あら、奥さんはよく眠っておられましたよ、旦那さまと仲良くね」

「でも聞こえたのよ、誰かが叫んだのを」

「そんなことが」

ふいにドアが開いて女が倒れこんだ。きつくパーマの当たった髪が盛り上がるように乱れ、玉虫色の口から血が泡になってこぼれた。女は気丈に体を立て直すと、男が眠るベッドへ駈け寄ろうとして追いかけてきた一人と、私の前に立ちはだかっていたナースの二人に両腕をとられ、再びドアの外に連れ出された。それっきり物音が絶え、厚い鉄製のドアの外からはなんの気配も伝わってこない。その時まで、眠っていたかに見えた男が突然ベッドの上に上半身を起こした。閉じられているドアに向かって何か叫ぼうとしたが、声がひっかかり、ひどく咳き込んだ。

「ほらほら、急に起きたりするから」

詰所から別のナースが走り出て男の背中を支えようとしたが、振り回した腕ではね飛ばされた。

「あんたも男だったんでしょうが」ふだんから揶揄していたナースは呆気にとられたように目を見張り、肩を怒らせた。

「どうしたんですか。乱暴は許しませんよ」

「あれが俺を呼んだんだ。たしかに俺を呼んだんだ。連れてきてくれ、なあ看護婦さんよ」

哀願になった。

「よく眠っておられたくせに。夢を見たんとちがうの」

「馬鹿にするな!」

ベッドに運ばれてくる食事も起き上がって食べる事はなかったのだ。それなのに、夢の中に入り込んだ女の力に引き摺り起こされた。そう男は信じている。抗《あらが》い、なだめられて力尽きた男は、なすべもなく激しく泣き出した。


屋上は日差しの照り返しが弱まり、乾いた洗濯物がしきりにはためいていた。街の三方が見渡されるなかで中心を流れる川が白く光り、今朝病院にくる途中に見た夥しい鯉のぼりが千切れそうに舞っている。

「すみませんが、使い方がわからんもので」

振り返ると、備え付けの洗濯機の前に中年の男が立っていた。勤め帰りらしく、アイロンの利いたワイシャツにネクタイの男は途方にくれた顔で訴えた。洗濯機はどこの家庭にでもある変哲もないものだった。それなのに男は初めて触れる物のように戸惑い、女物の衣類を抱えて恐縮していた。

「家内に突然入院されたものでして」

私は洗濯物を水槽に入れさせ、使い方を教えた。洗濯機が回りだすと男はほっとしたようにまた礼を言った。

「いや、助かりました。なにしろ会社人間なもので恥をさらします。めったに病院にくることもないので戸惑う事が多くて。さっきの騒ぎにも心底驚きました」

「なにかあったんですか」

快調に回るモーターの音が屋上をいっそう晴れやかなものにしていた。相手の反応に驚いたらしく男はためらう。私はモーターの音に耳を澄ました。

「あの騒ぎをご存知ではなかったんですか」

「ああ、誰かが叫んでいたような」

「そうです。男が刺されたんですよ。女に」

「それで、男は」

「多分死にはせんでしょう。かなりの出血だったようだが、なにしろ病院ですからな」

「女は痩せぎすで黒のポロシャツを着た……刺されたのはうんと若い男」

「どうしてそんなことまで……やっぱりご存知だったじゃありませんか。僕は刺された男がストレッチャーで運ばれていくのをチラと見ただけです。すぐに追い払われましたがね。だから、女が刺したというのも居合わせた人から聞きました。でも……おかしいな。その場で貴女を見かけた覚えがないのですが。いや、もしかして」

「いいえ、お会いしてはいませんよ。ただ、そうではないかと……。長い間病院に漬かっていると、神経がおかしくなって、聞こえるはずのない声が聞こえたりして。今のお話でも、病人に付き添ってうたた寝をしている中で誰かが叫ぶのを聞いたんです」

「でも、貴女はいま女が着ていたシャツの色まで……ええ、その通りでしたよ。言われて僕も思い出しました。二人の看護婦に腕を取られて廊下をゆくのを」

「廊下のベンチに二人が掛けていたのを見たんです。ほんの行きずりでしたけど。女は黒のポロシャツを着ていて、男はうんと年下のようでした。でも、事件を起こしたのがあの二人かどうか」

乾いた洗濯物を抱え、男を屋上のベンチに残して私は夕暮れの匂う病室に戻った。

病室に近い廊下を掃除婦がモップで床を洗っていた。そこに置かれてあったベンチが片付けられている。掃除婦が無表情で拭き取っているのは、二人の内のどちらか、或いは共に流した血だろう。

夫は眠っていた。今度も赤子がそうするように無心な笑いを浮かべて。その隣のベッドでは男がまだ泣きじゃくっていた。

「先生、夫の延命装置を外して下さい」

私は怒りをこめて主治医に詰め寄った。今朝の夫はこれで何度目かの肺炎を起こし、首の回り、両の脇の下、腹、足の付け根に至るまで氷嚢を当てられていた。まるでマグロの氷詰めだった。

「初めのうちは効いた抗生物質が効かなくなったので」

だから氷漬けにするしかないのだという。

「先生、ああやって何度も肺炎を起こして、終いにはどうなるのでしょうか」

白衣の下のズボンから真っ赤な靴下を履いた足がとまどっている。

「やがて肺に壊死を起こして死ぬ事になるでしょう」

「それじゃあ今すぐ装置を外して下さい。これからも肺炎を繰り返して、苦しんで、氷漬けにされて死ぬのを待つのなら」

「それは出来ません。本人の意思がない以上は。私としては最後まで手を尽くします」

「本人の意思だなんて。頭が壊れてしまっているのを先生が一番ご存知なのに。私が夫の意志になります。夫もそれを」

主治医は無言で薄く笑い、ゆっくり頭を左右に振った。

その日も次の日も隣のベッドに女はやってこない。男はナースが運んでくる食事に殆ど手を付けなくなり、或る日、気がついたら夫と同じように点滴のチューブにつながれていた。

雨が降らないかぎり、屋上へポリバケツに山盛りのタオルの洗濯にいく。高熱が引くと大量の汗をかく。寝巻きの代わりに大きなタオルを何枚も巻きつけて汗を吸い取らせる。

屋上では、三つ並んだ洗濯機の二つまでがモーターの音を響かせていた。傍らのベンチに、いつかの中年の男が腰を下ろし、煙草を吸っていた。

何本も掛け渡されたロープにとりどりの洗い物が翻っている。それの隙間にまぶしい光をまぶした町並みが覗く。男はつかの間の開放感にひたるふうだった。ロープにつるされた洗い物から発散する洗剤と幽かな体臭が風にまじり、男が吸う薄荷煙草の煙とからみあう。

「ここはいいですなあ。近頃では洗濯が息抜きになります」

男は言って、ベンチの片端に寄った。日曜日の今日はワイシャツを黄色のポロシャツに着がえているせいか、洗濯機の前で途方にくれていた時より若やいで見えた。

空けられた片端に腰をおろすと、男は急いで煙草をもみ消そうとした。

「どうぞ、煙草は嫌ではありません。夫も好きでしたから」

男はほっとした顔になり、どうですか、と勧める。煙草はもう随分前に止めていた。それなのに勧められるままに吸い込む薄荷の煙が、ワインのほろ酔いに似た気だるさを誘った。

「彼女はあれっきり病室にやってきません。お連れ合いの容態がひどく悪いのに」

枕もとのサイドテーブルには今朝も朝食が置かれたままになっていたのだ。

「病室での噂話では、どうやら三角関係のもつれだったようですなあ」

「でも、お連れ合いは彼女をとても愛していたし、彼女にしたところが、仕事の合間をぬって毎日たずねて来ずにはいられないほど、二人は愛し合っていました」

「すると、若い愛人とはどういうことになるんですかな。女が男を刺すというのは余程の情がなければ……男が女を刺す以上の」

禁断の煙が、男のつぶやきを無制限に拡大してつむじ風になる。刺された男の悲鳴が聞こえる。イタイ！　イタイ！　頭の壊れた夫にたった一つ残された言葉と重なり、増幅していく。

「自分では死ぬことも生きることもできない病人を愛し尽くすのは、共に死ぬ事かもしれないわ。現実に彼女が殺そうとしたのは若い愛人だったけど、同時にベッドの連れ合いでもあったのよ。げんに連れ合いは」

ベンチに並んで二人は煙草を深く吸い、互いの年齢でいまさら愛を、しかも死を賭けるほどの愛を語っているのに気付いて衝撃をうける。

「若い愛人が傷つき、治る見込みのない連れ合いが死んだあと、女はどうなるんでしょうな」

「囚われのなかで涙を涸らして、いつかまた自由になれたら新しい愛を見つけるでしょうよ」

「けしからんな。貴女はさっき、生きも死にもならぬ連れ合いを愛し尽くすには、共に死ぬことだと言われたばかりだ。なのに女は生き残った。そして罪をあがなったあとでまた新しい愛を見つけるだって？　それじゃ裏切りだ」

中年の男は半ばむきになって言う。自分から会社人間を認め、妻の介護に怖気《おじけ》づいていた男になにが起きたのだろう。若い愛人を刺し、今また連れ合いを死に追い込んでいる異形の愛への羨望だろうか。

「家内と同じ部屋にお婆さんがいましてね」

男は遠い目つきになる。その先に季節外れの鯉のぼりが一匹泳いでいた。

「そのお婆さんは殆どベッドに寝たきりなんですがね。窓の外に日暮れが近くなるとひょいと起き上がって《ああ、もうじきお爺さんの舟が戻る。潮が満ちてきよるけの。蛸やイカやクロギを仰山《ぎょうさん》獲って帰りよる》どうやらお婆さんには満ち潮の音が聞こえるらしいんですな。こう耳に手を当てて、小さな目をキラキラさせて。お婆さんにとってベッドの上は島で、周りはすべて海なんだ。でも、お婆さんの島には誰一人やってきませんがね。ほんとは、お爺さんだってもうあの世かも知れん」

「奥さんに、貴方はそんなふうに愛してもらいたいのね」

男はすぐに返事をせず、とり忘れて泳ぐ鯉のぼりを追う。

「家内は、あとわずかしか生きられんのです」

屋上にモーターの音がすべて止み、軽い目まいを覚えながら立ち上がった。ほんの数秒の間を置いて男もベンチを離れ、洗濯機に向かった。

夏の午後は、病室の隅々まで気だるさが厚い層をつくっていた。屋上から戻り、夫の許に行こうとして、ただならぬ静けさの前にたじろぐ。限られた身内の者しか入れない重症患者室は、この時間ナースの影もない。圧倒的な静けさをさえぎるのは、昼寝の夢の中でうなされる声。それさえ今は絶えて、目に映るものといえば、それぞれのベッドに備えられた点滴柱の袋から滴る命の水。入り口に立ち、確実に間をおいて滴るさまを追っていて、ふいに、黒いポロシャツの女が愛した男の袋から滴りが止まるのを見た。ドアが開き、黒い塊が飛び込んできた。編み上げ靴をはいたままの女が男の体に覆いかぶさり激しく名を呼び続けるなかで、たったいま止まったはずの命の水が、ゆっくりと震えながら滴り落ちた。

死者の声

父古川義一の死から一年余り経ったある日、同居していた妹の次子から分厚い封書が送られてきた。九十歳まで生きた父の身の回りの整理が大変なのよ、と前置きがあって、残された手紙の中に今野さんからのものがあったので送る、と結んであった。

父が残した夥しい書簡から今野さんの手紙だけを送ってよこしたのはなぜだろう。一瞬そう思ったが、すぐに納得した。その人は姉妹にとって共通の「父の大事な友人」だったから。父の大事な友人の今野さんはアイヌであった。

「アイヌという言葉のイヌとは（人間として生きる）ということだよ。ほかの動物が生ているのではない。ア、はそれの複数だから（生きる、生きる、生きる）なんだ。だから俺も生きる。生きる。生きる」

穏やかな今野さんの声が、十五銭の切手が貼られた封筒や赤茶けた七銭のハガキから今一度立ち上がってきた。父と今野さんの付き合いが戻ったのは敗戦から数年を経た頃である。すでに紀代は家を出て夫と暮らしていたが、今野さんの消息は切れ切れに伝わってきて、樺太から無事に帰ったのを知っていた。

「よく帰ってこられたもんだな」

敗戦の樺太から内地へ戻るのはよくよく運がよかった、と繰り返し父は言っていた。戦時中に大勢の朝鮮人が労働力だけのために島に送り込まれていたが、彼らの大方は置き去りにされている。そんな中でアイヌの今野さんが帰国できたのは、アイヌが正当な日本人である証拠だ、とも父は言った。でも、今野さんが正当な日本人と認められ、引き揚船に乗ることができた幸運もそこまでだったろう。

今野さんが北海道の浜益村に新しい林檎園を造る話を耳にしたのは、船が稚内の港に着き、改めて引揚者の身元調べや縁者、行き先などの聞き取りに手間取っていた間だった。

稚内港には島からの引き揚げを待ちかねる身内が大勢詰めかけていた。親兄弟の無事を見て狂喜して抱き合う情景が渦巻くのも、終戦を無視したソビエト軍が北緯五十度線を突破してなだれ込み略奪暴行の限りをつくしていると、先便で帰った人々から伝え聞いていたからである。諦めていた身内の命だった。近親者に迎えられたものは引き揚げ管理局から解放されて、辿りついた内地の方々へ吸い込まれていったが、一ヶ月になろうというのに管内の引揚者小屋に留まっている者もいた。運よく内地の土を踏んだものの、先の目途が立たない人たちである。

「あんた、おかみさんの身内がいるべさ」

そんな中で一人の男が今野さんに話しかけてきた。宿舎に居残っているのは一人もんの男が大方で、今野さんのようにおかみさんを連れているものはわずかだった。

「いやな、あんたに身寄りがなくたって、おかみさんのほうにあれば、何時までもこったらとこにいねくてもええべと思ったんだ」

今日までにここを立ち去ったのは、子供連れの家族や夫婦者が殆どだった。彼のような女房づれが何時までも尻を落ち着けているのが腑に落ちないのだろう。

「行くとこがなくてね、金もないし」

宿舎にいればジャガイモ入りの雑炊を二度、金を取らずに食べさせてくれた。

「だけんどよ、ここに置いてくれるのも次の船が来るまでだ。早いとこさ行き先を決めておかねば慌てる事になるぞ」

北海道では最も北の稚内にも根雪が溶け始めていた。むっつりと黙り込んだ今野さんに男が気負いこんで言った。

「あんた、林檎づくりをやって見る気はねえか」

「林檎作りだって?」

「浜益でな、新しい林檎園を作るって話、あんた聞いてねえのかい。おおかた明日にも局の役人から話があるべさ。おれはもう決めたんだ。浜益さ行くぞ。おれだって林檎作りなんかやったこたあないけんどよ、こんな時に仕事を選んでいられないべさ」

「んだな」

応じながら、今野さんは同じ部屋の片隅で花札に興じている男たちに混じる妻を見ていた。女の含み笑いが男たちに弾みをつけている。白い胸元から立ち上る含み笑いは妻の蕗《ふき》だけのものだ。んだな、今一度胸の奥でつぶやいた。林檎作りはおれ一人がやるしかないべども。

根釧原野の懐深くから押し出されるようにして樺太へ渡った。満州がそうだったように、樺太も男の夢を叶えてくれる新天地として喧伝されていたのだ。骨を埋めるつもりだった。北海道は自分らアイヌの故郷であるはずなのにそうではない。それへの鬱憤が故郷を捨てさせたのに、今また島からも押し出された。苦労の末の振り出し。振り出しの真っ白な紙を破って投げ込まれた林檎が鮮やかに映った。


妹から届いた今野さんの手紙は古川義一宛の封書が五通、ハガキが五枚、別に「赤平《あかびら》市赤平郵便局」からのハガキが一枚ある。日付は昭和四十六年七月二十日となっていて、浜益の今野さん宛てに出した父の手紙が受取人不明で迷ったあげく、赤平の精神病院に入院している事を知らせるものだった。

改めて手紙の住所を見ると、封書は五通とも浜益になっていたが、ハガキ五枚は赤平精神病院から出されたものだった。

十五銭切手が貼られた封筒は周囲が赤茶けているが、納められた手紙はそれほど紙質が変らず、どれも三枚から五枚の便箋に達筆に書かれている。昭和四十三年から四十五年の日付で、ハガキは四十六年に集中し、終わっていた。亡くなるまでの四年間に書かれた父への手紙は、それ以前にも夥しくやり取りされた気配が行間から覗いていた。どちらもよほど筆まめな男たちだったらしい。やり取りしたのは手紙だけでなく、父からは求めに応じて画引き辞書や古着、一人息子には「ファーブル昆虫記」など、病院に入ってからは更に切実な求めにこたえて切手やハガキを送っている。

今野さんからは収穫した林檎や近海でとれたスケソウダラなどが送られていたらしいが、それも浜益村に暮らしていた間で、スケソウダラの年は林檎が不作だった。

浜益からの手紙には必ず林檎の収穫について語られた。今野さんにとって林檎は生きる要になっていたのだ。豊作の年はボールペンの字が鮮やかに躍り、不作の年は溜息が聞こえた。とはいえ負け戦から二十年が経ち、とにもかくにも今野さんの林檎は実ったのだ。実がなり始めた頃のひねこびた林檎がおがくずに抱かれて届いたときからすれば、昭和四十年代の手紙にはデリシャスなどの字が鮮やかだった。

父の死によって思いがけなく手元に届いた今野さんの手紙。それは片手に乗る軽さだったが、行間に埋もれた幾層もの声が語り掛け、アイヌであることに誇りを持ち続けた男の怒りと悲しみが熱い息吹となって紀代をとらえ始めた。殆ど忘れかけていた樺太。戦争に負けて島のすべてがロシヤ領になったときから、かつて紀代たちが暮らしていた樺太は幻となった。初めて今野さんと出会ったとき、樺太は意気盛んな若者だった。あの頃の彼と同じように。

樺太の雪解けが始まる五月の或る晩に今野さんがやってきた。茶の間に胡坐《あぐら》をかいている今野さんは四杯目の茶碗を空にして畳に置いた。それを見た紀代がすぐさまストーブの上から薬罐を下ろそうとして声を掛けられた。

「じょっちゃん、お茶はもういいよ」

今野さんは言って笑った。大きなやさしい顔になった。

「父さんの帰りを待たせてもらっていいかね」

もう何度目かの同じ問いに姉妹は又少し固くなってうなずく。夜、子供たちに留守をさせて夫婦揃って外出することなどめったにないことだった。何か差し迫った事が起きたのだ。十一歳の紀代にはぼんやりわかった。長い冬の間中役所を休む事が多く座敷の床の中で過ごしていた父が、まだ冷え込みのきつい夜に出かけるなんて。母さんはなんにも言わなかったけれど杉本さんのところに決まっている。

「父さんは遅くなるべか」

空の茶碗を前にして今野さんは手持ち無沙汰らしく、目の前に膝を揃えた紀代たちを見た。石炭ストーブを焚いた部屋の中は暖かい。やっと気付いたように着ていた厚い上着を脱いだ。

「父さんと母さんは杉本の小母さんちへ行ったの」

黙っている事に耐えられなくなったのか、次子が勢い込んで言った。どうして次子が知っているんだろう。

「ほう、杉本の小母さんちって遠いのかい」

「そんなに遠くないけど、ほんとに杉本さんちへ行ったのかどうか知らない」

おしゃべりの妹に腹を立てながら紀代は言った。

「杉本の小母さんはね、魔法使いなんだよ」

ストーブの温もりで真っ赤に頬を火照らした次子が言う。

「ほう」今野さんは眼鏡の奥の目を丸くした。

「次ちゃんのおしゃべり！」

お客さんの前でなかったら妹を叩いてやるところだ。でも、次子が言った魔法使いは半分当たっている。若い頃は美人だったという杉本さんは、きりっと細面の老女だった。三味線の師匠と次子のいう魔法で暮らしを立てている。思ったことをずけずけと言う怖い人でもあった。

今野さんは辛抱強く待った。どうしても父に会いたかったのだろう。子供心にも察して姉妹もまた辛抱強く相手をした。

「わたし、杉本の小母さんに三味線習いに行ったの」

「ほう」フクロウが鳴いているようだ。

「それだばじょっちゃんは三味線が弾けるんだねえ」

「逃げて帰ってきたから、弾けない」

あっはは。今野さんがびっくりするほど大きな声で笑い、つられて紀代たちも笑った。笑うと今野さんの顔は草原のようにさわさわと広がり、紀代たちを包んだ。父と母が出先から帰ったのは、そのあと間もなくだったろう。入れ替わりに姉妹は床に就いたので、出先がどこであったのか、今野さんとどんな話をしたのか知らない。次に今野さんのことが話題に上ったのは結婚したときだった。行きつけの飯屋で働いていたアイヌではない内地の女と言う話だった。

或る日学校から帰ると、大きな丸髷に結い、のっぺりと色白の女の人がいて、今野さんのお嫁さんだった。母が痔瘻《じろう》の手術を受ける事になり、退院までの間をお嫁さんに子供らの世話を頼んだのだった。蕗《ふき》さんは掃除洗濯の合間に立膝でべったりと座り、おいしそうに煙草をふかす。紀代らにうるさいことも言わないし、にこにこしているので好きになったが、時々やってくる杉本さんは彼女を嫌った。

「飯屋を渡り歩いた女にろくなもんはいないさ。今は猫をかぶってるけど、すぐに本性をあらわすから見ててごらんよ」

杉本さんが父に言うときは、さも憎々しげだった。

「そんなこと言ったって、今野くんが気に入って嫁さんにしたんだからな。優しくていい女だって言ってたぞ」

「わたしにはお見通しだよ。今に泣くのは亭主さ」

時々杉本さんと蕗さんが入れ替わる。紀代らには杉本さんの白髪混じりの頭より蕗さんの大丸髷がよっぽど好きだった。ひっ詰めた白髪をてっぺんで束ね、地味な色合いの着物に被布《ひふ》を重ねた杉本さんは、朝起きると一番に神棚の前に座り熱心に拝む。

「そんなもんがうまいのかね」

朝ごはんの度に父が言う。

「神さんのお告げだからね」

朝、杉本さんは蕎麦がきしか食べない。

「今日はどんなお告げがあったんだね」

蕎麦がきを食べている杉本さんに聞く。

「南の方角へ行くようにってさ」

「南のほうにいいことでもあるのかな」

「そりゃあ行ってみないことにはわからないわね」

お告げに従って町の東西南北を歩き回るのだから、三味線を教える暇などなさそうだった。

母に連れられて一度だけ杉本さんを訪ねたことがあった。大きな屋根の下に蜂の巣のような小さな部屋がくっつきあっていて、それの一つが杉本さんの住まいだった。がらんとした中に床の間の三味線だけが目立っていた。あの三味線は随分と値打ちもんだそうだ、と母は稽古を嫌って飛び出した紀代に言い、口惜しがった。たった一つの財産である三味線は、筋のいい弟子に譲りたいと言っていたらしい。値打ちもんの三味が欲しかったのか、好きで紀代に稽古を付けたかったのか、どっちにせよ母の望みは妹の次子によって叶えられた。

母が元気になると二人とも姿を見せなくなった。杉本さんだけはたまにやってくることがあったが、蕗さんとはその後あった覚えがない。それから間もなく、紀代の一家は樺太から父母の生まれ故郷である北海道に引き揚げた。

後になって思い当たったことがある。今野さんが初めてやってきた晩、父と母が揃って出かけた先はやっぱり杉本さんの、あの蜂の家だったと。神のお告げを聞くために。杉本さんの口を借りた神のお告げは樺太を去ること。父は重い結核を患っていたのだった。

北海道から宗谷海峡を渡ってはるばる父に会いに来た今野さんにとって、入れ替りの父の帰郷は思いがけないことだったに違いない。どういういきさつで父に会いに来たのか、十一歳の紀代には知るわけもなかったが、あの晩、遅くまで父の帰りを待ったのはそれなりの切実な思いがあってのことだろう。けれども、樺太で暮らし始めた今野さんには蕗さんがいた。杉本さんはあばずれの猫かぶりと言ったが、父に言わせると、今野さんがぞっこん惚れた蕗さんとの暮らしは、泥沼にはまった戦争と続く負け戦で消息が断たれた。

昭和二十四年五月、樺太最後の引揚げ船で北海道稚内に着いた今野さん夫婦は、それから更に一月経ってからようやく西海岸の浜益村に落ち着いた。同じ西海岸を南下した余市に早くから拓いた林檎園があり、負け戦となるや急激に内地からの需要が増えた。そこで慌てた地元が沿岸に小規模な林檎園の拡張をもくろみ、西海を見下ろす広い傾斜地に恵まれた浜益村が選ばれた。引揚げ宿舎で若者から誘われた話はでたらめではなかったのだ。それどころか、若者の言葉どおり翌日管理事務所の前にでかでかとポスターが貼り出された。

「新生活を林檎園で！　このチャンスを逃すな！」

ついこの間まで敵性国家の言葉として抹殺されていたカタカナ語がおおっぴらに躍っていた。

遅咲きの桜が満開の朝、今野さんは夜明けと共に起きだし、傍らで眠りこけている妻の肩にそっと煎餅布団を掛けてやるとバラック小屋を出た。昨日のうちに借りてあった大八車を引き雪解け道を歩き始めた。泥水がどこからか長靴にしみこんできて穴だらけの靴下を濡らす。今夜こそ自分で穴をかがるべ。それからなんとか都合つけて新しい長靴を買わねばな。蕗の不器用さにはほとほと手を焼いている。まんず穴などかがる気がないのだ。

役場へ着くと果たして一番乗りだった。今日が林檎苗の手渡し日であるのはしっかり頭に入れてある。苗は出来るだけ元気なものがいい。よく育ったものとそうでないものでは、半年の遅れをとるのだ。泥水の滲みた破れ靴下の冷たさも目の前に初々しい実をつけた林檎の連なりを思い描く事で苦にならなかった。

「よっ、今野さんが一番乗りだな。おれも狙っていたんだが、ゆんべバクダンとか言ってさ、きつい焼酎飲まされちまって」

宿舎で知り合った例の若者がやはり大八車をガラガラ言わせて乗り込んできた。抜け目のなさそうな若者より先に立ったことで内心ほっとした。新規まき直しの浜益で今度こそ幸運を賭けたいのだ。それには何が何でも立派な苗が欲しかった。

三番鳥が鳴く頃には長い行列ができた。村役人の手で苗木が並べられ、今年は試し植えとして一人が五十株だが、来年以降は要るだけの苗木をやることにしよう、と云った。次に集まったものたちを一渡り見てから台帳を手にした。

「来た順に五十本ずつ苗木を選ぶように。ただし、欲をはって手間を取らんでくれよ」

苗木が並んだ時からめぼしをつけていた今野さんは素早く駆け出し、とたんに腕を掴まれた。

「おいおいあんた」

役人は腕を掴んだままで言った。

「あんたはあとだ。列から離れて待ってなさい」

今野さんはむしゃぶりつきたいほどの怒りを懸命に押し殺して役人に抗議した。

「わしが一番なんだ、一番早くから並んでたんだ」

なあ、あんたは知ってるべ。振り返って二番目の若者に助けを求めようとしたが、若者は早くも飛び出し苗木選びに夢中だった。

「まあいいから、こっちが呼ぶまで待ってるんだ」

茫然と立ちすくむ今野さんを置いて行列はいっさんに散り苗木に群がる。目をつけていたものどころか一人五十株の苗木はあらかたなくなり、それぞれの大八車に積まれていった。

「私がアイヌだと分かったからです。役場へは一番乗りだったのに列の外で待たされ、名前を呼ばれたのは最後でした。さんざん選んだあとに残ったひねこびた苗木を大八車に積んでいると、『残りもんに福ありだぞ。ついでに持っていけ』役人が余りの苗木三本を抛ってくれた。私は今から五十三本の林檎の苗を育てます。どんな実がなるか、見ていて下さい。シサム（愛する隣人）のいう残りもんに福を見届けるまで見ていて下さい」

まだ元気だった父の許に便りが届き、今野さんの怒りと恥辱の結晶のようにひねこびた林檎が送られてきたのは更に何年も経ってからだった。ともかく残り物の福が実ったのだ。その後も父の許へ林檎を送り続ける中で、たった一人で苦闘する日々が込められた。折々の次子の話から、今野さんの苦しみが林檎作りだけでないことも知ることになる。神がかりの杉本さんの予見が当たっていたのだ。

林檎園を奨励した役場からは実が生り実収に繋がるまでの間、なにがしかの補助金が下りたが、暮らし向きはぎりぎりだった。

「あんたが手伝ってくれれば、もっと畑も広げてトウキビやジャガイモの収穫もあがる。そうなりゃ今より楽になるべ」

そんな今野さんの願いを振り切るようにして居酒屋へ働きに出るようになった蕗は、手っ取り早い現金を稼ぐかわりに忽ち昔の泥水に漬かっていった。今野さんとめぐり合った事で捨て去った酒と男の味は蕗の体内深く潜んでいて、ほんの僅かの呼び水で奈落に転がり落ちる仕掛けだったのだろう。開拓小屋で数日夜明かしして戻った家に蕗は居酒屋でくわえ込んだらしい見も知らぬ男と寝ていた。

そうした夫婦の荒れた日々で、樺太や北海道の長い冬を労働で明け暮れた付けが神経痛となって今野さんの全身を蝕み始める。道具小屋が仮寝の巣ともなった開拓小屋に、或る年の夏若い女がやってきた。紺絣の衿元から北国の女の乳色の肌がのぞき、汗ばむ匂いがふきこぼれるのを嗅いだ。

「増毛《ましけ》からきた安喜です」

女はあり余る髪を太い三つ編みに組んで肩に垂らしている。ふっくらと豊かな体つきをしていた。

「安喜？」

鸚鵡返しになぞってから、やっと気がついた。似ている。潤んだような眸、ぽってりと熟れた実のような唇、なによりもはにかんで笑うときに見せる小粒な歯並が蕗にそっくりだった。これまで一度も逢ったことがなく、蕗の口からごくたまに、それも子供の頃の思い出話として聞くだけだった。

「あんた、蕗の妹か」

「一番末の妹で蕗ねえちゃんとは年が離れてっから」

それだけ言って頭を下げた。

「蕗なら昼間は家さいるべ。働きに出るのは夜だけだ」

「家さ行ったども」

急にうろたえて更に深く頭を下げた。

「こったら所だども上がっていけや」

うっかり言ったあとで苦笑いした。やっと一人が寝起きするだけの小屋に娘はおずおずと入り、敷かれた粗莚《あらむしろ》に膝を合わせて座った。

「兄さん、すんませんです」

鼻をすすりながら安喜がいうのを聞き流して番茶を入れた。小屋の中の炉に夏中火を絶やさず、今も鉄瓶に湯がたぎっている。その音が胸底にたぎる音と一つになったとき、やっと声が出た。

「いいんだ、あんたが謝ることでないべさ」

昼間から男を引きずりこんでいたのだろう。おなじ沿岸の村とはいえ、バスで何時間もかけて訪ねてきた姉の家でかいま見た光景のおぞましさに打ちのめされている。そうと覚った時、泣きながら詫び続ける妻の妹を抱き寄せた。

「古川さん、私には子供がいるんです」

父への手紙の一通にはこう書き出されていた。

「只今小学校三年終了、三十三年七月生まれの男の子です。増毛にいた蕗の妹安喜との間にできた子供です。長年の酒ぐせで体を壊している蕗とちがって、安喜は毎日のように浜へカレイの刺し網を手伝いに行くので、立ち寄ってくれます。このところ神経痛がひどくなり、足腰不自由な私を気遣ってのことです。今日まで古川さんに隠していたことを書いてしまったついでに、もう少し話します。

今まで誰にも言わないできましたが、蕗は樺太で二度まで男をつくったので離縁するつもりでしたが、戦争がひどくなってきたので、北海道へ帰ってからと思っていました。帰った当時はそれどころでなく暮らしに追われて、蕗も落ち着いたようでした。樺太から逃げ帰るのと一緒に、蕗にとりついた魔物も退散したのだろうと安心していました。

ところが、林檎の収穫が軌道にのるまでの約束で、開拓もん相手の飲み屋で働くようになってから、まず酒が、次に男が蕗をもとの水に返してしまったんです。その年、林檎の収穫がまずまずで、仕事を終えて帰る道々今夜こそ蕗を飲み屋から連れ戻そうと腹を決めました。これまでは蕗がどんなに乱行しても手を上げた事はなかった。だが、今夜は蕗を殴るかもしれない。思いっきり殴ってやろう。私の大きな手で殴ったら蕗は死ぬかもしれない。死んだっていい。自分でも怖ろしくなるほどでした。人を殺す時はこんな気持ちなんだろうと、大声で泣きながら歩きました」

今野さんに妻殺しはできなかった。父からも次子からも聞いていないし、第一あの今野さんに、草原をわたる風が絶えずそよいでいるような顔の今野さんに妻殺しができるはずがない。今野さんは蕗さんを殺したいと思いながら、同じぐらい愛してもいたのだ。手紙の中から匂ってくる狂おしい男の情を紀代は嗅いだ。

父を信頼して書き送ってきた男の真情が、思いもしない経路で娘の手に渡り、もしかして今野さん自身さえ気付かなかった本音を嗅ぎつけられようとは。

私には子供がいるんです小学校三年を終了……。子供の事を父に打ち明ける時、誇らかに胸を張ったにちがいない。アイヌの血を分け与えた子供に、アイヌも人間である事を教えたにちがいない。悲しくも怖ろしい手紙で、妻の妹と結ばれ子供までいるという打ち明け話はいくらか紀代を救った。打ち明けた者も打ち明けられた者も共に遙かな地平へ消え去ったというのに、残された古い手紙は、それを託された紀代に高く低く語り続けるのだ。

紀代の一家が樺太へ渡り、父の発病で再び北海道に戻ったあと、初めて内地の土を踏んだのは太平洋戦争が始まる前年だった、父母が故郷である北海道に見切りをつけて内地に移り住む決断をしたのは、あの杉本さんのお告げによるものだったと、あとになって母から聞いた。

樺太を離れる時から二度までも杉本さんのお告げによると知って紀代は嫌な気がしたが、お告げに従って北海道に戻った父は命拾いしたのだし、温暖な瀬戸内の暮らしから東京に移ってからも九十歳まで生きた。お告げが当たったのである。もう一つ、杉本さんのお告げどおりになったのが今野さん夫婦だったろう。

決して好きではない老婆だった。もっとも、子供の目で老婆と映っただけで本当はいま少し若かったのかもしれない。着物の背筋がしゃんと伸びて、膝を崩した姿を知らない。

「お姉さんは盆景って覚えている？　近頃じゃ耳にする事もなくなったけど、杉本さんは盆景の先生でもあったそうよ」

あれは父の通夜の晩だった。姉妹は思いつくまま、生前の父の周りにいた人たちのことを話していて、次子が言った。

「あ、そういえば」

遠い昔、紀代に三味線を習わせたくて母が連れて行った杉本さんの部屋に、それらしいものがあった。焼き物の浅い器の中の風景。築山があり数奇屋風の家があり小川が流れ、赤い欄干のある橋が架かっていた。どんな半生を歩いてきて女一人が樺太までやってきたのか、それにまた、なぜ父や母の人生の岐路を左右するほどの信頼を得たのか。通夜の席にいて、生前の父や母に聞かずじまいになったのが悔やまれた。杉本さんが拵えた囲いの中の風景は、人生から切り取られた幸せな場所だったのかもしれない。

ある年の夏、紀代は仲のよい友人と北海道旅行したことがあった。相談してこつこつ貯めた積み立てが二十万ずつになったと知らされ、五泊六日のツアーに参加した。積み立てを始めて十年余りが経ち、どちらも五十代半ばになっていた。ツアーは関西からの客が主で、千歳空港で降りてからは大型バスになった。

目玉は道内南東に多い湖と温泉めぐりである。明日は摩周湖へ行くという前日、根室のウトロ港に一泊することになった。宿はどういうわけか地面より低く、紀代らにあてがわれた部屋も窓の上半分に海がのぞいた。

「地べたで寝てるようで気持ちがわるい」

友人がしきりに言う。座っている顔のあたりに道行く人の足が行き交い、それの後ろに観光船と濃い夕焼けの海が見える。平地からすとんと落ちた窪地にはまっている不安が、その夜の恐ろしい夢につながった。

茫々とした夜の原野を疾風のように馬が走っている。女が乗っている。素っ裸の女が鞍もつけぬ裸馬にまたがり風になっている。闇の原野を突っ切る中で人馬の周りだけが青白く浮かび上がり、女とも馬ともつかぬ激しい息遣いが満ちる。泣き声が、わめく声がする。あれは恋しい男を求めて悶え狂う声。夜叉の面相は薄明かりに溶け、漆黒の炎となった髪を宙に巻き上げ馬の胴っ腹を蹴りに蹴る。猛々しくいきり立つ種馬のたてがみに女の双手が絡みつき、ひしと重なると絶叫の尾を曳きながら原野の果てに飛びすさった。


紀代は七十歳を超えた。友人と北海道を旅してから更に十年余りが経つ。すでに世を去った友人も紀代の夫が再度の脳梗塞で逝ったときはまだ元気だった。

「もう一度北海道へ行きたいね」

彼女はウトロの海にシベリヤからやってくる流氷が見たいと言う。前の旅でウトロの宿を嫌っていたことなど忘れてしまったらしい。あのときの宿は地面より低く建てられていて、まるで地下室のようだった。それを言うと、

「あらそうだったかしら」

けろりとした顔になった。彼女がアルツハイマーに犯され始めたのは、その頃からではなかったか。

じわじわと病勢が進み、やがて病院へ入ってからも流氷への強い憧れを抱き続けた。

「流氷はもうシベリヤからきてるだろうね。早く行かなきゃ。流氷ツアーがあるはずだからすぐにも申し込んでね、お願い」

「ええ、そうするわ。でも急ぐ事はないのよ。流氷は春までウトロを離れないから」

紀代は樺太の海でシベリヤからやってくる流氷の大群を知っていた。それは西風に押されて一夜のうちに張りつめ、東風《こち》で退散する。数日後には西風がふたたび氷の群れを押し戻し、やがて氷は東風にびくともせずに居直る。

「ツアーに申し込んでくれた？」

病院で髪を短く刈り込まれた彼女が不安げに訊く。

「申し込んだわ。三月までは大丈夫だって」

髪を短くされて面変わりした友のそばで紀代は別のことを考える。ウトロで見た恐ろしい夢を。暗闇の原野を馬にまたがり走り抜けた裸の女は蕗さんだったと、今では確信に近いものになっている。先に紀代の夫が逝き、そのあとベッドで生き長らえた友人も年初めの冷えのきつい朝に逝った。流氷のことは疾うから言わなくなっていた。


今野さんの手紙は、便箋に書かれた五通が浜益の開拓村からで、あとのハガキは赤平の精神病院からのものである。ボールペンで書かれた便箋に較べて鉛筆書きのハガキは字が薄れて読みにくい。

「お便り七月二十四日付けを入手。あて先に精神病院と書いてあったので、自分の入院先が精神病院であることを初めて知りました。ここへ入るまで、どこへ何しにゆくのかわからなかった。それに、半年も寝ていたら何から何まで忘れて、昔の今野とはすっかりちがうよ……妻はもう私に帰ってもらいたくないらしいから、ここで暮らすしかないのだろう」

「なんとかして浜益へ帰りたい。古川さんの奥さんが亡くなったのは去年の七月四日でしたね。お一人で寂しいでしょう。人生は寂しいものです。私には妻がいますが、ここへは一度も会いにきません。便りもない」

「長いこと便りをしません。古川さん、本当に会いに来てくれるのですか。私はもう歩けないから、この病院でお会いしたい。滝川で下車してこの病院を訪ねてください。長い間誰にも会っていない。私の子供は十三歳で中学生です。母より父の私のほうがよいのです……古川さん、本当に会いにきてくれるのですね。それから、子供にも会いたい。待っています」

病院からのハガキは、しきりに父や子供に会いたい会いたいで埋められていた。この年父は会いにいったのだろうか。次子に聞いてみたが、昔のことで覚えていないという。でもお父さんってしょっちゅう旅行してたから、たぶん訪ねたんじゃないの。

「札幌からだと汽車で三時間のところです。子供からは便りがない。さよならかな。ではさよならするよ。妻にも……」

最後の一枚は文章が乱れて、ぷつんと切れた。知らぬ間に精神病院へ送られた今野さんが会いたがっている妻とは誰だったのだろう。蕗さんか、妹の安喜さんか。それにしてもなぜ、精神病院へ入らなければならなかったのか。紀代の手元に遺された手紙からは、底無しの絶望にひしがれた死者の声だけが立ち上がってくる。

今夜テレビを見ていたら、画面に異様な風体の男たちが集まり、てんでに珍しい楽器を奏でたり踊ったりしている。体つきも皮膚の色も違う若者たちだ。どこかの国の祭りかしらと見ていたら、北海道で開催されている世界少数民族の集会だと知った。背格好から顔かたち皮膚の色まで様々なので、紀代には彼らがどこの国の人たちなのか一向に分からなかったが、身にまとう独特の装いで凡その察しはつく。目を見張ったのは、アイヌの衣装のアツシを着た若者たちだ。厚い白地や紺地に施された大胆な文様は、身に着けた若者を勇者にみせた。誇らかにアツシを着た若者はアイヌの血を受け継ぐ人たちなのだ。

突然、画面の中央にレンガ色の太いズボンをはき、腰にだんだら縞模様の布を巻きつけたスー族の若者が踊りでた。少年のはにかみが残る顔をのせた上半身は見事な褐色の裸だ。長く弾力のある髪が背中を打ち、首に掛けた鮮やかなリボンが踊りにつれてひらひらと舞う。しなやかに腕を振り、飛び上がって大きく足踏みを繰り返す動作は、紀代も知っている北国の盆踊りに似ていた。アナウンスでは、古くからスー族に伝わる「草の踊り」だと言う。未踏の草原に新しい道をつけるための踊りなのだ。少年はグラス・ダンサーと呼ばれる踊り手らしい。

踊りの輪が広がった。

大きな輪の中にアイヌの若者が飛び込むと、長いアッシの裾を翼のように広げた。高らかに響くユーカラの唄声にあわせて奏でるトンクル（五弦琴）とムックリの音がやさしい。北国の天空を舞うエゾフクロウの羽ばたきにも似たユーカラが「草の踊り」に弾みをつけ、他の国の若者たちも続く。

無心に見入る紀代の前に、たったいま若者たちによってつけられた草原の道が迫った。いつ現れたのか、道に男が立った。子供の手を引き歩いてくる。ああ、笑っている。草のそよぎを思わせる懐かしい笑い顔は、あの人だけに与えられたカムイの贈り物なのだ。

目まい

北国の真冬、夜半に直子は母を起こした。布団の上に立ち上がっていた。ぐっすり眠っていたのにどうして目が醒めたのだろう。石炭ストーブを囲むようにして父と母、二人の妹の五人が寝ている。電気が消されているのに部屋の中はぼうっと明るい。一晩中燃え続けているストーブの灯り窓のせいだ。がさっと石炭の崩れる音。

「もう始まったのかい、早いねえ」

パジャマの下に着ていたメリヤスのコンビネーションの股のところが赤く染まって、立っている足を赤い筋が伝いおりる。

真夜中に起こされた母の化粧を落とした青い顔が直子の股をのぞくと、タンスの小引き出しをカタカタいわせて丁字帯を出してきた。

クリームの匂う母の手を下腹に感じたとき、ふいに直子は目まいがしてよろけた。

「どうしたの、お腹が痛むの」

「ううん、どこも痛くない」

母の手が目まいを誘った。直子の中に押し込められていた赤ん坊の記憶、おむつを替える母の手触りが甦り、強い羞恥を呼んだ。慣れた手つきで素早く丁字帯を付け終わると、

「さ、これでいい。明日になったらゆっくり話してあげるから」

母はまた父の隣に滑り込んだ。

直子は布団にもぐると湯たんぽを足に挟んだ。そうやって眠りに入ろうとするが、母の手で当てがわれた異物が気になり何度も寝返りを打つ。その度に下腹から熱いものが滲み出る。昨日までの体が突然別のものに変わっていく不安を、両隣に眠る妹たちに覚られまいと息をつめる。


明日になったらゆっくり話してあげる、と母は言っておきながら、翌日直子に差し出されたのは一冊の分厚い本だった。「主婦の友」の付録だったその本には、初潮に始まる女の身体の一生が絵解き解説で詰まっていた。本の好きな直子は神秘な物語でも読むような高まりの中で、その日まで謎めいていたあれこれ、たとえば、赤ん坊はどこからお腹に入ってきてどこから出て行くのかを納得した。

十一歳の直子に訪れた初潮に思わず驚きの声をあげた母だったが、その後の歳月、直子の中に初めて男を迎え入れたときや出産のときには、直子自身が驚きと激しい苦痛に高い声を響かせた。

男と女の営みがこれほど残酷な苦痛を伴うとは知らなかった。歯をぎりぎりと喰いしばり、全身を弓なりにして突き破る力に耐えた。直子のものがとりわけ強靭に創られていたのかもしれない。そう

思うようになったのは、あとあと同性の友人たちの打ち明け話から察した。彼女たちはその時の痛みを覚えていないと言う。

「お産の痛みに較べたら軽いもんよ、あのくらいは」

直子はこだわり続けた。そりゃあお産は辛かったけど、でも、あのときの痛みは圧倒的な暴力が伴った。お産は違う。どんなに激しい苦痛が伴おうと、この世で直子という一人の女が孕み、二つに裂かれて分身を創る痛みは暴力とは無縁だ。

几帳面にやってきた月のものが上がり、ほんと、これがイッチョアガリィってもんだわね、と夫と笑いあったあとも、だからといって女が終わったわけではない。直子と共に笑いあった夫が死んで、更に長い年月が経った今も正真正銘の女である自覚に変りはない。

近頃よく夢を見る。夜はむろんのこと、昼間も見る。ふとした時の隙間からそれは始まる。遠い昔、目まいを伴った深夜の鮮血の記憶も繰り返し現れる。気のおけない友人である杏子に告げると、

「それってボケの始まり。ま、近頃じゃ認知症て言うらしいけど」

「物忘れとかそんなんと違う。若い頃の自分や周りの誰彼をはっきりこの目で見たり話したりするのよ」

「だから、そういうのがボケの始まりなんよ。ただいまの事をすぐに忘れるくせに、昔のことはやたらはっきりと思い出すってやつよ。あぶない、あぶない」

杏子は世の中の老女が残らずボケても自分だけは正真正銘の女をまっとうする気でいる。そのため

には恋をしなきゃあ。相手がどう思おうとかまわない。迷惑さえかけなければいいんだから。

「それがね、面白いの。人間ってやっぱり霊長類よね、ちゃんとテレパシーが通じるんだから」

「犬や猫にだってテレパシーはあるわ」

負けずに言い返すが、これくらいの皮肉でへこたれる杏子ではない。自称恋の相手はテレビドラマの主人公だったり、コーヒー店のマスターだったりでことかかない。ただし、若く独身であること。

「恋っていうのは相手のオーラをもらうことだからね」

一方直子が主張する夢は時間の隙間からニョッキリ顔を出す。そして暫くは消えない。

あの女もそうやって現れた。直子の青春に出会った女。時間の亀裂から漂い出たとしか思われない。真っ昼間のデパートの地下食品売り場で見かけたのだ。

デパートの食品売り場まで足をのばすのは久しぶりだった。以前は気軽に足を運んだ。バイクを使っていたせいもある。交通事故を気遣う周りの忠告を受け、長年愛用していたバイクを返上してからは家から三キロ離れたデパートが遠くなった。

その日、目的は地下食品売り場ではなく、亡くなった夫の後輩から送られてきた個展の案内状に後押しされた。彼とも随分会っていない。会うことができれば、それはそれで話が弾むに違いない。

七階の美術画廊に画家の姿はなかった。遅い昼食をとりに席を外していると受付嬢が言う。濃いマスカラーの睫《まつげ》を見事に巻き上げた目にみとれる。

初日だというのに会場に立つ人はちらほらだった。このぶんなら急いで食事を済ますこともあるまい。ホワイトを基調にした画面の底から何かが立ち上がろうとしてもがいているのは、見ていて疲れ、早々と会場を出た。

画廊のある七階からエスカレーターで下りる途中で、上がってくる画家とすれ違う。彼の方は気付く様子がない。どのくらい会っていなかったろう。顎鬚に白いものが混じっていたせいもあるが、ベルトに摑まり立っている姿が、見知っている彼ではない。相変わらず若者が好むジーンズの上下を着こなし昂然と肩を怒らしてはいるが、かつてのオーラはどこへ消えた？　会場に掲げられていた夥しい絵の中にあがきながら埋没していったのかもしれない。

一瞬のすれ違いでかいま見た男の老いは直子にも当てはまるだろう。それの証拠に彼は気付かなかった。夫が逝って一年目に求婚までしたのだ。七十歳を目の前にした先輩の妻に言った。

「僕が独身を通したのは、この日のあること予知していたからです。奥さん、いや、直子さん」

彼はようやく五十歳に届くかどうかというところだったろう。夫の後輩として身近な存在だった。が、アトリエにはまだ夫の匂いが濃く残っていた。それ以上の理由はいらない。今、同じ男は気付かずに去った。十年の歳月が直子にしっぺ返しを食らわせた。

定休日明けの食品売り場は思いがけなく混雑していた。閑散とした画廊の次には別の世界に迷い込んだほどだ。何を買うでもなく、久しぶりのデパートなんだからと軽い気持ちだった。夫の好物だったので以前はよく利用した干物売り場で立ち止まり物色する。北の海のホッケが逞しい姿と匂いを放つ隣に駿河湾のアジの干物が並び、さてどちらにと目を泳がせた時、誰かの強い視線を感じ、同時に目まいがきた。立っている床が浮き上がる。両足を開きヒールを強く床に押し付けた。深呼吸して薄目をあけると、干物売り場の真向かいに行列ができていた。人気の夫婦饅頭の屋台に行列ができるのは毎度のことだったが、それの尻尾に近く立つ女に吸い寄せられた。

肩から腰にかけてピンクのストールを巻きつけているので、ピンクの大きな繭のように見える。行列は少しずつ動く。女の後ろに忽ち人が並ぶ。それにしても若い、若すぎる。

十八歳の直子が出会ったとき、女は小さな子供を連れていた。二十五、六ではなかったか。それなのに、いま目にしている女には時が止まっている。近頃乱視に遠視が加わった怪しげな視力にしろ、到底老女ではない。では、あの頃いつも連れていた女の子だろうか。母親似の色白で繭から吐き出される糸のような髪を絶えず揺らしていた。動きの少ない母親の周りをひっきりなしに飛び跳ねていた。

女はいつの間にか窓口にたどりつき、熱々の焼き饅頭を受け取っている。軽い目まいが残る中で直子は干物売り場から体を引き剝がし、女を追った。

屋台に隣り合う昇りエスカレーターが女を乗せた。膨らんだ買い物袋を提げた女たちに続いて直子を乗せる。先頭に立った女が一階フロアに片足をつけるのが見えた。白っぽいスカートから覗いた細い足首が妙な形にねじれた。目まいのあとの視点が定まらないのだろう。強く瞬きをする。フロアに立ったとき女を見失っていた。

負け戦を前に、十八歳の直子の周りで次々に娘たちが死んでいった。例外なく肺結核だった。死病と言われてなぞるように死んでいく。

「お腹に水が溜まってぱんぱんに膨れているそうだから、そろそろ近いよ、かわいそうに」

母がそっと告げた翌日に娘は死んだ。手先が器用で隣近所から仕立物をうけ、家の四畳半で終日ミシンに向かっていた。通りに面した北向きの窓に花柄のカーテンが半開きになり、カタカタと踏む音が通りに流れだした。直子が女学校へ上がるときの制服も娘が縫ってくれたのだ。直子が卒業すると、娘が縫ってくれた制服は妹にゆずられた。先の見えない戦争でなにもかも不足していたから、姉が四年間着続けたお古を当たり前のこととして妹は着た。

死神に執りつかれた娘はそこらじゅうにいて直子もそれの一人だったろう。乾性肋膜炎と診断されて午後から執拗に微熱が出る。同級生が次々に挺身隊として軍需工場で働く中で、直子は取り残された。結核はぶらぶら病と呼ばれて、ぶらぶらが日がな一日のすべてなのだ。

唯一の楽しみは散歩だった。微熱のない午前中の外歩きは医者もすすめて、雨の日以外は必ず家を出る。瀬戸内海と中国山脈に挟まれた備後盆地は、山脈から流れ出て蛇行し海に注ぐ大きな川を抱えている。

家を出て商店街を西に抜けると川はすぐだった。長い橋を向こう側に渡ると鍵の手に行き止まりの中州がある。鍵の手前に大きなお屋敷があるが人が住んでいる気配がない。屋敷の生垣が尽きたところから桜のトンネルになった。それほど長くはない州の途中に四阿《あずまや》があるが、平日はもとより土日ですら四阿に誰かを見かけることはなかった。

負け戦のさ中、ぶらぶら病の唯一特権は、その四阿で半日を過ごすことだった。桜が散りかけた或る日、もうすっかり馴染んだ何時もの場所に闖入者を見た。最初に見たのは三歳ぐらいの女の子だった。四阿から勢いよく飛び出し、呼ばれて駆け込んだが、すぐにまた飛び出してきた。中から呼んでいたのは母親らしい若い女、三方に取り付けたベンチの一つにゆったりと掛けて編み物をしていたが、直子に気付いて笑顔を向けた。唇の両端がきゅっと上向きに反り滑らかな糸切り歯がのぞいた。

川面を撫でる風が絶えず桜の花びらを降らせて、四阿のなかにまで舞い込む。花びらが女の形なった。が、すぐに女を包んでいるピンクの肩掛けのせいだと。とたんに笑いが突きあがった。くっくっと笑い続けるのにつられて女も声を洩らし、小さな子までわけがわからぬままにきゃっきゃっと声をあげた。

「桜の花が女の人になったのかと思った！」

「ああ、このストールのせいね。でも、こんなふうに笑ったのなんて久しぶり」

まだ笑いの滲む顔で女が言った。ああ、いい気持ちだこと。そしてやっと気がついて転がり落ちた毛糸の玉を足元から拾い上げた。

「きれいなストールですね」

肩掛けをストールと言った女を真似た。笑ったあとの解放感が人見知りの直子を大胆にした。

「きれいな色でしょう」

女もまた気取りなく答えた。桜色のストールがご主人からのプレゼントで、その人は戦地へ運ばれたまま生き死にさえ分からないとは、その時から暫くあとで知った。直子もお返しに自分が置かれているぶらぶらの日々を打ち明けた。

「満州から引き揚げてきて初めてのお友達よ、あなたが」

外地からの引揚者や都会からの疎開者で旧弊な町は少しずつ貌を変えていた。その人たちは血縁なのに、それまで暮らしていた土地の匂いが染み付いていて、一向にこの町の匂いに染まらぬ強かさも持ち合わしていた。親類縁者の暮らしの中に割り込み、都会者の優越感と引揚者の卑屈をないまぜて生き残りに賭けていた。

十八歳の直子は読書から拾ったばかりのデラシネと言う言葉を彼らに当てはめ、露地の奥の日常とは異質の疼くような世界に思いを馳せる。

女が満州からの引揚者であることに満足した。魅力的な年上の女から友達と思われていることが嬉しかった。だから、中州の葉桜が四阿をすっぽり包み込んでしまう頃には女に恋していた。若者たちを戦争に奪われたあと、直子の周りには軍需工場に徴用され過労と栄養失調で青膨れた中年男を見るだけになっていたのだ。

直子は女の名前を知らない。名前などどうでもよかった。小さな女の子を連れた奥さんでよかった。だから、奥さんと呼んだ。女が、お嬢さんとかあなたとか言うふうに。

直子は恋を知った。毎朝、胸をどきどきさせながら露地の奥から出てがらんどうの商店街を通り、大川の長い橋を渡ると中州に向かう。すると、小さな女の子を連れた奥さんが待っていてくれた。

「親類の家にいても邪魔になるばかりだから。ここは子供ものびのびと遊んでくれるわ」

のびのびしているのは女も同じだったろう。四阿に向かい合っていても、女は絶えず編み棒をうごかしていて、ときに直子がいるのを思い出したふうに顔を上げて微笑む。女のアルカイックな微笑が、葉桜の濃い陰になった四阿にもう一度花を咲かせ、直子を有頂天にさせる。


デパートの地下食品売り場で女を見かけた夏の終りから秋に移ろい、同じ日、知人の個展会場を訪れたが会うことができず、代わりに芳名録に記帳して帰ったのに音沙汰も無い。かつてはプロポーズまでした男だった。先輩だった夫の死後一年目に愛を告白された。

男は熱っぽく訴えた。男のラブコールが繰り返し耳たぶをくすぐる中で、直子は目くらましにあったように男の真意を探した。「この日のあることを予兆していた」とはどういう意味かしら。夫が死んで私が生き残る日を？　先輩の妻を寝取るスキャンダルを避けて堂々と愛を告白できる日を？　それとも……わたしより先に夫がこの世から消える日を確信していたとでも。

「僕はもう充分待った。これ以上は待てない。それぐらいあなたにだってわかるはずだ」

そうよ、あなたの言うとおりよ、今だってあなたの母親ぐらいの年齢なんだもの。あの時男の前で飲みこんだ言葉が、エスカレーターですれ違いざま残酷に撥ね返ってきた。もうこれ以上は待てない。男は正直に言ったのだ。刻々と若さを脱ぎ捨ててゆく先輩の妻をぎりぎり歯噛みしながら待ったのだ。

先輩の死よりあとに残ることを願って。僕はもう充分待った。まったく！　これ以上待つのは怖い。それの証拠に男は腕の中の女の老をむしり取る乱暴さで直子のブラウスを引きちぎった。まだ間に合う。まだ……。男の中から噴きこぼれる声を直子は聞いたと思った。


「それで？　どうなったの」

杏子が身を乗り出す。耳たぶからぶら下がった琥珀色の玉が揺らぐ。敬老の日に孫からプレゼントされたイミテーションだがよく似合っている。

「どっちの話」

「初恋のほうに決まってるでしょう。婆さんが若い男に振られた話なんか聞きたくもない」

「振ったのは私のほうよ」

「振られてほっとしたろうね彼。婆さんの裸じゃ絵にならないもの」

杏子の憎まれ口はいつものことだから口を尖らせるだけにしておく。くやしいがその通りだろう。

「失恋したの、彼女とは」

「おやおや、かわいそうに。でもまあ、初恋なんて実らないのが相場だから。それに、相手が」

「その先は言わないで。どこかの国じゃ同性の結婚だって認められているんですからね。でもまあ私の失恋は当然の報いではあったんだけど」

ほんとうに当然の報いだったのだろうか。直子が報いを受けたとすれば、年上の女への片思いではなくて、負け戦を寸前にして喘ぎ、挺身隊として武器作りに青春を投じていた若者すべてによる報いだったろう。国難といわれるさ中に役立たずの病に執りつかれては身を隠すしかない。町外れを流れる大川の中州が安息の場になった。三方を水が囲み、さらに水際に立ち並んだ桜のトンネルが世間から隔絶してくれる。一歩出れば忽ち安息は破られるが、中州に身をゆだねている間はゆったりと時が流れた。ここに隠れている限り不安はない。踏み込んでくる者はいない。

「本当はあの時代に隠れ場所などなかったのに、私と奥さんを取り巻く中州だけは世界の破局から見放された場所だと思ってた。そんな身勝手な私に誰かが罰を与えたのね。だって、まさかあんな事が起こるなんて」

戦争が破局に向かい雪崩れ落ちる中でも季節は約束どおり巡って、夏になった。加速度に物がなくなり、空腹が日常的になった。直子のぶらぶら病に栄養は欠かせないと誰もが知りながら、せいぜい出来ることは空気浴と日光浴ぐらいだったから、半日の散歩に目くじら立てるものはいない。直子は祖母の行李から見つけ出した紺木綿でショートパンツと、同じ行李の中から見つけた絹の端切れでブラウスを縫った。そんななりで歩くなんて、と眉をひそめる母のために、露地から露地を伝いあるいて中州に通った。

「ショートパンツがはけるなんて羨ましいわ、ブラウスも素敵よ、お婆さんの行李って宝のつづらねえ」

モンペをはいている女は額に汗を滲ませて言う。

「奥さんだってまだ若いのに」

「こうやって夫の帰りを待つだけでどんどん歳をとっていくわ。夫は生きているかどうかも分からないのに」

近頃、編み物の手が休み勝ちになる。満州からこっそり身につけて持ち帰ったという毛糸は七分通りセーターの形になった。やがて、カナカナゼミが鳴き始め、セーターが出来上がった。

「もういつ帰ってこられてもいいですね」

「そうね、冬に間に合ったわ」

出来上がったセーターは、何時も女が持ち歩いている手提げ袋に納まった。

桜の葉が色づき、直子もショートパンツを絣のモンペにはき替えた。川面を渡る風が肩で切り揃えたおかっぱを巻き上げる。セーターを編み上げてからは手持ち無沙汰で寂しげな女に、今朝はどんな話をしようか。

四阿の手前で足が止まった。子供の姿を探す前に四阿のなかで抱擁する黒い塊を見た。女と男。男の黒い学生マントが女をすっぽり包んでいた。女の華奢な腕が男の首に巻きつくとき、ピンクのストールが跳ね上がり、刹那、互いはよじれるよう抱き合ったまま地面に崩れていった。

茫然と立っている直子の、もんぺに包まれた股を温かいものが伝い下りた。病いになってからは訪れることのなかった月のものの兆しだった。それと気付いたとき、あの目まいがきた。慕い続けた女が見も知らぬ若者を受け入れていることに、悲しみを超える凶暴な怒りに揺さぶられた。怒りが、直子の中断していた女の生理を再開させた。強い目まいに直子自身も地面に崩れそうになるのを懸命にこらえた。嗚咽が迸り出た。悲鳴にも似たそれが自分のものか、絡み合う黒い塊からのものか判らなかった。

マントの学生が奥さんの義弟であると知ったのは暫く後になってからである。同じ年の秋、直子は強制的に飛行機の部品工場に勤める事になり、もうくることもないと思い決めていた中州にやってきた。桜の紅葉が川面を染め花見時のような華やかさを映しているのに戸惑った。四阿に母と子はいた。子供はピンクのストールにくるまり女の膝で眠っていた。随分長いこと会わなかったのに、つい昨日別れたばかりのような笑顔を向けた。変わらぬあの微笑だった。紅葉を溶かした日差しが女の顔をかつてないほど明るく見せた。

「会えば、ああなると分かっていたから逃げていたんだけれど、とうとう見つかってしまって」

ベンチに向かい合うと、今度もまた昨日の続きを話すように言う。神戸で在学中の義弟が海軍特攻隊を志願して両親に別れを告げにきていたのだと。女と子供が昼間の大方を中州で過ごしているのを家のものは知らないはずなのに、探し当てた。

「今頃はもう船の上でしょうね。それとも」

女に抱擁を羞じる気配はなかった。中州だけに流れるゆったりとした時空が、死にゆく人との抱擁を受け入れたのだ。

「彼女とはそれっきり。戦争に負けて、何もかもが吹っ飛んでしまったわ。若い娘を縛っていた鎖が切れて、もう中州だけが別天地じゃなくなった。町中に引揚者があふれて、たぶん彼女もその中に沈没したのかもしれない。でも、分かったことが一つだけあるの」

「当ててみようか」

長い物語からやっと抜け出した顔で杏子が言った。

「待っていた旦那様は帰らなかった」

「あ、そうか。経験済みだもんね、杏子は」

「たった一週間の新婚生活だった、顔も覚えていない。種付け馬の役にも立たなかったわ」

女学校のクラスメートの中でも一番早く結婚したのだ。軍人だったから戦死は覚悟の上、なのに、親たちは何を血迷っていたのだろう。負け戦が種付け馬の夫を帰してくれなかった。

「見たの、私」直子がきっぱりと言う。

「え、なにを」

「黒マントの学生。間違いないわ。奥さんが旦那様のために編んだセーターを彼が着ていたのよ。断言してもいい、あの毛糸は特別だったから」

女が身体に巻きつけて持ち帰ったという毛糸はビーファイブというイギリス製だと聞いた。身ぐるみ剝がれる引き揚げの中、命がけで持ち帰ったのは夫のセーターを編むためだったとも。親戚の家では厄介者でしかなかった女が、中州の四阿に逃れて編み上げたセーターを、夫ではなく特攻帰りの若者が着ていたことを直子は憎んだ。若者と女を。

「あの頃はよくある話だったわ。長男が戦死して次男の嫁さんになるって話。長男の嫁は家の嫁なんだから一番納まりがいいのよね。わたしの場合は子供がいなかったから忽ち実家へ帰された。でも晴ればれしたなあ。実家へ帰ってからは仇をとるみたいに好き放題をやったっけ。あんな開放感には二度と巡り合えなかったけど」

負け戦が狂わせたのだ。直子自身両手でバンザイを叫びたくなる開放感の中で死病から抜け出し、恋を重ねた。黒マントをビーファイブのセーターに着替えたパルチザンに対抗して。空の一角が裂けて吸い込まれるような恋に目がくらんでいた。

負け戦が打ち上げた束の間の開放感を話し合う時、二人の老女は酒を飲んだようにぼうっと酔い心地になる。国の破局がもたらした底なしの開放感を語る友人もめっきり少なくなった。

風が運んできた秋祭りの鉦太鼓の音を聞きながら、そういえば、デパートで女を見かけてから一月以上経っているのに気がついた。今では幻覚だったのかもしれないとも思う。子供の頃からたまさか襲う目まいが歳と共に深まる感覚があり、慣れて遣り過ごす知恵も身についている。考えてみればおかしなことなのだ。八十歳に手の届く直子であってみれば、女は更に歳をとっているだろう。

だがあの日見かけた女はピンクのストールのせいばかりでない華やかさで目を引いた。だからこそ、立て込む食品売り場で直子の目を射たのだ。

では、娘だったのだろうか。女はいつも幼い女の子を連れていたから。娘なら、母親のストールを譲り受けたとしておかしくはない。

疎水に沿って露地が入り組む盆地の町から、同じ備後の瀬戸内沿いの町に越して長い歳月が経っていた。この町で夫に先立たれる後先にも盆地の町を訪れる事はなかった。明るい海沿いの町に較べて盆地の町は暗く静まりかえって、よほどのことがなければ足が向かない。あれほど執着した大川の中州や四阿で出会った女も、過去の風景に溶け込み輪郭を失ってしまった。

その日、杏子と語る昔話に割り込んできた秋祭りの鉦太鼓が、ふいに直子を盆地の町に誘った。語ることで甦った青春の地が強引に直子を連れ戻そうとする。地霊の企みにも似た力が直子の心を覆いつくしたとき、盆地の町行きのバスに乗った。

大川に架かる橋の手前で茫然となった。直子の耳に囁き、ここまでおびき寄せた地霊の哂《わら》いが聞こえた。悪意のこもる哂いは水のない橋の下から舞い上がり、かつて滔々と流れていた川床をおおいつくす葦群らに戯れる。橋のたもとに麗々しく掲げた「国土庁指定一級河川」の表示板に秋の鋭い日差しが反射していた。

足元のコンクリートの橋に見覚えがあった。敗戦の日からまもなく、大川が氾濫するという事があり、それまでの橋が流され新しくなった。六十年前の負け戦の果ての洪水は浄化作用であったかもしれない。敗戦の詔勅で天地がひっくり返り、なにがなにやら分からずにいた町の人々を正気づけたのだ。六十年前の真新しい橋はコンクリートの腐食がひどく「末広橋」の文字が消えかかっている。かまうものか、毛筋ほども流れぬ生き恥晒しに標識も橋もいるものか。直子は飢えたように流れを求めて、いや、流れに浮かぶ中州を求めて橋を渡り始める。橋の中ほどまでくると、上手の深い山あいから大きく蛇行して迫る川筋が細々と命永らえながら脇へ逸れていた。いま少し山よりに新しい水路があるらしい。辛うじて命脈を保つ流れを挟んで賽の河原が無残に広がる。

渡りおえると、ヨーロッパ風の堂々たる病院の前に出た。ここにはかつて無人の屋敷があった。老婆が一人棲んでいると聞いたが気配はなかった。屋敷から先に家はなく桜のトンネルが始まり、二百メートルほどの途中に四阿があったのだ。

今では消え去った屋敷跡に聳え立つ病院の威風に圧倒されながら脇道を進む。葦の生茂る川床から石積みされて宅地になった中州はすでに中州ではなく、競り合うように家が建ち並ぶ。そこから先に抜け道はなく、高々とフェンスが立ちふさがった。

引き返して町を歩く。露地の家を出て商店街を抜け大川に出る枝道の記憶を辿りながら歩く。海沿いの町へ越して四十年、更に遡って二十年の歳月が、永遠の同義語と信じた大川を消し去ったように町の貌をも変えてしまった。商店街で小さな宝石店を営んでいた知人はどこへ越したのだろう。ガラスの割れたウインドウにベニヤ板が貼り付けられ見る影もない。月曜日の自転車屋は表戸を閉め、隣の化粧品の店だけが馬鹿に明るい。枝道に入ると数軒の軒の低い家に覚えがあった。だが、この道もまたアスファルトになった。石の道が喉をひりつかせる。

うろ覚えをなぞって更に奥を辿ると、突然深い溝に行き当たり朱色に塗られた木の橋があった。ああ、この橋は土橋だったあれだ。橋のすぐ下をドンドンと言い慣らした水車が瀬音を立てていたのだ。ドンドン橋は中州への近道だったが、今では橋の向こうに鉄工所が立ちふさがり抜け道は閉ざされた。

ぐるぐる巡ってもう一度振り出しの場所、コンクリートの橋のたもとに立った。足の感覚がにぶり、西へ傾きかけた日差しを浴びてひどく喉が渇く。涸れ果てた川が水を恋焦がれるように直子もまた水に焦がれた。風景の激変にうろたえ、打ち砕かれた過去の欠片を探し求めるなかで見つけた水枯れの橋の畔に残る水車小屋と、その土壁に映る大樹の黒々とした影が時の崩壊を辛うじて支えていた。

気がつくと、葦の揺らぐ川床を前に土手にしゃがんでいた。目まいともまどろみともつかず霞む視界に、水を湛えて流れゆく大川のさまが見える。

西の天空に留まる光にまぶされ甦った橋に人影が立った。ピンクのストールを巻きつけ繭の形に佇む女。橋の上に佇んだままでゆっくりと頭を左右に廻らせる。中州の在りかを探しているのだと直子は思った。中州などもう何処にも在りはしないのに。桜のトンネルも、四阿だって。立っていって、そのことを教えてやりたかった。と、まるで直子の気持ちをなぞるかのように女の傍らに少女が寄り添う。

繭になった女は少女の手をとり頬にあてる。少女の肩が喜びに震える。女はストールを水鳥の羽のように大きく広げると少女の震える肩を包んだ。濃いピンクを帯びた太陽が加速しながら盆地を染め、それの底にしゃがんだ直子をも染めながら山の端を目指した。

記憶の中の仏たち

独り暮らしの葉子のもとに未知の声が祖父の亡霊を連れてきた。祖父の名は亀次郎と言ったが、電話の向こうから突然、亀次郎が名乗られ、父を飛び越えた祖父の名を遙かな辺りから思い出した。辛うじてというものであった。

「国土交通省のものですが」

男は祖父の生地である南国の県名に国土交通省をくっつけて自己紹介した。葉子はどきりとした。コクドコウツウショウ？　近頃頻繁にマスコミを騒がせる国がらみの汚職に確かコクドコウツウショウという名も挙がっていたのを思い出したからだ。死にぞこないの婆になんのとばっちりだろう。

「貴方が波多野亀次郎さんのお孫さんですか」

声は若いが丁寧な物言いである。クニがらみの悪徳を追及する口調ではない。そうだというと、

「波多野亀次郎さん名義の墓地のことで」

国土交通省の吏員だという男の話を要約するとこうであった。波多野家代々の南国の地に祖父名義

の墓地が登記されている。紀ノ川を抱えるその地に幹線道路を通すことになり整備にかかっているが、山続きの丘に残された墓地が予定地に入るので買い取りたい、と言うのだった。

「長年放ってあるようなので墓地というより竹藪でして。で、骨《こつ》はどうなっとるんでしょう」

それこそ藪から棒の話である。男がいうように墓地が竹藪になっていても不思議はない。墓もろとも先祖の地を捨て北の大地に男の夢を求めた祖父も、その息子たちもそれぞれの地で死んだあとでは、捨墓も同じだろう。

「お骨は取り出して本山に納めたと思うのですが」

思うだけで確信はない。受話器を持つ葉子の周りにもやもやとしたものが取り巻き始め、輪郭を失った記憶が押し出されてくる。生涯の半ばを流転に費やした葉子の父は、生地を捨てて一度も帰ることの無かった祖父の骨を一旦は郷里の墓地に埋めたが、急に思い立ったふうで宗本山の高野山に納めた。時勢はすでに食料に事欠き交通の便も不自由になっていたが、本土空襲の惨事を数年後にひかえて束の間の安泰な時期であった。

「葉子にも一度先祖の墓地を見せておきたい」

と言うのが、墓参の理由だった。

「では、亀次郎さんの墓は空になっとるんですね」

相手は荷が一つ下りたほどの声になる。五十坪足らずの墓地は国の買取り値で五十万ぐらいという。万端が世事に疎い葉子にも幹線道路として買い上げられる土地の値が法外な高値であるのを伝え聞いている。五十万？

「安いんですねえ」

「畑地ならもう少し高いんですが墓地ですからねえ、ま、その辺りが国の相場です」

何が国の相場だ、悪い事ばっかりやってるくせに。

「というわけでして、境界線の確認のために一度お越し頂きたいのですが」

父と祖父の二代にわたって抛っとかれた末に、今では竹藪になっている墓地の境界など葉子にわかるわけもない。適当にして下さいと電話を切った。

葉子が父に連れられて墓参に出かけたのは六十年も昔のことである。北国から瀬戸内の町に移り住んでいた。葉子にとって墓参というよりは、瀬戸内よりもっと南の地を旅するときめきがあった。

女学校の春休みで最終学年をひかえていた。一年後の卒業の日には校門から真っ直ぐに軍需工場へと行進することになるが、その春父との旅はのどかだった。

墓参の後、宗本山である高野山奥の院へ足を延ばしたのは納骨のためだったのか。出立前の父からは墓参としか聞いていない。高野山では一泊した山寺の冷え込みで風邪を引き発熱したためか、この辺りの記憶は怪しくなっている。

最近になって東京に住む妹から、祖父の骨は一部を高野山に、残りは新しく取得した多磨墓地に祀ってあると聞かされ、それじゃあの時は……と得心したのだった。早くから家を出た葉子に代わり妹夫婦が両親と暮らし、家の祭祀をこなしていた。だから妹の言葉に納得はしても、葉子には今もって墓から骨を取り出した記憶がない。

捨墓が浮上して数日後、図書館で「浄瑠璃寺」の写真集を借りた。目当ては別にあったのに、写真集の表を飾る仏に惹かれ、映画ビデオ「酔いどれ天使」と共に借りた。写真集も映画ビデオも葉子の若い時分、負け戦を挟んでの時期に重なる。図書館から帰る道々、葉子は体が少し持ち上がり、踏み出す足がアスファルトに密着しないもどかしさを感じた。近年やたらに掘り返し修復する道が、長引いた梅雨のために乾ききっていないせいか。

「浄瑠璃寺」は十代の葉子が父との墓参の途に立ち寄った寺を思い出させた。紀ノ川が貫く南国から高野山、奈良をめぐる旅だったのだから、浄瑠璃寺へ寄ったとしてもおかしくはない。なにより、阿弥陀堂を圧して居並んだ金銅仏の異様さと、今一体の女人仏の姿が忘れがたく刻まれていた。

写真集に期待の女人仏は見当たらなかった。かつて十代の葉子を強引に浄土へ誘うかに見えた金銅阿弥陀如来像は健在で、今も極楽浄土の絢爛を失わずにいたが、どうしたことだろう、あの仏がいないとは。阿弥陀堂へ入ってすぐのところに仏はおわした。そこから先に居並ぶ華麗な金銅仏とはまったく異なる無彩色の、木肌のままの白っぽい仏。ゆったりと衿をあけた薄物をまとい、丸みを帯びた台座に浅く腰を落として微笑む姿は、仏というよりは生身の女の温かさで葉子の心を惹きつけた。

写真集の表を飾っているのは、女の仏ではあっても吉祥天と名づけられ、重ねの衣装が色鮮やかに彩色されている。その上精巧な厨子に祀られ、拝観できるのは限られた日時とあった。父に連れられて行ったとき、木肌の女人仏はいつでも誰でも気楽に拝観できる位置から迎え入れてくれたのに。

その夜、葉子は写真集と一緒に借りてきた映画「酔いどれ天使」も見た。黒澤明監督、三船敏郎主演の映画は、負け戦の饐《す》えたどぶ川の中から生まれたような話で、配役のすべてが若く、葉子自身の青春と重なる懐かしさは覚えても、肝心の中身は記憶からぽっかりと抜け落ちていた。同じ頃に立て続けに観た映画の何本かが絡まり混じりあって別のものになっている。

かつて大感動した映画の中身を度忘れしていた、というよりは初めて見るほど新鮮だったことで、葉子を取り巻く記憶の囲みがぐにゃりぐにゃり溶け始め、それはまた、同じ日に借りた「浄瑠璃寺」をも犯し始める。

半月ほど経つと夏の盛りになった。或る日、同窓会の幹事から電話で女学校時代の恩師の死を知らせてきた。音楽教師で二年生のクラス担任でもあった。

北国を振り出しの父の流転は瀬戸内の町に来て留まっていた。父の意志というよりは、急速に深入りしていく戦争が流転を断ち切ったと言うのが当たっている。食べるものから着るものまでが切符制になっては身動きならず、杭に繋がれた家畜同然になるしかなかったのだ。

とはいえ、葉子にとっては生まれて初めての内地だったから何もかもが物珍しく、しかも妙にこじんまりして、転校した女学校では、生徒たちから学生服を着た仔羊を連想した。

転校してすぐの担任の男先生は緒方と言って、東京音大を出て最初の赴任であったらしい。

「奥さんに先立たれて、娘さん夫婦と暮らしとられたそうだけど。女学校では一番若い先生じゃったし、男前じゃあるし、うちら皆な熱をあげよったねえ」

受話器から幹事の溜息が洩れた。全校生の憧憬の的だった先生は、戦後の教育改革で男女別中学校が統合されて高校になったのを機に奈良へ転任した。奈良が故郷であるとも聞いた。

緒方先生が担任を受け持ったのは葉子のクラスだけで、後は音楽専任を通されたが、葉子にとっては転校して最初の担任だったから、卒業後も年賀状のやり取りや、折々の近況を知らせる手紙を出すことがあり、奈良の緒方先生からはその度に便箋の罫からはみ出すほどの字で返事がきた。

葉子の夫が病に臥し、入退院を繰り返すようになった頃、同じように緒方先生からも奥さんの不調を匂わす手紙がきて、その辺りを境に文通が途絶えた。長患いの末に夫が逝ったことも知らせないまま、奥さんの病状を尋ねるのも憚《はばか》れて、速度をます老いにかまけていたが、やっぱり。


田舎道。両側に広い畑を従えた沿道に鈴なりの柿の木が続いている。秋の日差しが車の中を心地よく暖めているせいで、つい、うとうとする。行く手に山門が見えてきた。古びた寺院の三方をすっぽりと包み込む山に紅葉が幾段階にも色を差し替え、同じ秋の日差しに明々と照り映えている。

運転していた男が車から降り、続いて葉子も降りる。二人は肩を並べて山門を潜ると、そこで足を止めた。男がそうしたので葉子も従った。ここへ来るまでずっと男に道案内されるまま、葉子自身はどこかに置き忘れている。男の存在がことさら大きいわけでもなく、遠い過去からの繋がりで自然にそうしているだけのことだった。山門の内側は、やってきた田舎道の光景とは別世界の森閑とした佇まいで、隣に立つ男が急に小さく見えた。

背後に迫る山を押しやり、大きな池を挟んで左手に三重塔、向かい合う位置に広大な阿弥陀堂がある。男は物慣れた足取りで阿弥陀堂へ向かう。葉子も慌てて後を追う。中には金色に光り輝く仏像が見上げる高さに並び、来るものを威圧した。男は奥へ進もうとせずに入り口近くで立ち止まった。

「僕はこの仏様が一番好きでね。死んだ家内のような気がするんだ。だからこの寺にはよく来るんだよ」

言いながら仏の周りをぐるりと巡り、お顔をしみじみと眺めると手を合わせた。

「先生」

葉子が呼びかけると、手を合わせたままで振り返った。男は特徴のある、ギリシャ神話に出てくる若者を思わせるかっきりとした瞳に涙を湛えていた。

「緒方先生って、泣き虫、泣き虫……」

緒方先生の夢を見たのは、同窓会の幹事がもたらした訃報によるものだったろう。夢の中の寺は浄瑠璃寺だったとぼんやり思った。図書館から借りた写真集で見た九体の金銅仏が夢から覚めた後まで目の隅に映っていたからである。それなのに、先生が立ち止まり涙を注いだ仏像の姿をまるで覚えていないのが歯がゆかった。

先生が涙した仏は、父と一緒のときに出会った女人仏だったのだろうか。それとも、写真集で見たあでやかな衣装の吉祥天だったのだろうか。夢の中では緒方先生が運転する車に乗り、下りて田舎道を共に歩きながら一向に違和感を持たなかった。沿道に連なる柿の赤い実と寺を囲んだ三方の山の紅葉が鮮やかだった。秋も深まった時候にちがいない。

父と旅したのは春である。紀ノ川を抱く南国は桜の盛りだった。同じ寺の春と秋。でも葉子の記憶では寺を訪ねたのは一度きりである。ふと、夢の中の自分が少女ではない成熟した女だったと思い当たった。隣り合う先生への感覚が生徒のそれではなく女の情念だったのを、醒めてからもずっと尾を引いた。

立て続けに玉砕が報じられる前まで、葉子らの教室は日本兵の南方進軍と戦勝を報じる軍艦マーチで膨れ上がっていた。学校のどの教室にいても音楽室から聞こえるピアノの音と少女たちの高揚した歌声が聞こえ、中でも「シンガポール陥落の歌」が生徒たちを熱狂させた。

「緒方先生がピアノを弾きながらきっとまた泣きよられるよ」

教室の四隅からさざ波が立ち中心へ打ち寄せると渦になる。扇情的なメロディに覆いかぶさるピアノの音と歌声が、開け放された音楽室の窓から校舎をめぐり天空に舞い上がる。

突然ピアノが止んだ。同時にヒステリックな少女たちの歌声も止んだ。

どちらの音響も宙に惑い、だが、更に困惑したのは葉子たち……それまで音楽とは無関係な授業を受けていたすべての生徒たちだった。不穏な静寂は一瞬だった。殆ど悲鳴に近い嗚咽が、さっきまでの歌声の続きでもあるように聞こえてきた。葉子たちは息を詰めた。クラスが静まり返り、教壇に立った引ッ詰め髪の女先生が唇を震わせて読本を机上に叩きつけた。緒方先生に召集令がきたと知ったのは、同じ日の放課後であった。

「僕が召集解除になって学校に復帰できたのは、音楽教師だったからなんだ」

秋の日差しが眩しい田舎道を並んで歩きながら男は言った。

「いや、違うな、彼女のお父さんが軍医だったからだ。身体検査のとき、声を高めてこう言ったんだ。『君は音楽教師として銃後に貢献できるか』。僕は夢中で『貢献できます』と答えた。軍医の意中など分かるはずもないし、周りには立会いの下士官が何人もいる中で、それが精一杯の答えだった。そんな遣り取りが即日召集解除につながるとはなあ……正直なところ助かったと思ったよ。そりゃ覚悟はしてたさ、してたけど」

緒方先生が学校に戻ってきたのは、講堂での華々しい歓送会の後で全校生が駅頭まで行進し、日の丸の旗をカサカサ鳴らしながらありったけの軍歌で見送ってから一週間と経っていなかった。

それからも、二十代三十代前半の教師たちが授業半ばで次々と戦場へ駆り出される中で、緒方先生はピアノを弾き続けた。心なしか音色は沈んで、かつてのように生徒をヒステリックにさせなかったとしても、雪崩のように伝わる「玉砕」の報に、学校も町も息をひそめる日々だったから、緒方先生の心中を思いやるどころではなかったのだ。

週に一度の音楽の授業が軍歌に集中していき、廊下を歩く先生の靴下の踵に穴があいているのを見ても、生徒たちは見ぬ振りをした。

「僕は、音楽教師とすり替えに戦地に行かずにすんだ。あのとき一緒に召集された連中は南方に回されて餓死か玉砕、殆ど戻らなかったよ」

男と肩を並べる葉子に、男の繰言が侵入してくる。眩しい秋の日差しの中で二人の周りだけひんやりとした影が取り巻く。

「君」

男が立ち止まり、葉子も立ち止まった。影が一段と濃くなった。

「君、ほんとに帰らなくていいの」

「はい、そのつもりで出てきたんですから」

「そう」

男は短く言ってまた歩き出した。少し遅れて歩きながら、前を行く男の髪に白髪を見つけて立ち止まった。

「どうした」

「白髪を見つけたから」

かつては盛り上がるほども豊かで漆黒の髪だったのに。

「なんだ、そんなことか。君だってあるんじゃないのか、白髪」

男は葉子をくるりと後ろ向きにさせてから、ふいに、抱きすくめた。香ばしいなめし皮の匂いは夫の体臭だった。刹那、強い性の快感が甦り爪先から気だるく溶け出していくのにまかせる。

この冬は異常気象が続いた。北の豪雪地帯に雪が降らず、名物行事の雪祭りやカマクラ造りができないと盛んに報じられる。葉子の故郷である北海道も内地並みの気温と聞いては、瀬戸内の馬鹿陽気も納得できた。それでも彼岸前に不意の寒冷前線が通り抜けて真冬の寒さが居座ったが、彼岸過ぎには桃やミモザが一斉に花を開き、桜に灯が点った。

夏以来断片的に訪れる夢の中で、緒方先生とも夫とも知れぬ男の匂いに包まれ恍惚をえた目覚めで、それの痕跡を信じられぬ思いで確かめた。男の話に聞く夢精が女にもあるようだ。体が漲っていた頃はよく訪れ、どういうわけかひどく疲れた日々が招いた。老いてからは、疲れるほど体を動かす事はまれで、性の恍惚にも遠くなっていたというのに。

老いの体にも不意の目覚めがあるものらしい。その上恍惚感の衰えも覚えず、朝ごとの犬の散歩に伴い見上げる老桜の蕾にも老いのエロスを覗き見た。

そんな一日、葉子は馴染みのギャラリーに出かけた。白磁の作陶展が開かれていた。作務衣《さむい》の若い男が入り口近く展示台の花器を前にしてしきりに何かやっている。傍に一握りの水仙が置かれ、それを活けるための網状の筒を嵌め込もうとするらしい。両手の四本の指は花器の中に、小指だけが宙を踊るのに見惚れた。ふだん人の小指がこれほどしなやかに動き回るのを知らなかった。

「小指が　よく動きますね」

びっくりしたように男が振り向いた。

「轆轤を使うときに小指が要《かなめ》を果たしてくれます」

そうなんですか、と言ったあとで羞恥が走った。老いの夢に訪れる不意の性がまたもや蘇ったほどにうろたえる。ふと、本命の花器や茶器、食器の展示台から少し離れたテーブルにミニサイズの仏たちが並んでいるのを見た。地蔵菩薩、観音菩薩、飛天、恵比寿大黒までが、どれも丈十センチほどの愛らしい仏たちである。不透明の白磁の肌が人の温もりを見せて、ダイニングテーブルの上にも、応接間の棚にも、書斎の机上にも溶け込んで和ませるだろう。

中に見慣れぬ仏があり「愛染明王」とメモされてある。頭に獅子の王冠を抱き八本の手に武器を持つ憤怒の仏は男の仏なのだろうが、なぜか菓子には女の仏に見える。お顔を取り巻く豊かな髪のせいか。その髪は今しも嫉妬の焔《ほむら》を上げている。

魅せられて白磁の愛染明王を買った。もっとも口紅一本分の値段だったが。小さな仏は上着のポケットに納まり、ほんの僅かふくらんだ。ギャラリーの女店主の、この二月にニューヨークの現代美術館を訪ねたときの話に聞き入るうちに時を過ごして、店を出たときは夕暮れの気配だった。

勤めを終えて家路を急ぐ車を避け、入り組んだ露地を歩く。ギャラリーを出がけに目にした展示台の水仙が鮮やかに浮かび上がり、つられて男の小指までが踊る。思い出したように打ち始めた軽い動悸に掻き立てられ足は自然によっちゃんのパブに向かう。

「今夜は連れがあるんよ」

葉子はポケットから仏を出しカウンターに置いた。

「お。いかすじゃねえか」

よっちゃんが満更でもなく覗きこむ。

「これ、愛染明王っていうのよ」

「ふーん、怒髪天ってとこ見ると、振られたんだな」

「焼きもち、嫉妬むらむらってとこかもね」

「弓矢持ってるから女ってこたあないやな」

「私は女だと思う」

「かもな、女は怖い」

調子を合わせて注ぐワインを含むと舌の上で転がす。仏の口にもグラスをつける。よっちゃんが別の客にワインを注いでいる。また戻ってきて葉子のグラスに注ぐ。仏が大きくなり、白磁のはずが朱になり、かっと見開いた眼球が真っ赤になる。

「彼女って佐伯ミドリさんのこと？　ほら、先生を死地から救って下さった人の娘」

葉子は訊く。男は確か彼女のお父さんに助けられたと言ったのだ。召集令状が来て出頭した兵舎で彼女の父である軍医から命を預けられた。生と死の閾《いき》で。

「でも先生は、命をもらった人の娘と心中しようとなさったのね」

カウンターの上の仏の口が裂ける。

「命を救われたはずが、そうではなかった。お国のために死んで帰るはずが生きてとんぼ返りしたんだ。しかも僕だけが。音楽で銃後のご奉公するなんてたわ言を世間は許さなかった。校長や他の先生たちでさえ僕を見る目が変った。『生き恥晒しの卑怯者』これがピアノの前にもどってきた僕を見る目だったよ。僕の僻みだったかも知れん。だが同じことさ。追い詰めている張本人は誰でもない僕自身なんだからね。そんな僕に彼女が飛び込んできた」

佐伯ミドリは菓子のクラスメートでただ一人家にピアノがある生徒だったから、放課後のピアノレッスンを誰もが当然のことと受け入れた。いくらか眇《すが》目の彼女は顔も体もふっくりと豊かで、同じ年頃の少女たちの中では際立って大人びていたし、一途な気配があった。

「わたしが先生と一緒に死んであげる」

放課後の音楽室でレッスンが終わったとたん、今しがた弾きながら「あ、ここはピアニッシモだった」と首をすくめたのと変らぬ口ぶりで言った。それが癖のかわいい舌まで覗かせて。生き恥晒しの男の心を見抜いたように佐伯ミドリは言ったのだ。わたしが先生と一緒に死んであげる。

「死ぬことへの怖れが日増しに鈍感になっていた時代だったからね、彼女が僕と地獄を分け合うことにも怖れはなかったろう。そりゃあ恥の上塗りかもしれん、兵隊にもなれずに女と、しかも教え子と心中しようと言うんだからね」

「でも、先生は生きとられる」

「無垢の体だった。まるで仏さまのような。その仏が僕にこう言った」

無垢の体を絡ませて佐伯ミドリは言った。それがこの世に刻む最後の言葉になると信じて。

「先生、どうか父を許してあげてください」

一瞬、男は阿呆のように口を開けて少女を見つめた。何を言ったのか分からなかった。男の頭は、ひしと絡み合う少女の熱を帯びた肌と、脈打つ芳香に痺れたようになっていた。少女の父、男を救った軍医のことなど欠片《かけら》もなく飛んでしまっていた。抱き合う少女は精いっぱい大人に見せようと、校則の長い三つ編みをほどき、搾りたての乳色をした肩にはらりと髪を散らしていた。

「君、今なんて言った」

「お父さんを許してって。だってお父さんのために先生は、だから」

男の混乱した頭に今度ははっきりと少女の言葉が突き刺さり、とっさに抱きしめていた仏を押しやった。どうして。どうしてなんだ。少女の父親は善意で男を解放したのだ。少女に何の関わりがあるというのだ。男の前に無垢の仏はうっとりと微笑み続けた。男をアリ地獄に突き落とした父親の身代わりとして死ぬことに喜びさえ覚えているように。なんという自惚れだ！

「僕はまんまと彼女の企みに嵌ったのさ。贖罪というセンチメンタル、僕をアリ地獄に陥れた父親の罪の生け贄。いかにも戦時下の女学生らしい思い上がりだ。彼女が僕との死を望んだのは、僕への愛なんかじゃなかった。軍国少女のナルシズム、いや、父親への愛だったと覚ったとき、僕は恥と怒りで犬のように這って逃げたよ」

カウンターの上で、八本の手に弓矢を振りかざした女人仏は、逃げ出した男を追って凄まじい怒りの形相になり、店内のすべてを覆い隠して暗黒に浮かび上がる。

「もう一杯？　赤にしようか、それとも白にする？　ま、どっちでもいいけど、そいつをポケットにしまえよ、何が気にいらねえのかしらんがおっかねえ顔して、だから女は、男だっけ、そいつ……いや、やっぱり女だな」

よっちゃんの声が暗闇を吹き消し、とたんにカウンターの仏が縮んだ。空のグラスにワインが血の色に注がれる。片手に仏をつかむと上着のポケットに入れた。

三杯のワインが足元をふわふわさせ、ポケットの中がよっちゃんのパブの温もりを保っていた。昼間は春の兆しの濃い陽光だったが、夜道を彷徨《さまよ》う風は冷たい。誰が待つでもない家に向かって歩く。気がつくと、小さな児童公園に踏み迷っていた。幾つかの防犯灯に浮かび上がる桜の薄明かりに誘い込まれたものらしい。ベンチに腰を下ろして仏をとり出した。見上げる紅をふくんだ蕾から、夜を押し分けて仄かな光が注がれる。

「あたしは緒方先生が好きだったのに」

仏の佐伯ミドリが涙声になる。

「でも貴女はお父さんのために先生と」

「違う！　それは違うわ。先生は土壇場に来て死ぬのが怖くなっただけ。生き残ったのがそれほど辛ければ一人でも死ねるはず。心中を持ちかけたのは、死ぬこともできずに苦しんでいるのを見かねたから。でも信じて。それだって、先生を愛してたからこそだわ」

「まるで愛の擦《なす》り合い」

とたんに、頭上を覆う桜の蕾がしゅわしゅわとしぼみ、女は恥じらいながら小さな仏に戻った。

公園を出て家路を辿ると、道は田舎の風景を貫き、いつの間にか脇腹にふれあう人の気配にきづく。

「この先に寺があるんだよ」

誰とも知れぬ声が、ふれあう脇腹をくすぐりささやく。そう、この道は参道だったのね、と葉子は得心する。

「高野山の奥の院へ行く道ね」

「そうじゃない、浄瑠璃寺だよ」

別の声が応える。どちらの声の先にも白い仏が待ちうける。遠い昔、父と歩いた田舎道は、生き暮れた男の懺悔道だった。墓もろとも先祖の地を捨て流転の生涯を終えた祖父の代わりに、捨墓から骨を拾い高野山に向かった父の中にも白い仏がいたはず。捨墓の下で朽ち、あるいは眠り続けていた女たち……祖父と父をこの世に送り出した女たちは、捨墓からようやく掘り出されて大きな仏の傍らに祀られる。

「葉子にもご先祖の墓を見せておきたい」

流転の男たちの陰で泣いた女たちへの供養に父は娘を伴った。

「先生を待っている仏は佐伯ミドリさんでしょう」

並んで歩く今ひとつの影に話しかける。答えはなかった。夜の闇と眩しい秋の日差しが混じりあう金泥《きんでい》の道は果てもなく伸びて、目指す寺は姿を隠し続ける。歩くにつれて、よっちゃんの店で飲んだワインが体の隈なくゆきわたり、指先に触れる愛染明王の忍び笑いが聞こえてきた。

「おまえさんだって、白い仏さ」

怒りの仏が笑う。ふいに、幼い目に映った湯上りの母が浮かんだ。北国の海育ちの大らかな白いはだか。湯上りの腰巻一つで鏡台に向かうと衿白粉を塗りはじめる。今では見ることも聞くこともない衿白粉を、湯上りの肌になじませるのが若い母のたしなみだった。白い肌がいっそう白く彩られていくさまを幼い葉子は見とれた。湯上りの肌と白粉が溶け合う母の匂いが幼い葉子を安堵させた。あれも仏の姿だったか。若い母の湯上りの化粧に見とれて安堵する時、子の前で母は仏になった。憤怒の仏の笑いが葉子の体に忍び入り、悲しい可笑しみがこみあがる、なにが悲しいのやら可笑しいのやら、心底から揺さぶりあがる記憶は再び輪郭を崩し始める。泣き、笑いながら葉子はゆらゆらと歩く。目の前に影が二つ。半ば人の形を失いながらも肩を並べて歩いていく。その後にもぞろぞろと、女とも男ともわからぬ影がよろめき続く。行く手に目当ての寺は姿を隠し続けたまま。

魚の時間

某日

プールの中を歩き始めた時から女は魚になる。乳房が隠れる位置で右から左へと流れる水の中をほとんど蹴りだすようにして歩く。体全体は浮力で軽くなっているのに、前に進むときの水の壁は堅固なクリスタルの重みだ。透明なクリスタルの壁を押し破るには力いっぱい蹴るしかない。女は足を蹴りだすと同時に両手を鰭にして大きく水を掻く。前に進む。次の足を蹴りだす、鰭で水を掻く。コースの真ん中が難所だ。深さも流れも女が耐えられるぎりぎりの線だ。なんとしても難所を越えなければプールの向こう端にたどり着けないし、第一後ろに続くとりどりの魚たちの妨害になる。女は知らぬまに口を開け呼吸を荒くしていた。タイルの底に二、三度足を滑らせてつんのめり、どうにか折り返し地点が近くなると、とたんにからだは水に抱きかかえられる。水深が浅く流れも緩やかになったせいなのだ。

ストレッチ用のパイプに摑まり足をパチャパチャやっていると、絡みつく水の感触が女の中に眠っている太古の秘密にそっとそっと触れようとした。本当は女だって知るはずもない、遠い昔に起こった人の始まりを。魚から人は命を授けられたという話が信じられる。気の遠くなるような太古の秘密も、水に包まれている間は五体が無理なく溶け出し、浮遊して、魚に帰る。

「大丈夫ですか」

アシスタントの若い女に声をかけられ、魚の夢は途切れた。バーに摑まりいつまでもパチャパチャやっている女を訝《いぶか》しく思ったのだろう。

「あ、大丈夫よ」

女をかなりの年配と察して声を掛けたらしい。プール際にしゃがんで覗き込むアシスタントを見上げて、あっと声が出そうになった。パンダそっくりの目。目の周りを黒く隈取り黒い付けまつげの化粧はグラビアから飛び出してきたばかりらしい。口だけで笑う。

「ゆっくりでいいですよ。無理をしないでゆっくり歩くようにして」

女はパンダの側から離れる。わざと大股に歩いてみせる。老女と見られたのが気に障ったのだ。胴体を水着で隠しても、はみ出た顔や手足は紛れもなく老女だ。そんなことは承知なのに。女自身が誰より一番よく分かっているというのに。大きなお世話だ。

街を歩きながら、連なるショーウインドウに映る姿から逃げだしてプールにやってくるのは、人ではない魚になるため。永遠に年をとらないという伝説の人魚になるため。

某日

水の中に桜貝がひらひら。はつと目を見張るとようこちゃんの足指の爪だった。ようこちゃんは一人で立つ事ができないので浮き輪に寝かされ、頭と足の部分に二人のアシスタントがついて移動させている。きゃっきゃっとはしゃぐ澄んだ声が室内プールの高いドームに響き、水の上に跳ね返ってくる。浮き輪の上では身体半分水に隠れているのでピンクの水着と赤いキャップが幼い少女にしか見えないが、いつか脱衣所で車椅子にかけている裸のようこちゃんを眼にして息を止めた。

近頃、女は自分の中に異性が棲み始めたのではないかと疑う。かつて鏡に映る体はまぎれもなく女性であったのに、ある日、唐突のように老いと向き合った。目に映るかぎりの箇所に衰えを自覚し嫌悪しながらも、我が身のこととして受け入れたときから異性が入り込んだ。

プールから上がった少女は介護人に身じまいをしてもらうのを待っていた。その人は脱衣所の車椅子にようこちゃんを一人待たせてシャワーを浴びているのだろう。隣り合うシャワー室から激しく床を打つ水の音が聞こえていた。

ロッカーを背に茫然と突っ立っている女を見て少女は限りなく無防備のまま、人懐っこく笑いながら、目の前の老女が突然狼に変身して襲い掛かるとも知らずに「おばあちゃん」と手をふる。

女の目は完全に異性の目になる。車椅子の、あどけないほどにも見える笑顔から下の白いからだは、成熟した女そのもの。柔らかく盛り上がった乳房からゆったりとなだらかな下腹へ。天使ならぬ彩られた濃い草むらが狼の本能をそそる。なんという不条理だ。女はうめいた。

「待たせたね、ごめんごめん」

バスタオルを巻きつけた母親らしいのが走りこんできた。天使の無邪気と快楽《けらく》の秘密を併せ持つ車椅子の少女は忽ち母親の陰になり、女は閉ざされた欲望を握りつぶすとすごすご退散した。

ようこちゃん、アシスタントの呼びかけから最近覚えた名前だったが、いま彼女は幼子の歓声を上げながら足をばたつかせ飛沫と共に桜貝を散らしていた。十本の足の爪に塗られたピンクのエナメル。

ふいに、女の足元から湧き上がるものがあった。こちらもなにやら貝殻。灰色にささくれた爪……。ようこちゃんの桜貝とは似ても似つかぬ老人の爪。どこかの施設で起きた事件、収容されている老人への虐待、懲らしめのために？　介護人の捻じ曲がった快楽のために？

怖気だった脳裏に浮かぶ世界の片隅で絶えず起こっている似たような事件。独裁者の国の拷問台の床に散らばっていたという無数の貝殻が、女のゆく手を阻むクリスタルの壁に埋め込まれる。愚かな為政者の紋章のように。襲い掛かる妄想から抜け出そうと女は遮二無二足で蹴散らしたり大きく腕を振り回したりして進みながら、灰色の死に貝にまじる桜貝を掬おうと躍起になる。隣り合うレーンを今しも二人のアシスタントに支えられながら上機嫌ですれ違うようこちゃんから桜貝がこぼれ、歓喜の声が上がる度、あまりの開けっぴろげの声に女は殆どあの刹那の声を重ねてしまった。

某日
六十年を遡ったこの日、女は一人の少年と生死を分け、女が生き残り少年は死んだ。

その夏のその時刻、一九四五年八月十五日正午過ぎ、十七歳の少女と十五歳の少年は工場の管制塔に登り、小鳥の巣箱に似た小屋に向き合った。二人を隔てているのはたった今よじ登ってきた梯子が垂直に落ちる穴、地獄の穴を挟んで少年は立膝の間に頭を埋め、少女は少年を睨み続けた。負け戦の玉音放送を聴いてから十分とは経っていないだろう。

日頃何かにつけて動作ののろい少女にしては破天荒の即断だった。ラジオから流れる玉音はひどい雑音まじりだったが、戦争が終わったんだ、負けたんだ、ということが分かったとたん、同義語のように死ぬ時がきたんだ、が少女の中で一列に並んだ。とっさにひらめいた死は殺される死であり、間をおいて自死になり、次に浮かんだのは心中、一人で死ぬより誰かと抱き合って死にたい、だれにしよう？　そう、あの子がいい、絶えず腹を空かし、油と汗にまみれながら飛べもしない飛行機の部品を削っている軍国少年はヒットラーが好きだったのだ。

ドイツが負けて偉大なる殺人鬼が愛人と自爆した日、旋盤の轟音を上回るほど少年は号泣した。日本が負けた今こそヒットラーの後を追うべきだよ。少女は素敵な思いつきに夢中になった。ヒットラーを抜きにしてもかわいい少年だったし。

玉音放送が終ったあとも阿呆のように立ち尽くしている工員たちから素早く抜け出し、旋盤工場に引き返す少年に追いつくと「管制塔でまってるから」と耳打ちし、工場の東端に建つ管制塔に登りはじめた。

見上げる度に首が痛くなるほど高い塔に登るのは初めて、空襲に見放された管制塔はすっからかんと夏空に突き刺さり、梯子を踏む裸足に湯玉になった汗が噴出し全身に呼応して、それが今度は冷や汗となり、鳥肌に代わった頃ようやく巣箱に辿りついた。

「どうしたの、私もあんたもどうせ殺されるんよ」

しゃがみこんでいる体をほんのちょっとずらして抱き合えば、地獄の穴が待ち受けるまたとないチャンス。遙か下界でざわめく人の気配が立ち上ってきた。工場を取り巻く町屋から、広場に呆《ほほ》けていた工員たちからの、兢々《きょうきょう》とした囁きが呻きになり、罵り、絶望になり、死にゆく二人を取り巻きがんじがらめにしてゆく。

「はよう決めなさいよ、たった今ここで私と死ぬるか、アメリカ兵に殺されるか」

管制塔からは筒抜けの空だ。八月のぎらぎらした青い空はどこまでも遮るもの無い海原。真夏の海。地獄の穴へと吸い込まれる代わりに、とんぼ返りで海へダイビングができそう。

少年は顔を上げ、老人のように思慮深い額に皺を刻む。

「おれ、兄ちゃんに黙ってきとるんや」

そうだった。十五歳の少年は大阪の親元から二つ違いの兄と疎開して工場の寮に暮らしていたのだった。

「今更なによ、死ぬるのにいちいち兄さんと相談せんならんやなんて、意気地なし！」

せっかく一緒に死んでやろうと思ったのに、と少女は一瞬空を見上げ、トンボ返りの代わりに地獄の梯子を伝い下りた。少年を見捨てて。一九四五年八月十五日の空に架かった鳥の巣箱から、一人は逃げ出し、一人が死を選んだ。

同じ日の夕刻、管制塔の真下で死んでいたのは少年。弟の兄が見つけた。逃げ出し生き残った少女は町の外れを流れる川へと走った。真夏だというのに川の水は冷たく澄んで、しかも速い流れだった。川面が暗くなるまで水に浸かっていた。水に晒され肉が削がれて骨が見えるのを待った。産卵を終えた魚がそうやって死んでいるのを見たことがあり、自分もそうなることを願い、泣きながら「意気地なし！」と叫んだ。その一言が少年を死に追いやり自分が生き残った。意気地なしは少女だった。泣き叫びながら骨になるのを待った。魚の骨に。

某日

プールサイドにベンチが置かれ、一人の男がその上で片足片腕を支えに一方の手足を水平に上げたまま静止している。やがて腕が小刻みに震え、水平を保つ足が下がり始めるが懸命にこらえる。男はすでに老人の仲間入りのはずだが、老いに逆らって鍛え上げた筋肉が若者に変わらぬ見事さで、女は見ほれた。何時ものあの人だ。

プールは三つのレーンに分かれていて、一つが泳ぐ人にあと二つはウォーキング専用に決められていた。ベンチで若さを誇示している老人は泳ぎも達者で、惚れ惚れするフォームでクロールを泳ぐ。

もともと障害者のためのプールを或る時期から一般にも開放しているが、時間帯は午前と午後の交互に分けられ、軽度の障害者は一般に組み込まれた。スイミングスクールとはっきり違うところは、一握りの泳ぎ組をのぞいてほとんどが歩き組であることだ。

ベンチの上で、老人は今では全身の筋肉をふるわせ、見かねて近づいてくるアシスタントを待たずに突如腹ばいになった。

「あんまり無理をせんほうがいいですよ、サクダさん」

「あと一分で記録更新できたんだがなあ」

サクダさんと呼ばれた彼は、手首に巻いたタイムウオッチを悔しそうに睨んだ。

「オリンピックにでも出るつもりかいね」

サクダさんがへたっているベンチの近くを通りがかったセイウチのような二、三人連れの女が冷やかす。首から上をこってり厚化粧した彼女たちの水着がプールに時ならぬ華やぎをもたらした。鮮やかな地色にカサブランカや牡丹、向日葵《ひまわり》を染め出した水着姿は、流行のメタボリック何とかの危険信号を盛んに点滅している。

「君らみたいな救命袋とは違うわい」

サクダさんの憎まれ口に笑い声が上がる。セイウチも白い喉を震わせて笑い、ベンチにへたりこんだ老人を尻目に飛沫を上げながら水の中に入ってきた。

「いい気なもんやが、あの爺さん」

「うちらかて婆さんじゃけどね」

「ほんでも、うちらはあげん莫迦なまねはせん、年寄りの冷や水いうんよね、ああいうのを」

サクダさん、サクダさん！　アシスタントの魂消《たまげ》た声が彼女たちの饒舌を断ち切り、ドームに響いた。わき目も振らずに歩き、立ちふさがるクリスタルを押し戻し、蹴破りしていた女の耳にも驚愕の声が届き、後ろに続いていた派手なセイウチの群れが素っ頓狂な声をあげた。

「どうかしたんねっ！」

「サクダさん、サクダさん、聞こえますか？　おいっ誰かっ、救急車を呼んでくれ！　早く！」

女は夢中でプールの端に歩きつくとストレッチ用のバーに掴まった。そこから目の先にプールサイドのベンチが見え、サクダさんが仰向けにひっくり返されて寝ていた、脇腹のあたりがひくひくひく波うっては途絶える。その度に「サクダさん！　サクダさん！」が連呼され、するとまたひくひくと腹が波打ち……。

今日まで老人がサクダさんと言う名であるのを知らなかった。女はいつも水の中からベンチでポーズを取る姿を眺め、隣り合うレーンを見事なフォームで泳ぐのを横目で見るだけで満足した。それらの肢体と技は年齢を超えて永遠のものに思われたのに。

プールを歩いていて、隣り合う対向線上を泳いでくる老人と無意識に目が合うことがある。そうした一瞬は、街を歩いていて男とすれ違い、もとより名を知るはずもないのに「あ、いい」と振り返り、数歩先では忘れてしまうのに似ている。

けれども今、女は思いがけない激しさで目前に横たわるサクダさんを愛《いと》しいと思った。永遠の肉体を誇っていた老人の一転した崩壊にエロスの残照を見た。肉体が燃え尽きるときに発光するエロスが女の中に侵入してきたとき、プールの底に張られた青いタイルに素早い魚影が走り、あ、サクダさん、と呼びかけていた。

　正午にちかく鋭い真夏の日が高窓から容赦なく差し込みプールの水に反射する、女は眩しさの余り目を細め、水底のタイルに光が乱反射し万華鏡になる中を、変身したサクダさんが女の足に優しく魚体をこすりつけるのを感じる。それは驚くほど滑らかだった。

　一月ほど経ってからプールに戻ってきたサクダさんは、気のせいか痩せて生気を失って見える体でおとなしくベンチに座り仲間の誰彼に受け答えしていた。よく響く声なのでプールを歩く女にも聞こえてくる。

「なあに、大したことはなかったんじゃ、脳の細い血管が一本切れただけで、この通り手も足も」

サクダさんは両手を上げてぐるぐる回し、立ち上がって足踏みした。

「誰でも最初は軽うてすむがの、次が危ないいんじゃ、もう今までのようなわけにはいかんで、わしがそうじゃ」

立っていると堂々と見えた相手の男は、サクダさんよりよほど若そうだったが、歩き出したとたんに腰がくだけ片足引き摺って離れていく。プールへ下りるスロープの手摺りに体を預けながらゆっくりと水に入って行った。

　その後姿を目で追っていたサクダさんが、意を決したようにベンチから腰を引き剝がすのが見えた。

　次に女は隣り合うレーンの向かいからクロールで泳いでくるサクダさんに気付いた。水から顔を上げるとき口が大きくあけられ呼吸が荒くなっているのがわかった。水底に光と戯れる魚から蘇生した老人は、以前の自信に代わるためらいがあった。女とすれ違う一瞬、ためらいが羞恥になる。

女はとっさに目を逸らしたが、素早く捉え返して「よかったですね」と言わずにおれなかった。若者のような逞しさで筋力を誇る老人は遠くから眺めるだけの彫像でしかなかったが、今日のサクダさんにやさしく揺れる鰭《ひれ》を見たように思った。

某日

あのサクダさんが亡くなった。その日プールに出かけた女は受付の窓口で知らされ、たったこの間会ったばかりなのにと凡その日をめくり返し、あの日クロールで泳いでくるサクダさんがすれ違いざまに見せたはにかみを思い出した。いつもの颯爽とした泳ぎではなかったが乱れてはおらず、美しいフォームを完全に保ちながら、ほんの少し、受け止める女の感性だけに触れるブレのような。

「お元気な人だったのに。あんなことがなければ、とてもお年寄りには見えなかったけど」

「あれで八十歳を疾うに超えとられたんですよ、なにしろ海軍さんだったからなあ」

アシスタントの男が溜息混じりに言う。

「海軍さんって、あの海軍さん？」

「もちろん、あの海軍さんです。なんでも偉い人だったみたいで。やっぱり海で鍛えられた人は違うなあ」

「泳ぎでも違いましたよね、海の男と言うか」

「ですね」

若いアシスタントのいまふうな返事に女は首をすくめる。サクダさんの死が軽くあしらわれたほどに気落ちした。戦争を生きのびた男がまた一人消えた、と女は胸の内でつぶやいた。

サクダさんのいないプールは大きな魚を失ったように精彩を欠いている。海軍にいた人なら見事な泳ぎもうなずける。あの日サクダさんを「年寄りの冷や水」と嗤ったセイウチの群れも、今日はさすがに神妙な顔で歩いていた。

某日

水の中に入ると女はまず軽いストレッチを試みる。かなり強い水流が全身を取り巻き、底のタイルを踏みしめていないと不安定に揺らぐ。大きな魚を失ったプールをすぐには歩く気がしなくて、バーに捕まりゆらゆらと足を泳がせるうち、絡まるぬるい流れの感触が思いがけない記憶につながり、海の男の死をも手繰りこんであの夏の日に運ばれていく。

負け戦が内にも外にも呆れるほどの無残な死を記録して敗れた夏、軍需工場から解放された女の周りに良くも悪くも命を保った若者たちが群れていた。命を保ったことでは女も同じ。戦いのさなか、膨れ上がる数の死の中にいては生きていることと死ぬことはぴったりと重なり、少年少女は青春を飛び越え老いをも飛び越え、破れかぶれに達観した果てに迎えた負け戦。

女の住む町外れに大沼と呼ばれる沼があった。

負け戦の余燼と気違い染みた陽気が若者たちをデカダンスに押し流すなかでの夕暮れどき、特攻崩れの群れに混じって女は沼に行った。小高い山の中腹に、かつては村人が造った溜め池だが、今では水際を厚く葦が取り囲み、青黒く満ちて不気味でさえあった。擂り鉢状の深い沼は女子供にとって禁断の場だったから、女も沼を見るのは初めてだったし、荒ぶれた若者に混じる女を迎えて沼もまた敵意を露わにした。

若者たちの後について水際を左手に回りこみ、対岸に小さく戯れる水着の男女の中にあの男を見た瞬間、沼が孕む敵意は殺意に変わり女を挑発した。

若者たちはすぐさまクロネコ（簡易な水泳パンツ）を着けると沼に飛び込んでいく。てんでの方角にクロールで散り、途中から一列になって競い始めた。女は初めから沼に入る気はなかった。悪名高い備後の夕凪の時刻を持て余し、大沼の妖気に誘われただけのことだから水着の支度もない。沼の向こう岸へと小さくなっていく若者たちをぼんやり眺めるうち、対岸の派手な水着の群れから一人の男が抜け出し、沼の中央へと泳ぎだしてくるのを見た。

「ミケランジェロという僕たちの神様はね、沢山の女を知ることで偉大な芸術家になったんだ」

だから僕も、というわけだったろう。僕たちの神様を倣って……だから許されるんだ、男に抱かれて神様の受け売りを聞いた。ミケランジェロの卵は空襲下の東京から女の住む田舎町に疎開していた。

「痩せて見えるのに皮下脂肪は充分だ」

膝に乗せた女の腰を撫で回しながら満足そうに言う。

「モデルになってくれるだろうね」

秋の美術展には必ず等身大の木彫裸婦を出品する彼にとってモデルは必須だし、田舎町にいてプロのモデルを求めるのは無理な話だった。

「君をモデルに素晴らしい裸婦を創りたいんだ」

値踏みされるような男の掌が腰から下に滑り降りたとき、同じ科白を他の女にも言っていると察した。まだ大人になりきらないとはいえ、雌の嗅覚が不信の匂いを嗅ぎつけ、町の噂に重なった。

「おい！　あいつがこっちにくるぞ」

戻ってきた若者から声があがり、中にユキヒコがいた。医者の息子の彼は特典の召集延期を蹴り、医大から特攻隊に志願して生き残った。

「おまえの親父をコキュにした奴だろう」

「ばかな、あいつはただお袋の肖像を創っただけだ」

「私にヴィーナスの肖像を創らせてくれと言うのがあいつの手らしいぞ。芸術の神は美しいものを見た瞬間に降りてくる、とか何とか言ってよう、それで大抵の女はコロリさ、ま、おまえんとこは金もあるしな」

本気とも冗談ともつかぬ話を無視するらしいユキヒコに若者たちの興味は不発に終わった。戦場から空っぽの命一つ引っさげて帰郷した彼らに戻るべき学舎は閉鎖されたまま、宙吊りでいることへの鬱憤が吐け口を求めて苛立つ。

突然ボンゴが弾けた。女と若者たちのいる場所から少し離れて少年のひとかたまりがいた。ボンゴを中にストームしていたが、たった今その輪に飛び込み激しく打ち鳴らしているのがユキヒコだった。端正と投げやりが歪《いびつ》に混じりあった顔が沼の瘴気に憑かれたように燃え、ボンゴに覆いかぶさるかと見れば仰反《のけぞ》りながら打ち続ける。食いしばる歯から奇声が洩れた。

「おい！　どうした、ヒコ」

呆気にとられた若者の一人がボンゴに向かったと同時に水しぶきが上がった。

「ヒコのやつ、殺《や》る気だぞ」

誰かが歓喜に喉を引きつらせて叫び、女を置き去りにすると一斉に飛び込んだ。

対岸から沼の中央まで泳いできた男の動きが止まった。堤に座った女から表情までは分からないが、異変の起きる気配が強《した》かに頰を打ち、蹲っていた場所から立ち上がると無意識の手が着ていたワンピースをむしりとり……気がつくと重い水に抱かれていた。

西の山並みに焦げ臭い太陽が沈みかけ、沼を取り巻く樹木の隙間から鋭い光が湖面に朱色の波を立てていた。

「なんだ、君か」

行く手に立ちふさがった影をユキヒコと見て、男は拍子抜けした声で言った。そのあとすぐに、明らかに声の調子を変えた。

「なんだね、どうかしたのか、君はたしか」

男が言葉を失い、同時にユキヒコが無言で飛び掛った。

二人はごく親しい、殊に男にとっては手の内に乗るほどの他愛ない相手だったろう。父をコキュに貶《おとし》め母を掠めとられて復讐に燃える息子とはチラとも思わなかったに違いない。特攻帰りの若者はどれも同じ顔を持ったはぐれ者、死にはぐれ生きはぐれて真昼の闇に迷う亡者の一人ぐらいにしか。

「なにをする！」

驚愕とも怒気ともつかぬ、そのどちらをも束ねて男は叫び、忽ち攻勢に出た。体つきからすれば男が遙かに勝っていた。樫や楠木を相手にノミを振るう日々で鍛えた腕っ節は、医学の勉強半ばで兵士になり死にはぐれた若者など一ひねりで潰す自信が見てとれた。

「なにを血迷った、死にぞこないめが！」

絶対の確信に満ちた男が水を蹴って飛び上がり一気に相手を押さえ込もうとしたときだ。

「死にぞこないのヒコ！　殺っちまえぇー」

男の背後に回った若者の一人がけしかけ！　おう！　と他の若者が呼応した。その時まで、男はユキヒコ以外の若者を視野に入れてなかったのだ。慌てて前後左右に頭を巡らすと素早く体勢を立て直し、再度押さえ込もうとした。一瞬の差でユキヒコの手が男の首を捉えた。ボンゴを打ち続けた十本の指が凶器となって締めあげる。男が大声を発したとき、取り囲む若者たちは恐怖の叫びと聞いた。

「女が、女が溺れているぞ！」

苦しさに暴れる男が辛うじて指差す先に、女は本当に溺れかけていた。

この時まで女は、牙をむき出し獲物を取り巻いている若者たちから離れて男と向き合う位置にいた。目が合った瞬間、男は自分を目指したのだと閃いた。大沼に来た時からすぐに男を見つけたように男もまた女を見つけたのだ。神秘的な沼の真ん中で女と抱き合う事をもくろんで。が、女はとっさに叫んでいた。

「殺して！　その男を殺せ！」

叫びながら、自分の声にふるいたった。ユキヒコの狂気にそそられたとしても、身も心も真っ二つに裂けるほどの興奮がどこから襲ってくるのか。何もかもが、自分を含めての死にぞこないの反乱が、このときを待って湖面を沸騰させた。あんな男は殺されるがいい、男はこの先も次々と女を口説くだろう、芸術の生贄として。殺されればいい、殺せ殺せとふるいたちながら、同時に女もまた恐怖の叫びを上げた。水に揺れる葦に体ごと巻きつかれ水底へと引き摺りこまれたのだ。

某日
女は週に三度プールに通う。日毎に動作が鈍くなる中で、湛えられた水に浸かる時間は、人でいるときの屈託が溶け出し魚にしてくれる。
盆の入りに、成功した芸術家の訃報が届いた。負け戦の果ての大沼で人魚になって戯れていた季節。ドンファンの男はすんでのところで死を逃れ、望みどおり芸術家の頂点に立ち、加害者となるべき若者は父親の後を継いで善良な医者になった。

考えようでは、女が溺れるというハプニングの手柄だったかもしれない。もしもあのとき男の目が溺れる女を捉えなければ……。

人魚の季節からまもなく女は平凡な結婚をし、芸術家の男は性懲りもなくヴィーナスたちからエロスを掠め取ったあげくに野望を実現すべく大都会へ帰っていった。

野望を遂げた男の訃報を手にして思ったのは、あのとき私はまだ彼を愛していたのだったろうか。憎しみにふるい立ち、狂気のように「殺せ殺せ」と叫んだ裏にひとかけらの愛恋もなかったろうか。

老いてからの女は、しばしば、殺したいほどの憎しみと抱き合う愛の沸騰を遠い景色のように思い浮かべた。そして、巻き戻しのきかない多感な季節に灯りが点るのは、かつての仲間が一人また一人と更に遠くへ旅立つ時である。

商社マンの半生を大過なく終えた夫は充分に長生きして死んだ。娘時代の奔放を危ぶんだ女の両親が選んだ夫は、ひと回りも年上の賭け事の嫌いな男だったから、両親は自分たちの目の確かさを自慢した。賭け事が嫌いなことではその通りだったが、周りの女たちを摘まみ食いする癖は治らなかった。表沙汰にならなかったのは、女が知らんぷりを通したからだ。夫が自惚《うぬぼ》れるほどには女たちにもてないと察していたから。その上で時に応じて急所をいたぶり、連夜の奉仕をさせるのだった。

サクダさんのいないプールで水を蹴りながら歩く、歩きながら、自分が未だに生者の側にいることに羞恥を覚える。何かの手違いではないかと。

某日

「おいおい、僕を忘れてへんか」

今の京訛りはセミッぺだ。

「ごめんね、忘れたんじゃないの、忘れたかっただけ」

「同じことや、あの日の一番手柄は僕なんやからな」

「わかってる、わかってる」

女は辺りをはばかり声をひそめる。

セミッぺは唐木俊夫のあだ名だ。彼もまた名誉ある死にぞこないの一人だった。在学中に海兵隊に入り、敗戦で姉の嫁ぎ先であるこの町にやってきた。京生まれ京育ちの彼がなぜ京の実家でなく備後の田舎町に、しかも姉の夫は全盲の鍼灸師だった。子沢山の姉の家で居候の身は絶えず空腹を抱えていた。あの季節、空腹は慢性の疫病のように国中を蔓延し、今更飢餓のわけを訊ねる者がいないように、セミッぺの事情を糾すものもいなかった。返ってくる絶望の深さを懼《おそ》れたからだ。ともかく無性に腹をすかしていたことに間違いなかった。

あの夏、大沼への山道にすだくセミの合唱につられてひょいと口から出た。

「セミが殻を脱ぐんを辛抱して待つんや、ほんでな、脱皮したての柔らかいのんを食うと、これがうまいんんや」

どういうわけか女の中で、彼が脱皮するセミを待ち受けて食うさまと、赤ん坊をわしづかみにして頭から食う西洋の大男が重なった。父の本棚から見つけた画集の中で見たのだ。父は少女だった女が勝手に本棚を探すのを嫌っていたから誰にも話したことはないが、「わが子を喰うサトゥルヌス」は怖ろしい絵である。だから、若者たちがおどけて彼をセミッぺと呼ぶとき、いつでも嫌な気がした。

「あの日の一番手柄は僕なんやで」

京訛りが抜けないセミッぺが自慢げに言う手柄は、溺れる女を救ったことなのだ。抱えられている間じゅう、いや、それからも長い間、水着を着けていないことへの羞恥にさいなまれた。

「いい加減に忘れなさいよ、セミッぺ、そういう君はまだ元気なの」

「ぴんぴんしとる、もっとも周りはえらく淋しゅうなりよったが、死にぞこないが生き残るんも手柄のうちやろ」

笑いに伴なう素早い魚影が走り去る。

「コンニチハ！」

突然声が掛かった。高く澄んだ童女を思わせる声。

ようこちゃんだ。ピンクの水着に赤いキャップの少女は今も楕円の浮き輪に寝かされ、前後をアシスタントにかしずかれてご機嫌だった。アシスタント嬢の健やかで魅力的な笑顔にも増して今日のようこちゃんは女王様だ。浮き輪の輿《こし》からプールのみんなにご挨拶を送り続ける。

コンニチハ！

プールが活気づき、コンニチハが錯綜すると女を取り巻いていた懐かしい男たちが背びれを逆立て右往左往する。ドームの高窓から水底を目指して光の矢が射こまれ、ようこちゃんの歌うような挨拶は光と共に水底を打ち、男たちがえがく波紋とつぶやきにハーモニーする。

水の中を女は歩く。負け戦の猥雑を生きた男たちが今では透明な魚となって訴える。

「俺たちの季節は終わったのか」

「まさか！　終わってなんかいるもんですか、こうして水の中で魚になるとき、いつでも季節はめぐってくるわ。未来永劫に」

とたんに、歓喜の気配が水中に満ち、絶え間なく呼び交わされるコンニチワと響きあってドームを覆い、無数の木霊《こだま》となってプールに降り注ぐのだった。

聖域

この夏、連日三十度を越える中で直子は夜も昼も殆ど眠っていた。眠りは深いときも浅いときもあったが、ともかく眠ることで、今流行《はや》りの熱中症とやらにもならずに生き延びた。この家で長生きしすぎたのは直子ばかりでない。夫が死んで残された犬猫までが共に老いを深めて直子の眠りに付き合う。どちらがどうとも分からぬうち、ふいに秋の気配に目覚めた。

目覚めて怪しんだのは、眠りの中で見ていた夢のまがまがしさである。それは、「危《あぶ》な絵」にまつわる風景であった。直子が長い年月に出会った「危な絵」は、どれも時と場を異にしているのに、早瀬のような血に魂ごと掬われ流されていく戦慄と、哀しいほどの快感が尾を曳くことで重なる。

いま少し秋が深まれば、夢は怠惰で滞った現実の威力になし崩し消え去ることだろう。だが今、目覚めたばかりの夢の風景はいよいよ鮮やかさを増してくる。

夏の盛りの昼過ぎ、若い直子はバスを降りて田舎の土手道を歩いていた。片側に浅い川を、反対側では低い位置に屋根瓦を連ねて強い日差しに白っぽく浮きあがっていた。時々家が途切れて青々した稲田が続いた。米倉といわれる土地柄だけに、どの家も大きな倉や納屋を持ち、充分の米が納まっているに違いない。家族は日夜腹いっぱいの白いご飯を食べているに違いない。

直子は知人の家に米の無心に行くところだった。村役場に勤める坂田は、前年の暮れに結婚した夫の友人だったが、彼の方から夫を訪ねてくることはあっても、直子が訪ねるのは初めてである。

「坂田のところは百姓もしとるから米があろう」

夫に言われて勇み立ったが、バスから降りて土手を歩くうちに気持ちが萎えてきた。町方のどの家の米びつも一杯になるご時世ではないが、直子の家には明日の米がない。

探し当てた坂田の家は、かつての庄屋というだけあって、なまこ塀を巡らした屋敷内に倉や納屋、大屋根の母屋に続く離れ家まである豪勢な構えだったから、米など幾らでもありそうだった。

現れた坂田は直子が立っているのに驚いたふうで、ちょっとの間言葉もなく突っ立っていたが、

「暑い中をようきなさったのう」

照れたように言い、広い庭の一角を顎でしゃくった。

「お出でたんが昼間でえかった、夜だとあの穴ん中に落ちたところじゃった」

言われて見ると、妙にだだっ広く見える庭のあっちこっちに五十糎四方もありそうな穴があいている。屋敷に入った時には一向に気付かなかった。

「庭木を売ってしもうたんじゃ、あの離れ家も売りにでとるけ、もうすぐ無《の》うなろう」

製糸工場を経営していた祖父の代に建てたという総檜造りの離れ家の眩しさに直子は言葉を失った。クレーターのように開いた穴の周囲に掘り返された土が山と盛られて未だみずみずしさを保っている。向き合う坂田の体が揺れた。勝手口の前に何時から立っていたのか、直子が振り返るのを待って前掛け姿の妻女らしいのが深く頭を下げた。

「ようおいでました」

「突然のお邪魔ですみません」

「後藤くんの奥さんじゃ」

ぼそりと坂田が言い添えた。畑仕事もすると聞いていたが、目の前にした坂田の妻は、ふっくりと色白の顔と小柄な体の周りに澱んだ水のようなものが取り巻き、直子は自分の若さに身がすくんだ。妻女は、町に住む者が突然訪ねてくるわけなど先刻承知なのかもしれない。能面を思わせる顔の裏から微かな笑みを滲ませ、伏目がちに勝手元へと消えた。

「田舎もんは無愛想で困る」

憮然と言う坂田について二階へ上がると、直子が暮らす家ごと入りそうな大広間があり、その奥が二畳分ほどもある床の間になった。坂田は慣れたしぐさで床の間にあぐらをかいて座り、直子にも勧める。

「お殿様みたいですね」

「大きいばあ（だけ）の屋敷じゃ」

向かい合って座ってから、直子は思い切って言う。

「お米を少し分けてもらいにきたんです」

「夫婦だけで作っとる田圃じゃけ、ようけは用立てられんが」

むげに断わられたのではなさそうだった。ほっとしていると、坂田は床の間の一方にしつらえた棚から和綴《と》じ本を抜き出して広げた。

「暑い中をきなさったんじゃけ、こんなもんでもお見せするかな、苦労してやっと手に入れた」

大判の和紙を二つ折りにしたのを広げたとたん、二人を取り巻く空間が極彩色に染まった。海の中に乱舞する海女の図である。

「どうだな、美しいじゃろう」

ため息混じりに言う。坂田がこの手の浮世絵を蒐集しているとは薄々聞き知っていたが、見るのは初めてだった。直子には想像もつかぬほどの値打ち物で、美術商の間で途方もない価格で取引されているとも聞いている。

大勢の海女が長い黒髪を海藻のように揺らめかせ白い裸に巻きつかせながら、大胆な姿態で乱舞しているのだった。豊かな乳房とひるがえる赤い腰巻が海女たちの陰《ほと》を存分に見せて、それは直子も隠し持つ同じものとも思えぬほどデフォルメされながら、自在な技量で描かれていた。

「おなごの陰《ほと》は美しいものじゃ」

坂田の湿った声も海の中から聞こえる。直子は絵に見入りながら、速まる息遣いを知られまいとした。と、しんと静まる背後でカチリと金属の音を聞いた。

「ちょっと探し物を」

驚いて振り向くと、音もなく階段を上がってきたらしい妻女が、広間に置かれたタンスを前に立っている。カチリの音は、引き出しの取っ手が発したものだった。言葉通り捜しものらしく、半ば引き出された中を物色するふうだったが、やがてまた摺り足で立ち去った。探し物はあったのかしら、直子が思う前に、

「ああしてわしらの様子を見に来たんじゃ」

つかの間の時が止まった中から坂田が言う。

「私のこと、気になるんでしょうか」

「若い女じゃからね」

最初に会ったときの身のすくみが戻って、二人の前に広げられた海女の絵に息をつめる。ちょっとでも身じろぎをしようものなら、直子の中に溢れはじめた湯が噴きこぼれそうだった。

「どうしよう、お米が一粒もないの」

「坂田のところへ行けば都合つけてくれるさ」

「あなたが行けばいいのに、だって、友達なんでしょう」

「おれが行くよりあんたが行く方がいい」

「どうして」

「こういうことは、女の方がいいんだ」

坂田は棚から次々に別の和綴じ本を取り上げると、恭《うやうや》しい手つきで広げる。ぬめっとした手の甲に早くも茶色の老人斑《はん》が浮き出て、何時だったか夫に指摘されひどく腹を立てたのを思い出した。夫と同じ美術学校に学び、才能を認められながら中退していた。

「惜しい奴だ、あのまま精進しとったら、今頃はおれなんか及ばんところだ」

だが、まったく絵から離れたわけでなく、どこへ行くにもスケッチブックを持ち歩き、居酒屋の酌婦《おんな》を脱がしての裸婦で埋められた。

「どうかな、少しはビュッフェに似とらんか」

坂田はビュッフェに心酔していた。そして酒も女も愛した。「坂田の酒は淫酒だ」夫は言う。

ある時、友人の産科医に愛するスケッチブックを見せたことがあった。居酒屋で裸にした女たちを見たとたん医者が躍り上がった。

「おっ、エゴンシーレだ！」

医者は坂田の裸婦に、信奉する異国の画家の狂気と孤独なエロスを見たらしいのだ。

「なにい！　エゴンシーレだとぉ、よおっく見ろ、わしはビュッフェを描いたんじゃ、エゴンシーレなんかくそくらえ」

憤怒のビンタを喰らったのは坂田だった。

「僕は最大級に褒めてやったんじゃ、それをくそくらえとはなんだ、エゴンシーレにあやまれ！」

ビュッフェもエゴンシーレもほんの一握りの者にしか通じない戦後の田舎で、二人の喧嘩は語り草になった。その頃から坂田の酒量はいっそう増え、酒場通いが頻繁になった。新しいスケッチブックは忽ちビュッフェで埋まっていった。

「あいつは絵画に淫《いん》しとる」

共通の友人間でそんな陰口が囁かれるようになったのは、「危な絵」にのめりこんでからの坂田の家が急速に傾き始めたからでもあった。

「探し物があるので」

坂田の妻はそれからも階段を上がってきてはタンスの前に立ち、同じ言葉で同じ動作を繰り返し、ひっそりと降りていく。坂田はその度に苦い顔になった。すると直子はあからさまに嫉妬を見せつける妻女に、身のすくむ思いを払いのけて優位に立つことができた。

ふと、坂田の息遣いが消え、直子は耳を澄ませた。頰が紅潮しているのは心が騒いでいるからではないのか、美しいと礼賛する海女の乱舞に男の情をそそられ血が沸騰する証ではないのか。

紅潮した男の顔は直子の心を打った。坂田はそこに直子がいることなど忘れ去ったふうで絵の中に沈んでいる。半裸の海女の群れをかいくぐり、しなやかな鰭《ひれ》と尾をくねらせて浮遊し、魂を解き放ちながら更に深い水底へと放浪の旅に出る。直子にも妻にも決して侵食を許さない世界に。酒に淫して酒場の酌婦《おんな》を描き、危な絵に淫して庭木を売り飛ばした穴にも通じる坂田の世界は、何者にも魂を犯されぬ聖域であるのかもしれない。つかの間にしろ、直子はその聖域を犯す快感に酔う。直子は残酷になった。

いとまを告げて階下に立ったが妻女の姿はなかった。

「おいおい」

坂田が呼ぶのにも応えはない。

「近くの店にでも行っとるんじゃろう」

広い勝手元の土間へ下駄を鳴らして入っていき、一升ほどの米の袋を下げてもどると、直子に抱かせた。米の袋に温もりがあった。体の芯に残された熱っぽさと米を手にした安堵が一つになり、ちょっとの間ぼんやりと庭を見る。いましも闇に染まるなかをぽかりぽかり穿たれた穴が底知れぬ深さになる。

「怖いですね」

直子はそっとつぶやくが相手は無言のまま。

門長屋の前まで歩いて振り返ると、坂田は身じろぎもせずに突っ立ち、今にも穴の一つに吸い込まれるかに見えた。


この国が負け戦の淵に立たされているとき、十七歳の直子は町の兵器工場の中で「日報さん」と呼ばれていた。工員記録を「日報」と言ったが、それを集める仕事だから「日報さん」なのだ。若く五体満足な男たちは戦場に狩り出されて、残っているのは敵を殺す力のない老人や病気持ち、五体のどこかが欠けた若者だった。生来の不自由を抱える若者の中には戦場から負傷して戻った者もいて、義肢や義手を着けていることが男伊達であるような陽気さで女たちの目を引く。

国民総動員令が出されて、兵器を造ることに関わらない者は非国民とされるなかで、十七歳の直子は動員令の網にかかり、吹き寄せられるようにして工場に送られた。

女学校を一年遅れで卒業したものの、執拗に微熱が続き、結核の初期と診断されていた。当時はぶらぶら病とよばれ、いい娘が工場へも行かずに昼日中《ひるひなか》幼い子とトンボを追ったり、川でドンキュウという魚を捕まえたりの日々に、業を煮やした隣組の組長が乗り込んできたのだ。

「この子はまんだ病気が治っとらんのです」

と頭を下げる母に、

「病人が子供と連れのうてトンボや魚を追いかけられようか、見たところ手足も動くようじゃし」

直子としては、ぶらぶら病の薬だという日光浴に子守りを兼ねたつもりだったが、動員令の前では組長が言う屁のツッパリにもならん理由だったらしい。毎朝七時から五時半までの勤めは、午後の微熱を含めてしんどいものだったが、近所の子供相手にトンボやドンキュウを追いかけるよりは遙かに未知のときめきがある。直子は突然大人のなかに爪先立った。

かつての製糸工場が兵器工場になったので、何棟もの糸繰り場には旋盤が並び、夜昼なしの轟音が響き渡る。軍用機の部品を削りだす旋盤工場は会社の要《かなめ》に違いないが、親指の先ほどのリング状の部品が、あの大きな飛行機のどの部分に収まるのか、直子には想像もつかない。

半人前の直子の仕事は日に三度、広い敷地内に建つ幾つもの工場を歩き回り、それぞれの班長から工員の出欠や勤務時間の記録を受け取ることである。ほかにもソロバンを弾《はじ》かされたが、なんどやり直しても帳尻があわず、隣の席のユキちゃんが代わってくれた。

直子の居場所である工務室は急ごしらえのバラック建てで、中の連中も吹き溜まりだった。磨き上げた皮長靴《ちょうか》を履いた女好きの室長も、江戸っ子が自慢の製図屋も、ごろつきふうの現場監督も東京から乗り込んだよそ者のくせに鼻息が荒い。重役たちが製糸工場からの繰り上げであるのに比べて、東京もんは兵器造りのベテランだからだと、ユキちゃんが教えてくれた。

美人でソロバンの達者なユキちゃん、長い髪を網ターバンで包み颯爽と歩くアネゴ、義足で皮肉屋の三郎さんに渡り職人の工藤さんなど、直子にはわくわくするほど魅惑的で危ない人たちだった。

夏の終わりに働き始めて冬になった。直子にとっては最悪の季節だった。風邪の引きっぱなしになるのだ。いったん罹《かか》ると春になるまで治らない。そこでマスクをかけることにした。

「日報さんはマスクが似合うのう」

或る日、第四工場の山田さんに言われた。第四工場は班長の山田さんのほかは全員が女工さんだった。旋盤工場から上がってきた部品の磨きなので女手で足るらしい。

「第四工場はいいねえ、山田の野郎、選《よ》り取りみどりじゃねえか、こちとらぁからっきし女日照りだってて言うのによう」

渡り職人で独りもんの工藤さんが東京弁で鼻を鳴らす。班長の山田さんが率いる女性たちの大方《おおかた》は出征兵士の妻だとか。そのために色めく噂が絶えない。

「あんたも女に土産をせえや、米が一番の土産ど」

義足の三郎さんが冷やかす。

「いやらいっ！（いやらしい）」とユキちゃんの罵声が飛んだ。そのユキちゃんに直子は忠告されている。

「言うとくけどね、アネゴと付き合うたらいけんよ」

「どうして」

「誘惑されるけえじゃが」

晦日が近くなり寒さも本格的になってくると、おかしなことに、直子が愛用している白いマスクが男女を問わぬ工員の間で流行り始めた。日報さんの直子が回るどの工場でも白いマスクが顔の半分を隠し、どの顔も魔法をかけられたように美男美女に見える。

「あそこは若いもんが多いからね、マスクなんざあ」

そんな中で第二旋盤工場だけは別だ。工藤さんに言わせると軍隊上がりの班長の命令だという。

言いかけて、直子に笑いかける。

「日報さんは別だぜ」

隣り合うユキちゃんの手が伸びてきて直子の腕をつねった。「知らん顔でいろ」のサインなのだ。

「あんたは世間知らずじゃけ、危のうて見とられんわ」

ユキちゃんの口癖だったが、近頃の直子は胸の内でこっそり反発する。今朝方、長身のアネゴが真っ白なマスクから笑いかけた時も、工藤さんが自分だけに見せる優しさにも、どきどきする。誘惑という言葉が隠し持つ妖しい何かに直子の心と体が敏感に反応する。隔離された兵器工場の中で自分が少しずつ脱皮していく感覚にふるえる。ここにはうるさい隣組の目も親の目もなく、精一杯爪先立った自分がいるだけ。

「いま時分になって神風が吹いたって間に合わんで」

急に日が短くなり、寒さがつのる工務室の床を義足を鳴らして歩き回っていた三郎さんがやけくそな声を上げた。窓越しに空を見上げていたが、

「ちぇっ、雪が降ってきやがった」

とたんに、吐息が部屋を満たした。

「正月が近いんだ、雪も降らあな」

何時の間に入ってきたのか、工藤さんが股火鉢で言った。朝からずっと姿を見なかったが、第二旋盤工場に修理の仕事があったらしい。渡り職人の工藤さんは機械修理の達人でもある。

「へえで、旋盤は直ったんか」

三郎さんが訊く。

「肝心なとこが焼け切れて予備の部品がねえときやがる、いま若えやつらに探させとるが、まあどっちみち急いで削るほどの材料もねえのさ」

「旋盤でもそうかよ、どの工場も半日分の仕事しかねえそうだ、いよいよどん詰まりだな」

「それより寒くっていけねえや、さっき向かいで若えやつらが火を燃やしてやがったから、いい熾《おき》ができてる時分だぜ」

工藤さんは言って、火鉢に股が焦げるほども腰を落とす。よれよれの作業服から機械油の匂いが立った。

工務室と向かい合う建物は製糸時代の遺物で、セメントで固めた床に大きな風呂釜が二つも並んでいる。かつては仕事を終えた工員たちが使っていたのだろうが、いまでは無用の長物と打ち捨てられていた。だが、直子は知っていた。そこが若い工員たちの密《ひそ》かな隠れ場所だということを。

お上から見捨てられた若者の中に、健全な肢体の少年たちがいた。頻繁になってきた大都会の空襲から学業半ばで逃れてきたのだ。十代半ばの少年たちは、高い板塀のある工員寮に寝起きしていた。旋盤工として働いていたが、いつ出会っても油汗で汚れ、目だけがキラキラ光っていた。

直子は年下の少年の一人を好きになった。少年は兄と一緒に寮に入っていて、絶えず飢えていた。寮に隣り合う賄い兼食堂はこれ以上なく空っぽで、大根の切れ端も見当たらない寒々しい眺めは、果たして食事時にはどこから食材が湧いて出るのだろうと思わせる。

少年に会えるのは、日報さんとして各工場を巡るときに限られた。痩せた小柄な体で猛々しい旋盤に向かっている間は話しかけることができず、声を掛けたところで轟音に消されてしまう。旋盤に向かっているときの少年は、真剣な上目遣いのせいか額に皺がより、大人の顔になる。時に老人の顔にもなった。

工藤さんに催促されて、直子は机から離れると大振りの十能《じゅうのう》を下げて外に出た。風に雪が舞っている中を走りぬけて向かいの建物に入る。中を占領している特大の風呂釜が錆びついたままでんと居座り、天井からぶら下がる蜘蛛の巣にミイラのヤモリが引っかかっていたのが、直子が送り込んだ風に揺らいで釜の底へと落ちていった。

ぽっと頬に温もりが貼りつく。奥から押し殺した話し声が聞こえ、近づくにつれて温もりはいっそう増した。入り口からは死角になる釜と釜との間に若い工員が四、五人、燃え尽きたあとの盛んな熾火を囲んで頭を寄せ合っていたが、直子の足音に気付いて一斉に振り向いた。火を囲んだどの顔も赤く火照って膨れ上がり、目玉までが赤く染まっている。

輪の中に少年もいた。直子に気付いて腰を浮かしかけ、仲間の視線に再び座り込んだ。

「熾火をもらいにきたんよ」

男たちに張られた透明なガードに向かって言った。

ガードの真ん中で熾火はまだ盛んな炎をあげていた。無言で膝を抱えた男たちの間に割ってしゃがみ、しっかりした形の熾火を撰びながら火鋏を使って十能に載せ始める。現場を回っての熾火拾いは、工務室の直子たちだけでなく、日頃は高くとまっている営業部の女事務員も十能を下げて回る。冬場に火鉢だけの暖房では、炭火より焼けた熾火が一番手っ取り早いのだった。

入ってきたのが見慣れた日報さんだったことで安心したらしい。男たちはさっきまでの話を蒸し返そうとして膝を解いた。くぐもった声で「どげんじゃった、えかったろうが」「お前は初めてじゃったんか」とか互いの腹を引き出そうとする。時に笑いが起こり、年かさがわざとらしく咳払いをしたあと「けえから色々と教えちゃるけんの」と言う。どうやら少年が相手のようだった。

「日報さんにも見しちゃれや、喜ぶわ」

年かさが調子に乗り、又も笑いがはじける。いきり立つ火の熱さでのぼせ気味の直子の耳元で、何かがかさかさと触れた。

ふいに少年が立ち上がった。立ち上がりざま男たちの手からその何かをひったくると熾火の上に投げ込む。紙の焦げる匂いの中で何かは火に煽られ宙に舞い上がった。

驚いて身を退いた直子の目に映ったのは、毒々しいほどに色づけされた男女の媾合図だった。浮世絵風に描かれた絵図は煽られた火の上で赤く染まり、絡み合う男女に苦悶が滲む刹那、複数の手が伸びて奪い取る。慌てて火の粉を払いながら、

「おどれえ、なにすんじゃぁ！」

さっきの年かさが立ち上がりざま少年の頬を張った。柔らかい肉を打つ音が思いがけない響きでがらんどうの中に木霊《こだま》し、「痛い！」と叫んで直子は自分の頬を押さえた。拳を振り上げていた年かさがびくっと肩を震わし、気勢をそがれたふうで手を降ろすと、「拾え」と少年に命じた。

昼間の終業ベルが鳴り始め、男たちがそそくさと散ったあとも、直子はぼんやりと火の傍に膝をかかえていた。やがて夜勤との交代があり、再び騒音が始まるまでの静寂が直子を包みこむ。

薄闇の中に熾火が赤々と滲み、少年を打つ肉の音が聞こえるようでならなかった。熾火を入れたままの十能を手に取ろうとして、つい傍らに燃えさしの一枚が丸めて棄てられているのを見る。終業ベルに慌てたのだろう、カーキ色の戦闘帽も一つ転がっていた。

丸めて棄てられた絵図を広げて丁寧に皺をのばした。建物の四隅にうずくまる夜が休みなく這いよる中に、火に炙られて浮かび上がった「危な絵」は直子を未知の更なる闇にひきずりこもうとした。

あの少年もきっと同じように未知の闇を覗いたに違いなかった。それは、むげに押しやるものではなく、耳をふさぎたくなるほども胸騒ぎのするものなのだ。やがては辿り着こうが今はまだじっと身を竦ませるしかないもの。計り知れぬ優しさと暴力を伴うもの……。

足音がして懐中電灯の細い光が差し込んだ。とっさに渡り職人の工藤さんかと思った。熾火を貰うはずがとんだ手間を食ったのだから。業を煮やした彼が、と思ったが足音は忍び足めいた。腹立ちまざれの音ではない。小さな光の輪に顔をとらえられ、足音は直子の前で止まった。

「すんません、帽子を忘れたんで」

殴られていた少年だった。直子は油と汗で汚れた戦闘帽を差し出してから、

「あ、ちょっと待って」

思いついて焦げた「危な絵」を渡した。

「もうええんや」

少年は言うと、渡されたばかりの「危な絵」を黒ずんだ熾火に投じた。勢いを盛り返した火にあぶ

られ男女は身を捩《よ》じらせながらゆっくりと炎に包まれていく。直子は自分がひどく残酷になっているのを自覚しながら、火刑の男女から眼を離さずにいた。火刑の苦痛に直子自身がいたぶられ酔わされていく。

炎が消え、灰になるのを見て立ち上がったとき、「あっ」と少年の声がして「あれを」と指差した。黒い消し炭の下にちろちろとうごめく火が、灰になったはずの「危な絵」を炙り出しているのだった。毒々しいまでの彩色は完全に抜け落ちているにもかかわらず、絡み合う男女の輪郭だけはくっきりと浮かび、残り火に煽られふわふわ揺れている。直子の背にぞっとするものが走り、鳥肌だった。少年と直子は吸い寄せられるように蹲り、息をひそめて灰の絵に見入った。少しでも息を荒げれば忽ち崩れ去るだろう。

「戦争は負けとるんや」

膝に頤を乗せたままで唐突に少年がいう。

「みんな殺されるんやね」

「敵が本土上陸すれば皆殺しや」

直子は狙いをつけて息を吹きかけた。

「あ」「あ」

同時に声をあげる中で灰の絵はあっけなく崩れ落ちた。

目覚めたときはすでに夕暮れに近いらしく、うたた寝の部屋に強い西日が差し込んでいる。誰もいないはずの部屋の其処此処が騒がしく思われるのは、見ていた夢のざわめきが、直子の周りに思いがけない賑々《にぎにぎ》しさを伴い残されているからだろうか。

庭木も離れ家も売り払い「危な絵」に淫したと言われながら坂田も疾うに逝った。崩れ去る家の粉塵をかぶりながら。

静まり返った宵闇の倉庫で、「危な絵」の火刑に魅入りながら「戦争は負けとるんや」と言い放った少年。なだれ込む負け戦に浸かるなかで、身近に迫る死へのあがないに招かれた性の宴《うたげ》は、親元を離れて工員寮で暮らす少年の焼けつくような飢えを満たすものであったろう。

老いの夢ともうつつとも分かたぬ中では、少年は少年のままにうずくまる。あれから六十年も経つのだから直子の老いと変らぬはずなのに。宵闇の熾火に舞う火刑は命の火照りであった。負け戦を挟んだ虚無と無惨の日々に嵌め込まれた直子自身の聖域でもあった。

もう一つのドア

手術のあと二ヶ月して退院を許されてからも、夫は週に一度、後には月に二度の割で予後の診察にかよい、私も付き添った。医者の指示がおおむね私に向けられるからである。

慢性盲腸炎の手術は三十分もあれば済むはずだったのに三時間もかかった。長年にわたる放置から、盲腸に癒着した尿管をはがすのに手間どり、あげくに尿管の一部が切りとられて脇腹にストマ（人工膀胱）がぶら下がった。

「ストマをつけたままで風呂に入れますよ」

さんざんロビーで待たされた私を呼んで医者は言った。そうか、そのままで風呂へ入れるのか。私は医者に感謝した。手術は成功したのだ。だがその夜、集中治療室のベッドで眠り続ける夫の体についた異物、ストマなる人工膀胱のぶざまに胸を突かれた。

手のひらをひと回り大きくした厚手のビニール袋を脇腹に貼りつけた夫の体は、私の見知った体ではなかった。老いのトバ口に立ってはいるが、どこかにまだ少年のフォルムを残していた。ことに背中から尻へと流れる柔らかいカーブに。飴色のビニール袋はそれのやさしい窪みを隠している。男にとっても敏感な場所であるはずの脇腹にぶら下がる異物。

術後の快復につれてストマを貼ることでおきる症状、湿疹や尿漏れは、ストマの選択と皮膚がそれに慣れることで少しずつよくなったが、四六時中異物のぶら下がる憂鬱は夫だけのものでないと突きつけられた。夫婦の営みで肌に押しつけられるストマのぞっとする感触と異臭に、これから先も決して慣れることはあるまい。

「異状はありませんな、ストマをつけることでおきる尿の逆流から腎盂炎になることが多いのですが、よく管理ができとりますよ」

医者は私をねぎらった。機嫌よく対応する医者をまえにしては何も言えない。あのこと。いや、もしかして察しているかもしれないが、医学的には些細なこととして切り捨てているのだろう。

診察を終えると夫は待ちきれぬように喫煙コーナーに向かう。待合室をかねるロビーを抜けたところに、売店や自販機、椅子テーブルを備えたコーナーがある。夫は自販機からウーロン茶を取りだすと、窓際のいつもの場所に落ち着き煙草に火をつけるだろう。診察日には決まって繰り返される後姿を見送り、渡されたカルテを窓口のケースに入れる。

先週の診察日に彼女を見かけた。

ロビーから病院の要《かなめ》へと延びている廊下の入口だった。廊下はどこへ行き着くのか、立ち入り禁止のステッカーが立てられている。夫の入院中に一度だけステッカーを無視して先へ歩いた。廊下は行く先々で枝分かれして、アルファベットを表示しただけのドアが続き、迷路に踏み込む怖さに足がすくんだ。誰かに背中を押されるようにして戻る途中で白衣の男とすれ違う。男は咎めるより先に女の憔悴した顔に気を殺がれたふうで、足早に立ち去った。

あの頃、私は老婆のようだったに違いない。夫を看取るなかで眠れぬ夜が続いたから。俄か老婆になった私にエロスを照射してくれた彼女に、今また刻々と色褪せ干からびてゆく花芯の痛みを訴えたい。彼女なら、素直に耳を傾け痛みを分け合ってくれるだろうから。

廊下の灯《あか》りもロビーの天井に埋め込まれた白熱灯の光も届かぬ仄暗い一隅に自販機とベンチが置かれ、女が一人本を読んでいる。つんとしゃくれた鼻、栗色の髪を前でふっくらと張《は》らせ、無雑作に束ねている。衿元を飾るブラウスのフリルに隠れて口元は見えないが、私には容易に想像できる、左右のえくぼに消える薄い唇を。

私は女の前に立つ。女の方から気づいてくれるのを待つ。やがて、立っている場所が曖昧になり、時間の深みへはまり込むあの感じがつま先から這い上がってくる。足元に目を落とす。あの日もお気に入りのこの靴をはいていたのだ。ワインカラーのウォーキングシューズ。

あの日、買ったばかりのウォーキングシューズで夕暮れの病院に滑り込んだ。

エレベーターは三階外科病棟で止まった。足元から延びている長い廊下の中ほどに空の配膳車が置き去りにされていた。人影はない。時刻は五時半を少し回っている。窓に面して片側に並ぶ個室は相変わらずしんとしている。食器の触れ合う音が洩れない代わりに病棟全体を食物の匂いが漂う。配膳車の脇をすり抜けて夫の待つ病室のドアを押した。

あ。一瞬足がすくむ。ベッドに近づけた椅子に女がいた。上体を病人の顔のあたりに屈めていたのが、気配で体をおこした。その拍子に黒っぽい上着が肩からすべりおち、信じられないほどの豊かに実った乳房があらわに。同時に寝ているベッドの病人が凍りついた女の視線を追う。

一連の動作がスローモーションの映画のように私に迫るのを、馬鹿みたいに口を開けたままで見た。そして、私を振り返った病人が夫ではないと知ったとき、夢中であやまり廊下へ飛び出たのだった。

主治医の最後の回診のあと夫は睡眠薬の力を借りてねむっている。病室を間違えたことは話したが、見知らぬ男女の情事は伏せた。話せば夫の欲情を引き出したに違いない。それにしたって……。主治医の回診の間には看護婦さんの見回りがあるのに。わたしにはとてもそんな冒険はできない。

眠れぬままに思い出した。あの部屋を淡々しく見せていたカーテンを。微妙な色合いと翳りをおびたカーテンが中庭を挟んで向かい合う病棟の灯を映していた。病室はこの部屋と同じはずなのに、乳房を見せてすわる女の周りは別の切りとられた空間に見えた。カーテンのせいだったかもしれない。

思いついてソファから立ち上がる。戸口まで歩き振り返る。間違って入った場所と同じ位置に立つ。病室にある唯一の大窓は今の時間ブラインドが下ろされ、夜の部屋を縞模様に染め分けているだけだ。

病人食が三分粥から五分粥になった日の午後、珍しい見舞い客があった。子連れの若い本屋夫婦は膝の抜けたジーンズの長い脚を組み、繁華街のカフェにでもいる陽気さだ。

「どう思う？　自分のパンツも人のパンツも一緒くたで、風呂上りに重ねてある順番にはくなんてさ、ぼくはゼッタイになじめんなあ」

「ちゃんと洗濯してあるんよ、パンツはパンツじゃん」

惜しげもなく胸をひろげて赤ん坊に乳をふくませながら若い奥さんが言う。私のなかに消え残っている隣室の女の乳房が重なる。

「んじゃま、パンツはゆずるとして財布はどうなんよ」

男は毛糸の帽子をかぶっている。濃い頰髯のわりに髪が薄いのは、年中手放さない帽子のせいだ。

「だって、あそこは自給自足、平等、一切の私物は持たないという教えなんだから」

奥さんは或る宗教団体の熱心な信者である。

「由井くんも由井くんじゃないか、いくら奥さんが信者でも、そんなとこへのこのこついて行くやつがあるか」

夫が口をはさむ。奥さんが赤ん坊を右から左に抱き変えた。

「……ほんとは彼、ノイローゼになってねぇ、だから」

「まあ、由井さんがノイローゼに？」

私と夫はほとんど声をそろえた。

「あら、意外とデリカシーなんよ、この人」

「へえぇ、ほんとかねえ」

まあまあ、本屋はしきりに照れている。

「おかげでよくなったみたい」

赤ん坊が眠り始めた。

「そんなにご利益があるんなら、わしも行ってみるかな、パンツはともかく、もともと財布なんて持ったことがないからな、あ、だめだ！　だめだ！　わし、横っ腹に小便の袋がついたんだ、こんなざまじゃ一緒に風呂へはいれんよ、いくら私物を持つなと言われてもなあ、小便の袋を預けるわけにはいくまい」

湯の上にぽっかり浮かんだストマがおかしいと若い夫婦は無邪気に笑い、私は泣き笑いになった。そのあと、奥さんが思い出したというふうに聞く。

「お隣は娘さんみたいね、お見舞い客を送ってドアの外に立っていたんだけど、ひらひらのついたピンクのガウンが可愛らしくて、ね」

「そうそう、入院してもわたしゃ目一杯おしゃれしてるよって感じ、いるんだなあ、ああいうのが」

私はむきになって夫婦の間にわりこむ。

「ちがうのよ、その人は付き添いさんで病人は男の人、旦那さんかしら、ひょっとして恋人かも」

「へえ、とっても付き添いさんにはみえなかったわ、旦那さん？　まさかあ」

奥さんは大げさに手をふり、その拍子に赤ん坊の頭がこくんと傾いた。乳をのむ夢でも見ているらしい。唇をすぼめてちゅうちゅうやる。まさかあ！　自信ありげな奥さんの声が私を不安にする。あのときは頭に血がのぼっていたし、慌ててもいた。女の顔だって覚えていない。ひとつだけ、これだけは忘れていない。女のたっぷりと実った乳房とそれをむさぼっていたのが、赤ん坊ではなかったということだ。

夫婦を送って廊下に出る。なんの変哲もない真鍮のドアが並ぶうそ寒い光景も、赤ん坊を抱いた夫婦が立つと華やいだ。

「ここよ、彼女、このドアの前に立っていたの、あら、赤木さんっていうのね」

奥さんに言われて見ると、ドアの上のほうに「赤木」のステッカーが貼られていた。


八時の回診が終わるのを待って夫は寝入っている。本屋夫婦が持ちこんだ下界の風は病室の湿気を吹き飛ばす楽しいものだったが、そのぶん疲れたのだろう。備え付けのソファをベッドに作り変え、私が寝たのは消灯の九時を回っていた。

夜は二時間おきに看護婦さんの巡回がある。何度目かの気配で目をさましたとき、目覚ましの針が蛍光盤の一時を指していた。十一時の巡回を知らずに眠っていたらしい。ベッドの夫は豆球の赤い光の輪のなかに眉根をよせて眠っていた。

ふいに、部屋が揺れた。が、すぐに隣室からの物音だと気づく。押し殺した複数の話し声にからむ足音がストレッチャーの滑る音に変り、慌ただしく廊下を走り去るのをきく。

「昨夜はお隣でなにか」

翌朝、清拭《せいしき》にきた看護婦さんにきく。

え？　念入りに化粧した中年の彼女は首を傾《かし》げただけで、てきぱきと手を動かす。夜勤明けの疲れを濃い頬紅と口紅でカモフラージュしているが、すでに隠すすべもない。

「でも私、その音で目がさめたの、ストレッチャーの音で」

「なにも聞いていませんけどねえ」

看護婦さんに訊いたのは失敗だった。入院患者のいちいちを他人に口外するはずがないのだ。清拭は手際よく運んでいく。ワゴン車の蒸し器から熱いタオルを取り出しては夫の体を拭いていく。熟練の手にはかなわないまでも手伝う。

「ひと山こえて……ふた山こえて」

看護婦さんが歌い始める。清拭が終わると新しい寝巻きに着替え、シーツを替えるために歌う。夫はベットの上で他愛なく左右に転がり、ひと山こえて……で片袖が通され、ふた山こえて……で両袖が通される。

朝ごと、洗濯物が一抱えある。横っ腹についたストマは、フイルムと肌の間に隙間ができやすく尿がもれる。朝までに何度も寝巻きを替えることになった。病棟毎に洗濯場があり乾燥室まであるが、天気のよい日は屋上の干し場へ上がった。洗い物も自分の体も陽と風に当てて、沁み込んでいるにちがいない囚われの匂いを晒すために。

今朝の屋上は秋の日差しがふんだんに注いでいた。地面にまでは届かない風がロープに吊るした洗濯物をひるがえした。どれも似たような柄の浴衣の狭間に見え隠れする人影に気づく。そこだけ雨よけのビニール屋根の下に立っているせいか、女の顔はくぐもる光のなかで半透明に見える。広い屋上には女と私だけらしい。

女は胸当てのついた白いエプロンをつけている。入院患者に付き添う女たちはたいていエプロンをつけていたが、胸当てのついたものは見かけない。白いエプロンが眩しかった。女は笑って軽く頭をさげた。後ろに束ねていた髪が片方の肩にかかる。振り払うと真っ直ぐに私を見た。

「あ、あのときの……」

朝の光の中で豊かな乳房はバラ色のセーターに包まれ眠っている。でも、目の前で親しげに微笑む女がはたしてあのときの彼女かどうか。

「またお会いしましたね」

私は慌てた。

「もっと早くにお詫びしなければいけなかったのに」

「ああ、もうよしましょうよ、わたくしだって間違えることはありますよ、同じようなドアなんですから。それよりもあなた、びっくりなさったんじゃない?」

急に悪戯っぽく目を光らせる。

「お部屋を間違えたんですから、それはもう」

すると女はじれったそうに、ほとんど地団太を踏みかねない素振りで、実際に子供のように体を揺すりながら言う。

「そうではなくって、あのときのわたくしたちの、裸の」

女は笑う。返事に困っている私に頓着なく笑う。笑うたびに、切れ長の目、悪戯っぽくしゃくれた鼻、上向きに弧を描いて深いえくぼをつくる薄い唇のどれもが絶え間なくそよぎ、小悪魔的な魅力を放つのだ。私は忽ち彼女の虜になった。


夫が歩く練習を始める。点滴の袋を吊ったパイプを転がして歩く距離が日増しに延びて行く。十一月半ばの晴れあがった日、私たちはちょっとした冒険を企てた。

夫が入院している三階には渡り廊下で二つの病棟がつながっている。ささやかな冒険とは、渡り廊下を越えたあちら側の病棟へ行こうというのだ。

どこまでも続く手摺りを頼りに、おぼつかない足取りの夫に合わせて歩く。こちら側の長いロビーを突き当たり、鍵の手に曲がる渡り廊下を越えると未知の領域になる。夫の部屋からは中庭を隔てた向いに眺めることはあっても、それの内側へ侵入したことはなかった。

渡り廊下の正面にナースルームがある。そこを中心に廊下が左右に延びていた。一瞬迷ってから、光が差し込む側を選んだ。そこは突き当たりがベランダになっているらしい。歩いていく両側に大部屋や個室がまじり合って並び、ほとんどが男の患者だった。すれ違うとき、彼らは胡散《うさん》臭げとも同病を憐れむともつかぬ視線を投げかけ、私はわけもなし目を伏せる。女の私は闖入者なのかもしれない。たどりついたベランダは二人が立つと一杯だった。そこからの眺めはどうやら病院の裏手になるようだった。まばらな立ち木や手入れの届かぬ花壇をすかして看護婦宿舎らしい赤レンガの建物が見えるが、いまでは使っていないのだろう、締め切った窓やレンガの壁に濃く蔦が絡んでいる。

「あの辺がうちだなあ」

夫が指差す赤レンガの右肩に丘がのぞき、教会の尖塔が光っている。私たちの家はその辺りのはずだ。ここからはついそこの距離なのに、囚われの身には手の届かない先だ。

夫が飽きもしないで同じ方向を眺めている間、私はぼんやりと、中庭を挟んで向き合う病棟、夫に伴いたった今そこから歩いてきた病棟を眺めた。

そして突然、何かに打たれたようにして思いついたのだ。午後のまだ充分に高い日差しを避けて、病室の窓は申し合わせたように白いブラインドが下りて見分けもつかない。そんな白い窓の連なりをクイズでも当てるようにして探していく。淡色のカーテンを求めて。

一日の終りの回診が無事通過すると、私はほっとして遅い風呂を使う。洗濯場と並びあう風呂は五時から八時までと決められていたが、付き添いの家族は大目にみてくれる。

今夜も広い湯船に一人のびのびと体を沈めながら、昼間向いの病棟のベランダから眺めた窓の連なりを思い浮かべた。どう目をこらしても期待した淡色のカーテンが見つからなかったのを。

どういうことだろう。そっくりの白いブラインドの連なりに、どういう仕掛けがあるのだろう。あのとき見たと思ったのは、動転ゆえの幻影だったのだろうか。

「お隣さんは娘さんみたいね、ひらひらのガウン着て……」

湯船の底から本屋の奥さんの言葉があぶくになって浮かぶ。

そんなはずはない、私は声に出してあらがう。

「わたくしだって間違えることはありますよ。それよりもあなた……」

湯船の底からもう一つの声が絡みつく。

「あのときのわたくし、は・だ・か・のわたくし」

眩しいほどの日差しの下でさらりと言ってのけたことに、企みがあったとは思えない。それなのに、今夜おそい湯に浸かっていると鮮やかな企みの匂いを放つのはなぜだろう。すでに私は彼女たちの情事に深入りしているのかもしれない。

風呂から出てひと気のない廊下を歩いていると、少しずつ憑き物がおちる。やがて、病室近くロビーに置かれたソファの一つに背を向けて座る人影を見た。夜の廊下も消灯時間の九時には灯りを落とす。ソファの人を包みこむような薄明かりに髪留めが鮮やかだった。

「いい香りだこと、お風呂を使われたのね」

近づくと、背を向けたままで声を掛けられた。

「きれいなヘアピンですねえ」

回りこんで女と向かい合う。薄物のガウンを羽織っているので肌の白さが際立った。スチームがほどよい温度を保っているとはいえ汗ばむ季節は終わっていた。それなのに、うっすらと汗ばんでみえるのは、湯上りなのだろうか。これまで同じ階にある風呂で出会ったことはなかった。

「七宝焼きなの、彼からのプレゼント」

汗ばんでいる女の体が、私自身の湯上りの体とひとつになる。薄物のガウンから豊かな乳房が透けて、赤い実のように固くなっている乳首は、果てたばかりの情事の証し。ほかには誰もいない暗がりが女を無警戒にしている。ふと、気だるくソファにあずけた女の膝に、ひどく懐かしいものを見た。

女持ちのパイプだ。黄色とブルーを練り合わせたペンシル型のパイプ。負け戦で放り出された女たちは主権を獲得する手はじめに鼻から細い煙を吐いた。戦勝国から入ってきた女持ちのパイプは忽ち流行した。殊に粋がる女たちに。

私にも覚えがある。戦場から死にはぐれて帰ってきた男たちに絶望し、グミの実のように唇を彩り、フレアスカートの足を組んで鼻からの細い煙を競った。

「これ、いまどきおかしいでしょう?」

「懐かしいわ、私も持っていたから、とうに無くしてしまったけど。若いときってやたら粋がって、あ、ごめんなさい」

「いいわよ、わたくしにも同じようなときがあったわ、でも、さすがに昼間はね、こんな時間だけよ、使うのは」

女は言うとパイプをバックに納めた。それをしおに二人は立ち上がった。

「ご病人の具合は」

「え」

「あの、いつかの夜はストレッチャーで」

「それがねえ」

女は弾んだ明るさで応えた。

「たぶん、あなたの旦那さまと同じ頃に退院できるかもしれないの」

私は言葉を失う。このところストマを付けた夫がせっせとリハビリに励んでいるのを見かけたのだろう、ころころと点滴棒を押しながらの。

「じゃあお互いにもうちょっとの辛抱ですね、ほんと、長くいたいところじゃないもの」

ロビーをかねる広い廊下を手摺りにつかまり、空いた手に点滴棒を押して歩く患者は例外なく明るい。退院を間近にしているからだ。女の連れ合いも混じっているのかもしれない。

二人はロビーをあとに個室が並ぶ長い廊下を歩く。天井に埋められた灯りが更に光を落とす。女が立ち止まった。

「おやすみなさい」

女がドアの中に滑りこむとカチリとロックが鳴った。瞬間、私は再び夢の中に引き戻された。ドアが閉まる寸前、女の肩越しに見たカーテンはあの夜見たのとそっくり同じものだったから。この時刻、どこの病室も暗く寝静まっていたが、各棟の真ん中を占めるナースルームだけは不夜城の明るさの中に静まり、カーテンをきらめかせた。たった今、ロックの音と共に閉ざされたドアの前に佇み、仄暗い灯りを頼りにステッカーの名を確かめようとしたが、読みとれなかった。

睡眠導入剤を与えられてよく眠っている夫の傍らでひっそりと目を開けている。簡易ベッドの上で何度も寝返りをうつ。夫の体から下がっている二本のチューブは、胃液と尿を排出するためのものだ。昼間、胃液が緑色になることがある。隈なく流れる赤い血、尿の黄色、その他にも人の体の中は思いがけないほどの華やかさで彩られ脈打つらしい。そして今は二本のチューブが暗いなかにひっそりと垂れている。

誰かに揺り起こされて目覚めた。深い眠りの中にいたようだ。時計の青い文字盤が四時を指していた。肩に手を当て揺り起こされた感触が残っていた。朝一番の検温には二時間も間がある。私は頭から毛布をかぶった。

と、そのときだ、押し殺した声にまじり慌ただしくストレッチャーが運び込まれる気配を聞いたのは。とっさに毛布をはねのけると床に下り立った。ベッドから夫の深い寝息がもれている。この部屋の異変でないことがわかると私は急に大胆になる。パジャマ代わりのスエットスーツの上から毛糸のカーディガンを羽織るとドアの前に立ち、息を止めた。

廊下で待機する人と病室の医者との間で交される低い応酬のほかは、怖ろしい速さでことが運ばれているようだ。止めていた息を吐くとドアのノブを握り締める。

廊下を滑っていくストレッチャーの軋みと、羽をこするような複数の足音が一団となって突き当りのエレベーターを目指すらしい。そこまでの距離を推し量ると、握っていたノブをゆっくりと回す。ドアを引き一気に廊下へ出た。

今しも、大きく口を開けたエレベーターの中へストレッチャーを囲む一団が呑み込まれていく。間違いなく彼女もいるはずだった。

私は呆けたように冷たい廊下に立ちすくんでいた。頭のどこかで、再びエレベーターのドアが開くのを待っていたのかもしれない。病人はともかく彼女だけは戻ってくるだろう。今度こそ労わりの言葉をかけなければ、たぶん同じ頃に退院できるかもしれないのよ、今夜ロビーでの会話が空しくすり抜けていく。十メートル先に立ちふさがるエレベーターのドアは閉まったまま、一切の物音が消えた。廊下の片側に連なる窓に朝の光は見えない。誰かに揺り起こされて目覚めてから、ほんのいっときしか経っていないようだ。それとも、これは夢の続きだろうか。

ふと、足元をベルトのように這う光を見た。慌てふためくように出て行ったあとのドアの隙間から洩れているのだ。明け方近い冷え込みが簡易ベッドに残してきた温もりを思い出させ、引き返そうとして逆に光のベルトに絡みとられる。同時に意志を離れた右手がドアを押した。

背後でカチリと澄んだ音を聞く。あの日の夕方、夫の待つ病室のドアを開けたつもりが、隣室のこの部屋に立っていた。いま私はあの時とそっくりドアの内側にいる。入院患者に決められた五時半の夕食に遅れて走り込んだ時の胸の動悸がよみがえる。違うのは、ベッドにいたはずの男も看取る女もいない無人の部屋であることだ。

つい今しがた迄いたはずの人の気配はまったくない。それらしいものといえば、幽かにゆれるカーテンだが、よく見ると、あわあわしい光に漂う小花模様と見たのは凍てつく雪の結晶なのだ。中庭を挟んで向かい合うナースルームの灯に、たとえようもない美しさできらめく。それと気づいたとたん、締め付けるような寒気に襲われる。素手で氷に触れた瞬間のような。窓のそばのヒーター、ソファベッド、病人用ベッド、置かれている順序も場所も夫の病室とかわらないのに、銀色に光るヒーターがまるで氷塊に見える。ソファに毛布は角を揃えて畳まれていたが、病人のベッドは整える間もなかったろう。それにしても、あまりの乱れようだ。

ストレッチャーで運び出される事態ならば苦痛のきわみにのたうつこともあろう。思いやって目をそらしたすぐ側の壁に止められた一枚の写真。セピヤ色に変った古い写真。ベッドに近寄ってよく見ると、凍てつく大地を這う虫の行列。なおも目を凝らすと、虫と見たのは背を丸めて歩く男たちの隊列なのだった。虫になった男たちは有無をいわせぬ力で私を縛り付ける。これとまったく同じ写真が夫の画室に貼られていたのを思い出す。イーゼルのすぐ傍らの壁に。セピヤ色が焼け爛れたほどに変して。病人が寝ているベッドから虫になった男たちはいやでも眼に入るだろう。あの戦いが負け戦終り、新しい国づくりが始まったからといって、なにもかもが終わったわけではない。虫になった男たちは今も記憶の暗闇に生き続ける。夫の画室や古い病院の一室で。又も目をそらしたとき、枕に絡まる髪の毛、長い栗色の髪とぬめるような黒い髪が、交尾の蛇を思わせて立ち上がる。

いつからとも知れぬときから、ラーゲルならぬこの部屋に閉じ込められた愛の営み。虫の男の飢えが決して満たされないように、男を待ち続けた女の飢えも満たされることはないのだ。氷に閉ざされた夜半は、一つベッドに抱き合い命の温もりを分け合う。

壁の中からナースコールが響き、飛びのいた。もう少しで声を上げるところだった。自分が今どこにいるのか、気がついて夢中でドアを引く。廊下に出たとたん、入ったときと同じようにカチリと内側から閉まる音を聞いた。

「あら、今のコールは奥さんのところ？」

ナースルームから走り出た白衣の人と危うくぶつかるところだった。

「あ、いいえ、うちじゃありませんよ」

「でもどうして、いま時分こんなところに」

顔見知りの若い看護婦さんが慣れた仕草で額に手を当てる。

「すみません、ほんとに大丈夫です、ただ、お隣の部屋からストレッチャーが出て行ったものだから、もしかして急なことにでも……、昨夜ロビーで付き添いの方とお話ししたばかりだったんです、もうすぐ退院と聞いたのに」

「それっていつのこと？　この病棟で変った事はありませんでしたよ、ナースコールだって、たった今お隣の部屋から鳴ったばかりよ、それに、付き添いさんの泊まりも聞いてないけどねえ」

首をかしげながらドアを握ると振り返った。

「奥さん、ご心配なさるようなことは何もありませんから、お部屋に帰って休んでくださいね、お疲れなのよ、きっと」

慰め顔にいうと、たったいま私を送り出してロックされたドアを押す。ドアは苦もなく開いた。中は暗い。私を絡めとり誘い入れた光の帯は間違いなくこの部屋から洩れていたのだ。看護婦さんが持つ懐中電灯の赤い光の輪を追う。赤い輪が床からベッドへと這う。

「赤木さん、どうかなさいましたか」

前屈みに呼びかける看護婦さんに細く甘えた声が返った。

「眠れないの、お薬頂けないかしら」

覚え知らぬ若い女の声だった。

夫が眠る部屋にもどり、頭から毛布を引き上げる。あの人たちが今夜あの部屋に戻ってくるのはいつになるのだろう。ストレッチャーが運ばれた先は、いつか私が迷い込んだ辺りに違いない。アルファベットのステッカーが貼られただけの部屋では訪ねようもないけれど。

深い徒労感におそわれる。引きあげた毛布に体温が残されている。幽かな体臭さえも。自分の体温と匂いが信じられるすべてに思われた。あと一時間もすれば夜が白み始めよう。

熱心に読みふけっていると見えた女の膝から本が滑り落ちる。私は拾い上げると女の膝へもどした。女が顔をあげた。投げやりにも見える気だるい目、悪戯っぽくしゃくれた鼻、端でえくぼをつくる薄い唇、どれも間違いなく彼女のものだ。こうして待合室にいるのは、女の夫も無事に退院して、今朝の私たちのように外来として待っているのだろう。

女の目は私にではなくロビーを行き交う人の流れを追う。

「ほら、いつか病室をまちがえたわね、あの時の」

私は殆ど女の肩をゆさぶりかねない期待で言う。

「あのときは、ほんと、どうしようかって、だってねえ」

彼女だって忘れるはずがない。

「だって、あなただって忘れるはずがないでしょう」

私は唄のようにリフレインする。女はどこを、何を見ているのだろう。私はまたも女の肩を揺さぶりたい衝動にかられた。しかも思いっきり。そして、ふいに或ることに思い当ったのだ。

もしかして、彼女の夫は今もまだあの部屋にいるのではないか。赤木というステッカーが貼られたドアに仕組まれたもう一つのドア。それの内側で共に生き続ける。淡色に光る氷のカーテンが窓を覆うラーゲルでは、夜ごと営まれる愛の激しさに男は命を削り、女のエロスが男を死の淵から連れ戻す。あの負け戦で引き裂かれた愛の空白を取り戻すために。互いの命と愛を永遠のものにするために。

あのドアは、内側の住人の意志でしか開くことはなかったのだ。ではなぜ、あの夕暮れに私は……。それが、ドアの内側で待つ女の意志だとしたら。病院というラーゲルに囚われた互いの身を舐《な》めあうためのたくらみだとしたら。じじつ私は女によって救われた。えたいの知れないもどかしさは付きまとっても、女にみなぎるエロスの照射に勇気づけられ、ラーゲルの日夜を耐えることができた。

女は本を読み始める。物語に没頭しているようでも、それの振りをして私が立ち去るのを待っているようでもある。ラーゲルから解放された私にはなんの関心もないらしい。

「お別れしたほうがよさそうね」

そっとささやいて膝を折る。

「ほんとはあなたと花芯の話をしたかったの」

つい、と女の顔が間近にせまった。息を殺し、四つの目が結び合ったときどちらからともなく抱き合う。女の体をめぐる血の音が伝わり、私のそれと一つになる。唇が重なる。一瞬、氷の冷たさに貫かれた。

あとがき

このたび初めての短篇集を出すことになり、三十枚前後の小説をさらに十五編に絞り込むなかで、長年書き溜めた小説原稿の嵩に啞然となり、同時に「あんたは怠けもんだ」の声が吹き抜けた。声の主は井上光晴さん、前衛的な戦後作家であり、一九七七年九州佐世保に文学伝習所を旗揚げした反骨の勇者でもある。井上さんの敬愛するフォークナーの文学拠点ヨクナパトーファ郡を、この日本の西域に拓くという壮大な企てに私も参加した一人だった。「文学とは生きるそのこと」として、普通の主婦だった私が小説を書き始めるなかで、生前の井上さんから「怠けもん」と叱咤され続けた。にもかかわらず、いま、目前に積まれた原稿の高さ、書き続けた歳月の長さに、今日まで命永らえた畏れと幸運を思わずにいられない。井上さんが志半ばに逝って十九年になる。同時に伝習所も崩壊した。文学の強靱な指標を失ったあと、手探りで辺境を歩む中で生まれた同人誌「ふくやま文学」が今年三月に22号を刊行し、同じく前橋に拠点を置く、「クレーン」は32号を迎える。この二誌を舞台に書き継いだことが「怠けもん」へのせめてもの答えになろうか。文学という魂のバトンタッチになろうか。

近ごろ鮮やかに立ち上がる言葉に、冒頭の受賞作二編を推して頂いた田辺聖子さんの言葉「小説は老熟の芸」がある。受賞のとき五十歳だった私に「老熟」は遠く未知の世界だったが、今まさに老いの坂道を歩いて得心がいく。人生の季節が深まりゆく日々にも艶めく妄想はしたたかにはびこって、次の創作へと駆り立てる。

かつて、全身に浴びた負け戦の傷も六十五年経った今では褐色のカサブタとなったが、或る日、ふいにカサブタが剝がれ落ちて血をみる。つかの間の老いの華やぎに迷いこむイクサの証しを、これまでも、これからも抱きかかえて書くしかないと思い決めている。

短篇集を出すにあたって、始終弱気だった私の背中をドン！　とこぶしで押してくださった影書房の松本昌次さんの鉄のご意志と、児童文学の世界に耐えず新風を送り込む児童文学者皿海達哉さんの懇切極まるご教示に心からお礼を申しあげます。また、宇宙遊泳にも似た魚影のイマージュで表題「魚の時間」を象徴してくださった北島成樹さんの装丁に物語の永遠性を見ます。有難うございました。

二〇一〇年　夏

中山茅集子

初出一覧

ヨタのくる村　（「上意討」改題）「婦人公論」　１９７４年10月（第17回中央公論女流新人賞佳作）
蛇の卵　「婦人公論」　１９７６年10月（第19回中央公論女流新人賞受賞）
草地に、雨を　「使者」６号　１９８０年８月
自動ドア　「辺境」６号　１９８８年１月
八月の闇　「ふくやま文学」創刊号　１９８９年３月
目には目を　ふくやま文学　１９９０年３月
おけいさん　（「炙り絵」改題）「ふくやま文学」　１９９６年３月
受難　「ふくやま文学」　１９９９年３月
編み上げ靴の女　「クレーン」　２００５年１月
死者の声　「クレーン」　２００６年１月
目まい　「ふくやま文学」　２００６年３月
記憶の中の仏たち　「クレーン」　２００８年１月
魚の時間　「ふくやま文学」　２００８年３月
聖域　「ふくやま文学」　２００９年３月
もう一つのドア　「クレーン」　２０１０年１月

中山茅集子（なかやま　ちずこ）

1926年、北海道札幌市生まれ。1944年、広島県立府中高女卒業。

「上意討ち」(「ヨタのくる村」に改題)で中央公論第17回女流新人賞佳作(1974年)、「蛇の卵」で中央公論第19回女流新人賞受賞（1976年)。1977～92年、井上光晴文学伝習所に学ぶ。1988年、同人雑誌「ふくやま文学」創刊、現在22号。前橋文学伝習所発行の同人雑誌「クレーン」会友。2009年、ふくやま文学館にて「中山茅集子と『ふくやま文学』展」開催。福山市在住。

著書――『背中のキリスト』(カスミアート、1980年)、『かくも熱き亡霊たち――樺太物語』(影書房、1991年)、『カラス画家と共に五十年』(アート印刷、2002年)、『潮待ちの港まんだら』正続（中国新聞連載後、アスコン社、2008～９年)

魚《さかな》の時間《じかん》

二〇一〇年 八月三一日 初版第一刷

著　者 中山茅集子《なかやまちずこ》
発行所 株式会社 影書房
発行者 松本 昌次
〒114-0015 東京都北区中里三―四―五
ヒルサイドハウス一〇一
電　話 〇三（五九〇七）六七五五
ＦＡＸ 〇三（五九〇七）六七五六
E-mail=kageshobo@ac.auone-net.jp
URL=http://www.kageshobo.co.jp/
振　替 〇〇一七〇―四―八五〇七八

本文印刷=ショウジプリントサービス
装本印刷=ミサトメディアミックス
製本=協栄製本

落丁・乱丁本はおとりかえします。

定価 二、〇〇〇円＋税

ISBN978-4-87714-408-1 C0093